KB059146

9
친구캐릭터는 어렵습니까?
Is it tough being "a friend"?
다테 야스시
그림 베니오

Is it tough being "a friend"?

CONTENTS

줄 테니까.
를 믿으라고.”

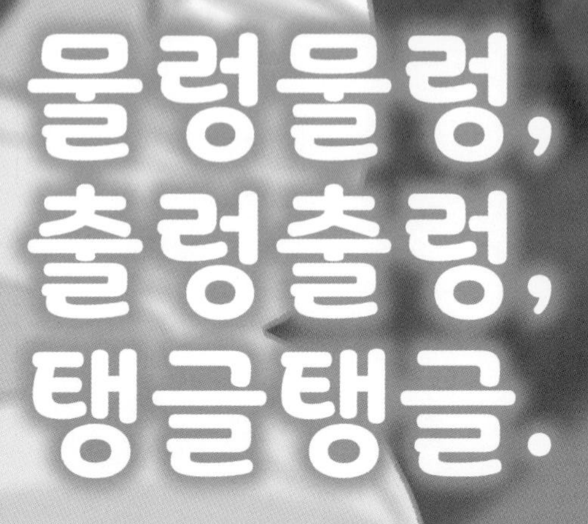

진짜 부드러웠다.

거대한 물풍선 같았다.

"다음 공으
상진 잡아
네 아
지
VS
미오
나!
아야!"

"아, 앙, 하앙……!"

고토
“크하하하!
치기 딱 좋은 공이 왔구
이웃 현까지 날려주마

CHARACTER

코바야시 이치로
'친구의 프로'를 자부하는 소년.

히노모리 류가
주인공 오브 주인공. 사실은 남장여자.

유키미야 시오리
학교의 아이돌 같은 존재.

아오가사키 레이
검의 달인인 쿨 뷰티.

엘미라 매카트니
빨간 머리의 요염한 소녀. 흡혈귀.

히노모리 쿄카
류가의 친여동생.

텐료인 아기토
주인공의 오라를 지닌 전학생.

미온
'나락의 삼 공주' 중 한 사람.

주리
'나락의 삼 공주' 중 한 사람.

키키
'나락의 삼 공주' 중 한 사람.

도철
【마신】 중 한 사람. 별명은 '텟짱'.

혼돈
【마신】 중 한 사람. 현재 그릇은 이치로.

궁기
【마신】 중 한 사람. 그릇은 아기토.

시즈마
사도와 흡혈귀의 피를 이어받은 아기.

도올
【마신】 중 한 사람. 별명은 '톳코'.

레이다
시즈마의 친어머니. 말형 사도.

프롤로그

내 이름은 코바야시 이치로.

히노모리 류가가 주인공인 「이능 배틀 스토리」에서 친구 캐릭터를 맡은 남자다. 동시에 스토리 플래너도 겸임하고 있는데, 그건 우리만 아는 비밀로 해줬으면 좋겠다.

수많은 파란을 겪은 류가의 이야기도, 돌이켜보면 어느새 1년하고도 7개월.

덕분에 바로 며칠 전, 『나락의 사도 편』이 끝났다.

그리고 쉴 틈도 없이 새로운 시리즈 『72마리의 악마 편』으로 돌입하게 됐고.

'속편을 하게 됐으면, 당연히 전작보다 더 화끈하게 띄워야 한다. 『1기에서 끝내는 게 더 좋았을 것 같은데?』 같은 무시무시한 소감을 듣지 않기 위해서라도!'

그런 내 의욕과는 별개로.

이제 막 개막한 『72마리의 악마 편』은 벌써 위기를 맞이했다.

——계속해서 마지막 보스를 담당하고 있는, 자칭 솔로몬 텐료인 아기토.

——그런 아기토가 이끄는 악마의 힘을 몸에 지닌 72명의 『악마 빙의자』들.

그 72명이, 이래저래 하는 사이에 50명도 넘게 쓰러지고 말았다. 시작한 지 아직 사흘밖에 안 됐는데, 겨우 22명밖에 안 남았다는 얘기다.

'이런 전개는 아주 좋지 않아. 지금껏 본 적 없는 무시무시한 적들이 보지도 못한 사이에 잔뜩 남획당할 줄이야…… 지금 『악마 빙의자』들은 멸종 위기종으로 지정해도 될 것 같은 상태라고.'

물론 나도 한 사람씩 꼼꼼하게 처리할 생각은 없었다.

미안하기는 하지만, 몇 명 정도는 다이제스트로 퇴장시킬 생각을 하고 있었다. 애니메이션으로 말하자면 한 컷, 만화에서도 한 컷, 라이트노벨에서는 한 줄 정도로.

'하지만, 아무리 그래도 이건 좀 너무하잖아. 게다가 주인공인 류가는 아직 『악마 빙의자』를 한 사람도 못 쓰러트렸는데……!'

그렇게 해서 솔로몬군은 아주 멋지게 스타트 대시에 실패했다.

참고로 이 참사를 벌인 전범은 여러분도 알고 계시는 『나락의 사도』들이다.

고향인 이계가 침략당한 탓에, 그들이 하나같이 격노했다. '새 시리즈 따위 내가 알 게 뭐야'라는 것처럼 솔로몬군을 두드리고 또 두드려버렸다.

원래는 새로운 적이 얼마나 무서운지 보여주는 역할을

해야 했는데. 그것이 전작에서 적이었던 존재들의 의무이자 매너인데.

'네 이놈「나락의 사도」, 쓸데없는 짓을 하다니…… 어째서 지난번 시리즈에서 그만큼 열심히 하지 않았던 거냐고! 너희가 뭐 그거냐! 가을이 돼서야 시끄럽게 울어대는 매미냐! 꼴찌가 확정된 뒤에 타선이 폭발하는 야구팀이냐!'

그런 식으로 투덜대 봤자 다 소용없다.

지금부터 이야기를 바로잡아가는 것이 스토리 플래너인 내 사명이다. 도저히 눈 뜨고 봐줄 수 없는 상황이 됐다고 해도 절대로 포기해서는 안 된다.

이 궁지에서 벗어날 수만 있다면, 코바야시 이치로의 수완은 틀림없는 진짜가 된다. 할리우드에서 감독 제안도 들어오겠지.

'다행히 지금 나한테는 궁기와 바엘이라는 양대 브레인이 붙어 있어. 삼 공주에 시즈마도 제작 쪽으로 끌어들였으니까, 열심히 하면 어떻게든 할 수 있을 거라고!'

……그런데, 말이지.

새로운 시리즈가 고비에 들어선 이 비상시에 또 다른 큰 문제가 발생했다.

오랫동안 집을 떠나 있었던 우리 어머니가 갑자기 돌아온 것이다.

그리고 현관에서 미온 & 주리 & 키키와 딱 마주치고 말았다.

코바야시 사츠키—— 골동 미술품 다루는 일을 하시며 아버지와 같이 해외를 돌아다니고 있던 코바야시 가문의 진정한 보스. 집안일을 절망적으로 못 하는 탓에 주부의 역할을 포기해버린 여걸이다.

그렇지만 10개 국어 이상을 할 줄 알고, 가격 교섭에서는 져본 적이 없다고 한다. 우리 『코바야시 상회』는 물건 감정은 아버지가, 교섭은 어머니가 맡는 구조로 성립되어 있다.

그런 어머니가 기습 귀가한 건 나에게 정말 뼈아픈 사태였는데…… 중요한 문제는 그게 아니었다.

이럴 수가, 어머니가 『나락의 삼 공주』와 아는 사이였다.

게다가 삼 공주의 말에 의하면, 우리 마미는 열장 사츠키라는 이름을 가진 『나락의 팔걸』 중 한 사람이다——.

"아, 아버님…… 그쪽에 계신 분은?"

어머니를 데리고 거실로 돌아와 보니, 시즈마가 바른 자세로 앉아서 기다리고 있었다.

제집이라도 되는 양 당당하게 들어온 모르는 아줌마를 보고서 깜짝 놀란 세 살 아이. 일단 꾸벅하고 인사부터 하는 걸 보면 역시 내 아들이라니까.

"어머나? 얘는 누구 자식이야?"

시즈마를 보고서 자기도 질 수 없다는 것처럼 깜짝 놀라는 어머니. 그야 뭐, 삼 공주에다가 어린애까지 집에 있으니, 당혹스러워하는 것도 당연한 일이지.

"너한테『아버님』이라고 했는데, 설마……."

어머니가 눈을 부릅뜨고 날 노려본다. 확실하게 오해하고 있다.

"아, 아냐 엄마. 분명히 내가 시즈마 아버지이긴 한데, 그렇다고 제작자라는 건 아니고……."

당황해서 해명하려고 한 그때, 삼 공주도 뒤늦게 거실로 들어왔다.

방석에 앉으려고 하는 백로 여고생, 킹코브라 양호교사, 에조 늑대 유치원생을 순서대로 본 뒤에. 어머니가 다시 한번 나한테 물었다.

"……누구랑 저지른 거야?"

"아니라니까! 시즈마는 양자야! 갓난아이가 아니라는 시점에서 눈치채라고!"

"부모 허락도 없이 양자를 들이지 말란 말이야!"

그 직후, 내 정수리에 주먹이 낙하했다. 시즈마 앞에서 때리지 말라고! 아버지로서의 위엄이 완전히 박살 났잖아!

"정말이지, 넌 눈만 떼면 이상한 짓을 벌인다니까! 고등학생 주제에 대체 무슨 생각이야! 게다가 자기보다 똑 부러진 것 같은 애를 들이고 말이야!"

"거기에 대해선 나도 인정하겠어! 아무튼 얘는 이제 코바야시 시즈마! 무슨 일이 있어도 납득해줘야겠어!"
"그럼 시즈마를 우리 자식으로 삼을 테니까, 넌 나가!"
"그게 무슨 소리야!"
"우리 집에 아들 자리는 하나밖에 없어! 후계자 싸움에서 패배한 인간 중에 어떤 이는 주먹 앞에 쓰러지고, 어떤 이는 기억을 빼앗기고――"
"바보 아냐, 우리 집안?! 솔직히 말이야, 아홉 달이나 집을 비워놓고서 잘난 척하지 말라고! 이 집은 이미 내가 차지했어!"
"뭐……?! 지금까지 누가 널 사육해주었는지는 알고 있는 거야!"
"사육이라고 하지 마!"
내가 받아치자 또다시 정수리에 주먹이 떨어졌다. 세상이여, 이것이 가정 폭력이다.
"저기 두 사람. 집안싸움 중에 미안한데, 일단 정보부터 정리하면 안 될까?"
……잠시 후. 미온이 중재해준 덕분에 일단 탁자 앞에 자리 잡고 앉았다.
하긴, 말다툼하고 있을 때가 아니다. 어머니한테서 자세한 이야기를 들어야겠지.
참고로 도철 & 혼돈 & 궁기 세 【마신】들은 아직 내 안에서 나오지 말라고 했다. 어머니한테는 나중에 말해도 되겠지.

"그나저나 삼 공주랑 만나는 게 대체 몇백 년 만이지? 너희들의 주 임무는 이계 관리 아니었어? 왜 인간계에 있는 거야?"

코트를 한쪽 구석으로 던져버리고, 어머니가 여행용 가방에서 캔 맥주를 몇 개 꺼냈다. 그리고는 바로 한 개를 따서 홀짝홀짝 마시기 시작하더니, 순식간에 다 비워버렸다.

마치 자기 집이라도 되는 것처럼 편한 태도다. 뭐, 자기 집이기는 하지만.

"삼 공주가 없으면 이계가 카오스 상태에 빠지는 거 아냐? 그나저나 너희들, 어떻게 이쪽에 온 거야? 크레바스라도 있었어?"

"우리 얘기는 나중에 하자. 그보다 사츠키, 설명해줄래? 네가 이치로 군네 어머니라니…… 대체 어떻게 된 거야?"

미온에게 동조해서 주리와 키키도 고개를 끄덕거렸다.

"무엇보다 너, 왜 애 엄마가 돼 있는 건데? 『나락의 사도』의 사명은 어쩌고?"

"장군이 결혼 퇴사하면 안 됨미다."

어머니와 삼 공주가, 동료들끼리 편하게 얘기하고 있다. 이 무슨 기묘한 감각인가.

……내 어머니 코바야시 사츠키는 『나락의 팔걸』, 열장 사츠키였다.

쉽사리 믿을 수 없는 일이지만, 이 분위기를 보면 사람을 잘못 본 것도 아닌 것 같다. 이계나 크레바스에 대한 것까지 알고 있는 걸 보면, 역시 우리 어머니가 사도라고 봐야겠지.

그렇다면, 이건 상당히 심각한 사태다.

'어머니가 사도라는 건, 내가 사도의 자식이라는 얘기인데…… 그건 즉, 내가 순정품 인간이 아니라는 뜻이고. 큰일이다……! 이건 정말 큰일이라고……!'

뭐가 큰일이냐면, 먼저 '어머니가 사도'라는 설정이 시즈마와 겹친다. 사랑하는 자식의 설정을 표절하다니, 최악의 아버지다.

게다가 시즈마의 어머니 레이다는 병졸 클래스인데, 우리 어머니는 장군 클래스다. 자식의 상위 호환이라니, 이것도 최악의 아버지다.

그리고 무엇보다 큰 문제는── 나도 사도일 가능성이 크다는 점.

사도의 피를 절반만 물려받았을 뿐인데도 시즈마는 어엿한 사도다. 그렇다면 같은 설정인 나도…… 어엿한 사도라는 뜻이 아닐까?

'아냐, 아직 그렇다고 확정된 건 아냐. 사실은 우리 아버지가 재혼했고, 나는 전처가 낳은 자식일 가능성이 남아 있어. 어쩌면 엄청난 부자가 맡긴 양자일 수도…….'

문득 정신을 차려보니, 머리 위에서 파리가 한 마리 날아다니고 있었다.

나도 모르는 사이에 어디선가 날아 들어온 것 같다. 짜증 나게 앵앵 소리를 내면서 날아다니는 그 침입자를 한 손을 흔들어서 쫓아냈다.

"그래. 그럼 먼저 내 얘기부터 설명할게. 이치로는 평생 몰랐으면 싶었는데…… 이것도 운명인가 보네."

그렇게 말하더니, 어머니는 자세를 바로잡고서 조용히 이야기를 시작했다.

이봐요, 맥주 하나 더 따지 마시고.

제1장 오니와 사자와 나

그것은 지금으로부터 약 300년 정도 전…… 대충 도쿠가와 요시무네의 시대였나.

부활하신 도올 님 밑에서, 우리 『나락의 사도』들은 여전히, 질리지도 않고 열심히 날뛰고 있었어. 이번에는 꼭 인간계를 정복하자고.

하지만, 역시 지고 말았어.

도올 님은 그 당시의 『용신의 계승자』인 히노모리 류잔이 봉인해버렸고, 게다가 그릇이 누군지도 알 수 없게 돼버렸어…… 그래서 살아남은 사도들은 각자 인간계에서 몸을 숨기기로 했지. 뭐 이것도 매번 있는 일이지만.

다음 【마신】님이 부활하실 때까지 오랜 세월이 걸릴 것 같다고 생각한 나는, 이 기회에 일본을 벗어나서 세계를 유람해보기로 했지.

정말 재미있었어. 여러 나라와 부족들의 말도 배웠고. 아는 사람들도 생겼고.

특히 마지막 수십 년은 정말 스릴 넘쳤어. 중국 비경에서 선인과 한 판 싸우기도 하고, 동유럽에서 뱀파이어와 대결하기도 하고…… 그렇지, 프랑스에 갔다가 루니에하고도 만났었어. 그 녀석 레스토랑에서 셰프를 하고 있었는데,

길고 하얀 모자가 진짜 안 울려서 엄청나게 웃었다니까.

뭐? 세 번째 맥주 따지 말라고? 뭐 어때. 그보다 뭐 안줏거리 없니?

어머나 시즈마, 그 초코볼 나 준다고? 넌 정말 착하구나. 사양하지 말고 엄마라고 부르렴.

뭐야…… 얘기가 샜잖아. 뭐 그렇게 저렇게 해서 겨우 일본으로 돌아온 게 대충 20년쯤 전이야.

하지만 돌아오자마자 엄청난 실수를 저지르고 말았어.

어쩌다가 사도 모습을 하고 있었는데, 한 남자한테 들킨 거야.

정체를 목격한 이상 그냥 보내줄 수는 없어…… 그래서 난 그 남자를 처치하려고 했지. 그런데 상대가 도망치지 않고 덤비더라고.

더 놀라운 건, 그 남자가 무지무지 셌다는 거야.

나도 팔걸 중에서는 루니와 쌍벽을 이루는 실력자라는 소리를 들었거든? 그런데…… 전혀 상대가 안 되는 거야. 강함의 차원이 다르다고 해야겠지.

결과는 완패. 하지만 그 남자는 날 죽이기는커녕, 날 집까지 데리고 가서 상처를 치료해줬어. 다시는 사람을 공격하지 말라고 타이르면서 밥까지 먹여줬고.

그 사람은 골동품 상인이고, 전 세계를 돌아다닌다고 했어.

여행을 좋아한다는 공통점도 있다 보니 우리는 서서히

의기투합했고…… 어느샌가 나도, 그 사람 일을 돕게 됐지.

그 사람 이름은, 코바야시 햐쿠타로—— 네 아빠야, 이치로.

"잠깐만! 왜 아버지가 그렇게 센 건데!"

회상 장면 중인데 미안하지만, 도저히 가만히 있을 수가 없었다.

내 입으로 말하기는 그렇지만, 우리 아버지는 그냥 평범하고 시시한 아저씨다. 집에 있을 때도 그냥 데굴거리기만 할 뿐이고, TV 예약 녹화도 제대로 못 하는 사람이다.

그런 전투 능력은 물론이고 생활 능력도 없는 아버지가 장군급 사도를 이겼다니. 동년배 아저씨랑 싸워도 질 것 같은데 말이야.

"정말 엄청나게 놀랐다니까. 그때 햐쿠타로 씨, 정말 멋졌어. 와타나베 켄인가 싶을 정도였다니까."

"거짓말! 대체 무슨 콩깍지가 씌어야 그 사람이 와타나베 켄으로 보이는 건데!"

"그러고 보니까 넌 하나도 안 닮았네, 켄 씨랑."

"켄 씨랑 닮는 게 이상하지!"

"정말 우리 애가 맞기는 한 건가……."

"그거, 자식한테 해서는 안 되는 말 No.1이거든!"

침까지 날리면서 쏘아붙이는 내 옆구리를, 미온이 팔꿈

치로 쿡쿡 찔러댔다.

"이치로 군, 계속 듣고 싶으니까 딴죽은 좀 참아줘."

"아, 응, 미안해……."

그런 우리는 본 어머니가 "너희들 뭐니, 혹시 사귀는 거야?"라고 놀렸다. 중학생이냐.

여기까지 설명을 들은 삼 공주와 시즈마가 팔짱을 끼고서 음~~~ 하는 소리를 냈다.

"하지만 확실히 사츠키를 쓰러트렸다는 건 보통 일이 아니야. 코바야시 햐쿠타로 씨, 정체가 뭐야?"

"혹시 이치로네 아버지, 어디서 수행을 했다든지?"

"아마 이능력자임미다. 인간 중에 가끔, 그런 것들이 이쯤미다."

"어쩌면 인간이 아닐 가능성도 있지 않을까요? 어머니도 말씀하셨어요. 이 세상에는 다양한 『인간이 아닌 존재』가 있다고――"

마지막으로 시즈마가 그렇게 말했을 때.

갑자기 어머니가 짝, 하고 손뼉을 치더니 내 사랑하는 아들을 손가락으로 척, 하고 가리켰다.

"정답이야, 시즈마. 사실 햐쿠타로 씨는 인간이 아니야."

"뭐?"

"코바야시 가문은 『오니』라고 불리는 인간이 아닌 존재의 핏줄이야. 뱀파이어, 듀라한, 예티, 캇파에 텐구……

인간계에는 그런 존재들이 잔뜩 살고 있거든. 인류와 공존하면서 조용히."

그건 나도 안다. 예전에 뱀파이어 엘미라한테 그런 이야기를 들은 적이 있거든. 솔로몬의 악마도 있고 말이야. 멸종 직전이지만.

"그중에서도 오거 종족은 일본에서도 오래전부터 유명했어. 그게 소위 말하는 오니…… 옛날이야기 같은 데 자주 나오는데, 그건 대부분 실화야. 하쿠타로 씨는 그 후손이라는 얘기지."

"…………."

나를 비롯한 미온도, 주리도, 키키도, 시즈마도, 전부 입이 떡 벌어져 있다.

잠깐 기다려봐. 갑자기 그런 충격적인 고백을 들으면, 도저히 '아, 예 그러세요'라면서 받아들일 수가 없잖아.

우리 아버지가…… 오니? 그렇게 어깨가 축 처진 양반이? 이 닭을 때마다 우엑, 하고 헛구역질하는 양반이? 치킨을 '튀긴 닭'이라고 부르는 양반이?

잠시 침묵의 시간이 흐르고.

"저, 사츠키 님."

제일 먼저 입을 연 사람은 시즈마였다. '조모님'이라고 부르지 않은 건 현명한 행동이었다. 캐리어로 때릴 수도 있으니까.

"한마디로 '코바야시 이치로'는 『오니』와 『사도』를 부모로 둔 하이브리드라는 말씀이신가요? 그리고 오니라는 건 어떤 종족이죠?"

"어머나, 시즈마. 하이브리드라는 말도 다 아니? 역시 우리 자식이라니까."

바로 '자식이 아니라 손자다. 당신은 조모다'라고 지적했더니 여행용 가방이 날아왔다. 아들을 죽이려고 한 사람이 아무 일도 없었다는 것처럼 계속 말했다.

"아마 너희가 생각하는 그대로가 아닐까. 뿔이 달리고, 송곳니가 튀어나오고, 근육이 우락부락한 거구에, 피부색이 빨갛거나 파랗거나…… 그런 오니라고 생각하면 돼."

그랬더니 삼 공주 & 시즈마가 동시에 날 쳐다봤다.

무슨 말을 하고 싶은지는 나도 안다. 난 그런 비주얼이 아니라고. 뿔도 없고, 중간 키 중간 체격이고, 도깨비방망이도 없고, 호랑이 가죽 팬티도 안 입었다고.

아버지도 마찬가지다. 송곳니가 튀어나오기는커녕 어금니에 지각 과민까지 있다.

"하지만 그것도 다 옛날 옛적 얘기야. 계속 인간과 혼인을 거듭한 탓에 원래 가지고 있던 오니의 피는 많이 희석됐다는 것 같더라고."

……어머니 말에 의하면, 오니는 아주 오랜 옛날부터 인간과 적대시했던 역사가 있다고 한다.

옛날이야기에 나오는 것처럼 사람들에게 다양한 재앙을 불러왔고, 마찬가지로 옛날이야기에 나오는 것처럼 퇴치됐다고 한다. 그리고 최종적으로는 어리석은 '인간과 공존하는 파벌'만이 남았다는 것 같다.

숫자가 급격히 줄어버린 오니들은 동족과의 결혼이 곤란해졌고, 어쩔 수 없이 인간과 결혼하기로 했다. 그 결과—— 지금에 와서는 오니로서의 특징을 잃어버리고 말았다.

그래서 나도 아버지도 오니 같은 특징이 없다. 거의 인간 쪽으로 기울어버린 것이다.

"하지만 이상한 신체 능력이나 생명력까지 없어지진 않았을 거야. 그건 이치로, 너도 짐작이 가는 게 있을 것 같은데?"

"…………."

"특히 엄청난 생명력은 오니가 가진 이능력 중에서도 가장 대중적인 능력이야. 『축명의 무녀』도 같은 능력이 있기는 하지만…… 한마디로 오니는 인간이 아닌 존재이자 이능력자야."

거기서 나는 번쩍, 생각이 났다.

상대가 어떤 특수한 존재라면 사도와의 사이에서 자식을 가질 수 있다—— 그런 설정이.

그것은 예를 들자면 이능력자, 그리고 【마신】의 그릇……

이 법칙을 생각해보면 우리 아버지 햐쿠타로는 이능력자니까, 앞쪽 조건에 해당한다.

"이능력자와 사도 사이에서는 자식을 낳을 수 있다…… 그래서 내가 태어난 건가……!"

"맞아. 정말이지~ 나도 바보짓을 했다니까. 자식 같은 건 낳을 생각도 없었는데."

웃으면서 머리를 긁는 어머니에게, 삼 공주가 바로 한마디 했다.

"생각 좀 하고 살라고!"

"맞아! 피임은 제대로 했어야지!"

"사츠키는 빗치비치임미다!"

하지만 계획적으로 피임을 했다면 나는 이 세상에 존재하지 않았다. 자식을 앞에 두고서 '바보짓 했다'라는 소리 하지 말라고.

누나들을 달래면서 시즈마가 어머니에게 질문했다.

"그렇다면 코바야시 가문 외에도 오니의 핏줄이 존재한다는 건가요?"

"지금은 거의 대가 끊어져서 우리만 남았다는 것 같아. 시아버지 키하치로 씨가 그렇게 말씀하셨거든."

코바야시 키하치로란 내 할아버지다. 내가 다섯 살 때 돌아가셨는데, 커피를 좋아하시는 신식 할아버지셨다. 물론 오니 같은 구석이라고는 하나도 없었다.

할머니 코바야시 타에는 훨씬 먼저 돌아가셨다. 할머니는 보통 인간이셨다는 것 같다.

"현재 남아 있는 오니의 핏줄은 코바야시 가문밖에 없는 건가……."

아직 사실을 받아들이지 못한 채, 나는 쥐어짜는 소리를 냈다. 여전히 머리 위에서 시끄럽게 날아다니고 있는 파리를 한쪽 손으로 쫓아내면서.

"그런 얘기지. 옛날에는 다양한 오니들이 있었고, 어떤 혈족이 맹주가 될지를 놓고서 싸우기도 했다는 것 같은데……슈텐도지라든지, 혹시 알아?"

"이름 정도는 들어본 적이……."

"이바라키도지는??"

"음~ 글쎄."

"코바야시도지는?"

"그 녀석이 그거지! 우리 조상님!"

이야기를 들어보니 나라 시대에 존재했던, 그 당시부터 지금까지 일관되게 '공존파'였던 오니라고 한다.

축제를 좋아하고 축제 음악 소리가 들리면 거기가 어디건 달려갔다고 해서, 옛날에는 '축제환장도지'라고도 불렸다나 뭐라나. 인간 아내를 맞이한 뒤에 코바야시도지라고 이름을 바꿨다는 것 같다.

그런 파티 피플 같은 오니가 조상님이라니…….

내가 조상님을 창피하게 생각하고 있자니 어머니가 날 똑바로 바라보면서, 또 한 번 인정사정 봐주지 않고, 사실을 말해버렸다.

"그러니까 이치로. 넌 오니야."

"어윽!"

"게다가 엄마는 사도야."

"크억."

"한마디로 넌 인간이 아니야."

"어흐어억!"

언어폭력에 KO 당해서, 나는 뒤로 벌렁 자빠졌다. 정말 너무해!

'저질러버렸다. 이것만은 절대로 해선 안 되는 짓을 결국 저질러버리고 말았다…….'

코바야시 이치로는 인간이 아니었다.

아버지가 데리고 온 아이였다는 설정을 기대했는데, 그 아버지조차도 인간이 아니었다.

말도 안 돼. 이런 사실이 밝혀지면 내 친구 캐릭터 생명은 완전히 끝장이 나버린다고! 왜 지금 와서 이런 설정이 튀어나온 건데! 누굴 위한 거야!

'뭐 내가 유난히 사람 수준을 벗어난 능력을 지녔던 게 이 이야기의 의문점이기는 했지만 말이야. 하지만 그딴 건 상관없잖아! 아무런 이유가 없어도 그냥 이야기만 재미있으면 되는 게 아니냐고!'

지금까지 이런저런 일들 때문에 풀이 죽었었는데, 역대

최대급의 비보다. 설마 내가 주인공한테도 지지 않는 출생의 비밀을 지니고 있었다니. 시즈마를 떡밥처럼 이용해버렸다니.

이건 이미 틀린 건지도 모른다.

난 원래 친구 캐릭터 서류 심사에서 떨어졌어야 하는 존재였던 건지도 몰라.

'평생 몰랐으면 좋았을 텐데…….'

머리 위에 있는 천장이 눈물 때문에 흐릿하게 보였다. 저 파리, 아직도 날아다니고 있네.

미온이 걱정된다는 것처럼 내 옆으로 다가와 줬으니까, 누가 보거나 말거나 무릎베개를 해달라고 하자. 오늘은 그냥 이대로 잠들어버리고 싶은 기분이다.

"그래서 사츠키. 나머지 의문도 풀어줄 수 있을까?"

내 머리를 톡톡 두드려주면서 백로 소녀가 어머니한테 물었다.

"네가 어머니라는 건 이치로 군도 사도라는 얘기지?"

"뭐, 이론상으로는 그렇게 되지."

"그럼 이치로 군한테도 사도의 형태가 있다는 거야?"

제발 그만해! 이 얘기는 여기서 끝내줘! 이러다가 미끌미끌진빵게형이라든지 큰새똥거미형이기라도 하면, 난 두 번 다시 일어나지 못할 거야!

"아, 그 얘기 말인데――"

어머니가 대답하려고 한 그 순간.

뜬금없이 노인의 목소리가 끼어들었다.

"아쉽게도 그 도령한테 사도의 형태 같은 건 없다."

거실에 있는 사람 모두가 깜짝 놀라서 주위를 둘러봤다. 나도 벌떡 일어나서 주위를 이리저리 둘러보면서 목소리의 주인을 찾았다.

……우리 말고 누군가가 이 방에 있다. 어디지? 내 극비 정보를 들었으니 살려서 보내줄 수는 없다!

"헛헛헛. 여기라네, 여기."

다시 목소리가 들려온 쪽을 봤더니, 장지문에 아까부터 날아다니던 파리가 앉아 있었다.

어떻게 된 거야? 혹시 그 목소리의 주인이――

"이거 참, 어느 타이밍에 끼어들어야 좋을지 몰라서 참 곤란했어."

"…………."

파리가 말하고 있었다.

2

깜짝 놀라서 눈이 휘둥그레진 우리가 보는 앞에서, 그 파리한테 이변이 발생했다.

살짝 빛나면서 빠르게 거대해지더니 점점 사람 모양으

로 변해갔다. 기묘한 포밍은 겨우 몇 초 만에 끝났고, 그녀석은 탁, 하고 우리 집 거실 바닥에 내려섰다.

——키가 내 절반 정도밖에 안 되는, 체구가 작은 노인이었다.

약간 허전한 머리카락은 새하얗고, 가슴까지 내려온 긴 수염도 마찬가지로 하얀색. 옷은 일본식 전통 복장인데, 주황색 저고리 위에 보라색 웃옷, 그리고 바지를 입은 차림새였다.

사극 같은 데서 본 적이 있는 은거 노인이었다.

그래, 그 할아버지다. 마지막쯤에서 마패 같은 걸 보여주면서 악당들이 엎드려 빌게 만드는, 뭔가 이상한 이름의 노공(老公)이다. 웃는 소리도 비슷했고.

'파리로 변하는 능력? 설마 이 할배, 『악마 빙의자』인가?'

분명히 악마 중에 벨제붑인가 하는 놈이 있었다. 애니메이션이나 게임에도 나와서 나도 어느 정도 아는, 유명한 파리 악마다.

'어라? 그런데 벨제붑이 72마리 악마에 들어가던가…….'

내가 필사적으로 기억을 뒤지고 있는데 방석에 앉아 있던 키키와 주리가 벌떡 일어나더니 영감님의 정체를 말했다.

"아! 바츠와나임미다!"

"아까부터 날아다니던 파리, 너였어?"

바츠와나…… 그것은『나락의 팔걸』중 하나인, 그 바츠와나인가. 이제껏 등장하지 않았던 장군 사도 중 마지막 한 사람.

끝까지 나타나지 않았던 팔걸이 이런 영감님이었다니! 틀림없이 미소녀나 꽃미남일 거라고 기대했는데…… 시청자들이 낙담하는 모습이 눈에 선하다.

"헛헛헛. 오랜만이구나 삼 공주. 특히 주리 너, 여전히 아주 훌륭한 젖을 가지고 있구나…… 더 커진 것 같기도 하다만?"

삼 공주한테 가볍게 손을 들어서 인사를 하고 입을 열자마자 성희롱 대사를 날리는 바츠와나. 그의 시선은 주리의 가슴에 완전히 고정돼 있었다.

그렇구나, 그런 계통의 영감님 캐릭터인가. 아무래도 공경할 필요는 없을 것 같다.

"이치로 님. 이 자는 음장(陰將) 바츠와나라고 하며, 팔걸 중 하나입니다. 검은 파리형 사도로, 보신 것처럼 파리로 변하는 능력을 지녔습니다."

킹코브라 사도가 다시 한번 그렇게 소개해줬다. 두 팔로 자기 가슴을 가리고 완전히 짜증 난다는 얼굴로.

그랬더니 바츠와나 영감님이 나한테도 가볍게 손을 들어 보여서 인사했다. 그리고 싱글싱글 웃는 채 생각지도 못한 대사를 날렸다.

"도령, 너도 오랜만이구나. 그때는 정말 재미있었다."

"뭐요?"

오랜만이라니, 무슨 소리야? 이런 엉큼한 영감님이랑 알고 지낸 기억이…….

내 얼빠진 얼굴을 보고서 바츠와나가 또다시 헛헛헛, 하고 웃었다.

"뭐냐, 기억 못 하는 건가? 축제 때 같이 맞선 게임을 하지 않았나. 그때는 미온도 있었는데 말이다."

"축제 때, 맞선 게임…… 아!"

거기서 나는, 벼락이라도 맞은 것처럼 생각이 났다. 그래. 지금 이 얘기를 들을 때까지 알아차리지 못했지만…… 분명 난 이 영감님을 알고 있다.

학교 축제 때, 유키미야네 반에서 했던 맞선 게임.

분명 남자 중에 엉뚱한 할아버지가 한 명 섞여 있었다. 이상하게 엘미라를 노리던 힘이 넘치는 할아버지가.

'그게 음장 바츠와나였다니! 최후의 팔걸이 이미 등장했었다니!'

그나저나 최종 결전 때는 코빼기도 안 보이더니, 축제에는 출석하지 말라고! 사도 놈들도 그렇고 우리 조상님도 그렇고, 대체 왜 그렇게 축제를 좋아하는 거냐고!

완전히 질려버린 나와 마찬가지로, 주리도 질렸다는 얼굴로 미온한테 따져댔다.

"미온, 바츠와나랑 만났었어? 왜 말을 안 한 거야."

"말을 안 한 게 아니라, 나도 못 알아봤어. 바츠와나가 인간으로 변한 모습은 지금까지 한 번도 못 봤으니까…… 주, 주리도 루니에의 정체를 못 알아봤잖아."

그러자 필사적으로 변명하는 백로 소녀를 웬일로 키키가 도와줬다. 손에는 어느샌가 살충제 스프레이를 들고 있었다.

"바츠와나를 알아보지 못한 건 키키도 마찬가지임미다. 그냥 파리인 줄 알고 이걸 뿌리려고 해쯤미다."

"헛헛헛. 겨울에 활동하는 파리는 거의 없지 않은가. 이런 시기에 힘차게 날아다니는 파리를 보면 앗, 하고 알아차려도 될 것 같은데 말이다."

그러자 동시에 "윽" 하고 말문이 막힌 삼 공주.

한편, 어머니는 딱히 아무런 반응도 보이지 않고, 벌써 네 번째 맥주 캔을 땄다.

"그러고 보니까, 바츠와나를 데리고 왔었지. 집에 삼 공주가 있는 걸 보고 너무 놀라서 완전히 잊고 있었네."

데리고 왔다? 한마디로 이 영감님, 엄마랑 같이 왔다는 거야?

어떻게 된 일이냐고 물었더니, 어머니와 바츠와나가 교대로 말했다.

"사실은 말이야, 내가 바츠와나하고는 자주 연락하고 지냈거든. 하쿠타로 씨랑 사귀기 시작했을 때부터."

"이유는 간단하단다. 난 예전부터 인간과 적대하는 데 대해서 의문을 품고 있었지. 사츠키도 거기에 찬동했고 말이야."

"옛날에는 반발했었지만 말이야. 하지만 하쿠타로 씨랑 살아보면서 그런 마음도 이해하게 됐고…… 그래서 바츠와나처럼 동포들과 거리를 두기로 했어."

"먼 옛날부터 우리는 인간계에 살면서 인간들과 싸워왔지. 그만큼 오랜 시간을 이쪽에서 지내다 보면, 마음에 드는 인간도 생기는 법이고. 그리고 잃고 싶지 않다고 생각하게 되는 법이지. 찻집에 사쿠라라든지, 편의점 알바 마나미라든지, 술집에 레나라든지."

아깝다. 중간까지는 아주 좋은 얘기였는데, 마지막에 가서 다 망쳐버렸네.

"솔직히 말해서 지쳤다. 【마신】님들은 매번 부활할 때마다 당해버리시고."

"이계에 있던 삼 공주는 모르겠지. 【마신】님이 패배할 때마다 맛봤던 『아, 또』, 하는 그 허탈한 기분……."

당신들, 웬만하면 【마신】을 너무 비판하지 않는 게 좋을 텐데. 조금 있다가 나올 테니까.

"뭐, 그렇게 해서, 이치로에 대해서도 낳기 전부터 상담했었거든. 내가 이번에 귀국한다고 연락했더니, 한번 널 보고 싶다고 해서 말이야."

"그래서 이렇게 처음으로 코바야시네 집에 실례하게 됐다네. 그나저나 설마 도령이 사츠키의 아들이었을 줄이야…… 엘미 양은 잘 있는가?"

이 영감님, 아직까지 엘미라한테 집착하고 있는 건가…….

내가 입을 다물자, 시즈마가 눈살을 찌푸리면서 "엘미 양?"이라고 중얼거렸다.

"바츠와나 씨. 그거 혹시, 엘미라 매카트니를 말씀하시는 건가요?"

"그렇단다! 빨강 머리 엘미 양! 언젠가 그 아이 침실에 몰래 들어가서, 그 가슴 위에 앉아볼 생각이다! 가능하다면 꼭지 같은 데 앉아보고 싶구나!"

"어, 어머니께 이상한 짓을 하면 화낼 겁니다!"

바로 시즈마가, 키키가 들고 있던 살충제 스프레이를 가로챘다. 그리고는 망설이지도 않고 파리 영감님을 향해서 슉! 하고 뿌렸다.

"끄억! 그, 그만두지 못할까! 이 녀석이, 조그만 것이 의외로 흉악하구나!"

생각도 못 한 공격에 버티지 못하고 도망치는 검은 파리 사도. 그 뒤를 쫓아가는 얼룩말 사도.

탁자 주위를 빙글빙글 돌던 두 사람을 막은 것은 바가지 머리 에조 늑대 사도였다.

"시쥬마, 그만하는 검미다. 일단 스톱임미다."

"오, 키키! 저 꼬마한테서 스프레이를 몰수해다오!"

"노즐에 대롱을 끼워야 함미다. 그러면 명중률이 좋아짐미다."

"사용 방법을 가르치라는 게 아니라! 노인은 공경하는 것이지, 공격하는 것이 아니란 말이다!"

딴죽이 뭔지를 아는 영감님인데.

……듣자 하니 이 바츠와나, 평소에는 전국의 여고생을 찾아 돌아다니면서, 가슴이 큰 아이를 체크하는 게 라이프워크라는 것 같다. 마치 노후의 내 모습을 보는 것 같다.

어린아이들과 영감님이 펼치는 미니 콩트를 감상한 뒤에.

탈선했던 이야기를 원위치로 되돌리기 위해서, 다시 질문을 던졌다.

"그래서 엄마, 바츠와나 할아버지. 나한테는 사도 형태가 없다니…… 그게 무슨 얘기야?"

더 이상 내 비밀에 대해서 듣고 싶지 않았지만, 그런 소리를 할 때가 아니다. 사도 자식인데 이형의 모습이 없다…… 그게 대체 무슨 일이야?

대답한 사람은 어머니. 어느샌가 다섯 번째 맥주 캔을 다 비웠고, 살짝 취해 있다.

"먼저 말해두는데, 난 사자형 사도야."

"사, 사자? 엄마, 사자였어?"

“그래, 백수의 왕이지. 나랑 힘으로 싸울 수 있는 건, 사도 중에서도 루니에랑 사이힐 정도야. 열장이라는 별명은 폼이 아니라고.”

멋있는 모티프라서 다행이다. 가시있고가시없고잎벌레형 같은 놈이었으면 어쩌나 싶었는데.

“그럼 나도 레오폰형이라든지가 돼야 하지 않나…….”

종류가 좀 다르긴 해도, 사도의 부모 자식은 모티프가 닮는 법이니까. 레이다가 말이고 아들 시즈마가 얼룩말인 것처럼 말이야.

“먼저 결론부터 말할게. 넌 오니이기는 해도 사도는 아니야. 아빠의 피를 더 많이 물려받은 탓에, 사도의 요소는 전혀 유전되지 않았어.”

바츠와나 영감님이 어머니의 말에 고개를 끄덕이더니 긴 수염을 매만지면서 계속 설명했다.

“한마디로 도령은 오니에 가깝다는 얘기야. 오니의 특성은 지녔지만, 사도의 특성은 거의 지니지 않았지. 그래서 사도의 형태도 없고.”

인간이 아닌 존재들 사이에서 태어난 자식이라고 해도, 반드시 양쪽의 특성이 있는 건 아니라는 것 같다.

특히 오니라는 종족은 그런 경향이 더 강하다는 것 같고. 인간은 물론이고 다른 어떤 존재와 자식을 만들어도, 대부분이 오니 쪽의 요소가 강한 자식이 태어난다는 것 같다.

오히려 '뱀파이어 아버지'와 '사도 어머니'의 피를 양쪽 모두 물려받은 시즈마 쪽이 훨씬 더 하이브리드한 존재다. 역시 내 아들이라니까.

'한마디로 아버지가 오니였던 덕분에, 사도가 되는 건 간신히 피했다는 얘긴가.'

그게 그나마 불행 중 다행이었다. 다행이라고 해도 '개똥을 밟은 덕분에 새똥을 피했다' 정도의 행운이지만.

"자, 잠깐만 기다려봐 사츠키, 바츠와나. 이치로 군이 사도가 아니라고 어떻게 단정할 수 있는 건데? 확실한 증거라도 있어?"

"그래. 사도 형태가 없는 게 아니라, 인간형 사도일 가능성도 있잖아."

"아직 희망이 완전히 사라진 건 아님미다."

삼 공주가 일제히 물고 늘어졌다.

희망이라니, 무슨 희망인데. 너희들, 그렇게 날 사도로 만들고 싶은 거냐. 자기 부하로 부려 먹고 싶은 거냐?

"증거는 있어."

하지만 어머니는 삼 공주의 말을 딱 잘라서 부정했다. 여섯 번째 맥주 캔을 잡으려던 차에 주리의 금색 머리카락이 어머니의 팔을 붙잡았다. 잘했어.

"태어나서 3년이 지나도 이치로는 성체가 되지 않았어. 그건 사도의 특성이 없다는 확실한 증거야."

……그러고 보니까, 사도는 기본적으로 생후 3년쯤 되면 성체의 외모가 되고, 그 뒤에는 늙지도 않고 유지한다고 했었지.

분명히 나는 평범하게 유치원, 초등학교, 중학교, 고등학교에 다녔다. 이건 아무리 생각해봐도 사도의 성장 과정이 아니다. 사도라면 유치원에 들어가기 전에 이미 지금 같은 모습이 돼 있어야 하니까.

“사도가 아니라면 【마신】님께 충성을 맹세할 필요도 없어……. 그래서 난 이치로를 인간으로 키우기로 했어. 바츠와나도 그게 좋을 거라고 조언해줬고.”

어머니의 말이 끝나자, 잠시 거실에 침묵이 감돌았다.

시곗바늘 소리만이 유난히 크게 울렸다. 모두 제각기 지금까지 들은 정보를 정리하고 있는 것 같다.

“역시 아버님은 보통 분이 아니셨군요…….”

마침내 시즈마가 감격했다는 것처럼 중얼거렸다. 이 아버지는 ‘보통 분’이고 싶었단다…….

“이치로 군이 사도가 아니라서 다행인지도 모르겠네. 사도끼리는 자식을 만들 수 없으니까.”

이어서 미온이 그런 혼잣말을 중얼거렸다. 야, 왜 좋아하는 건데.

“이치로 님. 시험 삼아 섹스를 해보도록 하죠. 쇠뿔도 단김에 빼야 하지 않겠어요? 하지만 전희는 너무 서두르지 마시고요."

그런 소리 하지 마, 주리. 저기 있는 사자 사도, 일단은 내 엄마라고.

"얘기하는 건 질렸으니까, 녹화한 스펙터클 맨을 봐도 되겠쭘미까."

질리지 마 키키. 내 충격적인 탄생 비화가 스펙터클 맨만도 못하다는 건가.

그리고 다 같이 씁쓸하게 웃은 뒤에 어머니가 "자"라고 말하면서 손뼉을 쳤다. 계속 맥주를 마셔댄 탓에 얼굴이 새빨갰다.

"그럼 이번엔 너희 얘기를 들어볼까. 어째서 삼 공주가 우리 집에 있는 거야? 시즈마는 정체가 뭐고? 그러고 보니까【마신】님들은 아직도 부활을 못——"

거기까지 말했을 때, 어머니의 목소리가 딱 멈췄다.

봤더니 얼굴이 어느샌가 새빨간 색에서 새파란 색으로 변해 있었다. 평소 같으면 급성 알코올 중독이 아닌지 걱정했겠지만, 그게 아니라는 걸 알고 있었다.

"도저히 못 참고 나와 버렸지만, 뭐, 마침 좋은 때인지도 모르겠군."

고개를 돌려보니 아니나 다를까, 내 등 뒤에—— 나와 똑같이 생긴 소년, 산적 같은 아저씨, 그리고 새끼 고양이 크기의 하얀 여우가 일제히 나타나 있었다.

말할 필요도 없이 도철, 혼돈, 궁기【세 마신】이다.

어머니의 주인님인, 사도의 왕들이다.

“그랬구나. 나리네 가문이 유난히 쾌적한 그릇이었던 건, 오니 일족이었기 때문이었나.”

“도령이 이상하게 강했던 것도, 【마신】이 여럿 깃들 수 있을 만큼 엄청난 생명력을 지닌 것도, 이제야 이해가 되는군.”

“인간이 아닌 존재한테도 깃들 수 있었구나. 지금까지 시험해본 적이 없어서 몰랐어.”

나타나자마자 그런 코멘트를 날려주신【마신】들을, 눈이 휘둥그레져서 응시하고 있는 어머니. 술이 확 깬 것 같은 얼굴이다.

“어, 뭐야…… 어째서……?”

이렇게『절복』당한 모습의【마신】을 보는 건 처음이겠지. 하지만 어머니는 순식간에 이해한 것 같다. 그것들이 자기 주군이라는 것을.

“마, 마, 마,【마신】님이 어째서 이치로한테?!”

목소리까지 갈라져서 소리를 지르자마자, 어머니가 뒤쪽으로 펄쩍 뛰었다. 그리고 착지와 동시에 납작 엎드려서 방바닥에 이마를 문질러댔다. 바츠와나 영감님도 똑같이 하고 있었고.

참고로 삼 공주는 아무 반응이 없었다. 이젠 일일이 신하의 예를 갖추는 것도 귀찮아서 그랬겠지. 이런 건 동거하는 쪽의 좋은 점이려나.

“네 이놈 사츠키, 바츠와나! 사도를 그만두고 싶으면 사직서 정도는 내라! 상식이라는 게 있어야지!”

“설마 네놈들이 인간들과 공존하는 쪽으로 마음을 바꿨을 줄이야.”

“이거 참, 매번 당하기만 해서 정말 미안하네. 아니면 인간들을 응원했으려나?”

왕들의 말을 듣고서 더더욱 위축되는 어머니와 할배. 변명하는 대신 어째선지 날 공격해왔다.

“이치로! 너 【마신】님의 그릇이 된 거야?! 그런 건 미리미리 말하라고!”

“게다가 트리플로 깃들이다니! 아무리 오니라도 해도 되는 짓이 있고 아닌 짓이 있다! 정말이지, 요즘 젊은것들은 정도라는 걸 모른다니까!”

그 뒤에. 나는 지난 시리즈 『나락의 사도편』의 전말을 대략적으로 설명했다.

——이미 인류와 사도가 화목하게 지내고 있다고.

——도올도 부활해서 유키미야 가문의 양녀가 되어가고 있다고.

——시즈마도 레이다라는 어머니가 있는 아이라고.

——지금은 텐료인 아기토가 수괴인 72마리 악마와 항

쟁 중이라고.

——그리고 코바야시 이치로가, 히노모리 류가의 친구라고.

하나하나 이야기할 때마다, 어머니와 바츠와나는 일일이 거창하게 놀랐다. 특히 내가 【세 마신】을 『절복』 시켰다는 걸 알았을 때는 입을 다물 수가 없다는 분위기였다.

"설마 그런 사태가 벌어져 있었다니…… 그런 줄도 모르고 우리 멋대로 굴었네……."

"어리석었다. 우리는 주군을 더 믿어야 했어. 【마신】님은 언젠가 인간과 화해해주실 거라고…… 그걸 믿지도 못한 것이, 무슨 장군인가……."

전쟁이 끝났다는 걸 알고 너무 감격해서 콧물까지 훌쩍이는 열장과 음장.

한편으로 어머니가 다 마셔버린 맥주 캔을 빨아먹고 있는 도철. 이젠 없다고.

"도철 님, 혼돈 님, 궁기 님. 인간과의 화해가 성립된 지금, 사도를 버릴 이유는 없어졌습니다. 부디 이 열장 사츠키를 다시 한번 부하로 받아들여 주시옵소서!"

"이 음장 바츠와나도 마찬가지입니다! 반드시 도움이 되도록 하겠사옵니다!"

관심 없다는 것처럼 '알아서 해라'라고 말하는 【세 마신】에게, 바닥에 이마를 비벼대면서 "예!"라고 외치는 어머니와 할배. 부모님이 저러는 모습, 가능하다면 안 보는 게 좋겠다.

"저기, 그런데 사츠키. 이 목줄 어때? 잘 어울려?"

"예! 정말 잘 어울리십니다, 궁기 님!"

"그러니까 네 아들, 당분간 그릇으로 삼겠다."

"예! 이런 아들이라도 괜찮으시다면 얼마든지 써주십시오, 혼돈 님!"

"이 집도 【마신】이 맡도록 하겠다!"

"저, 도철 님…… 집은 아직 대출이 많이 남아 있으니까, 부디 자비를……."

그런 광경을 보면서, 삼 공주와 시즈마가 서로 얼굴을 마주 보며 씁쓸하게 웃고 있다.

……어쨌거나 어머니가 협력자가 된 건 요행이라고 해야겠지. 모든 『나락의 팔걸』이 돌아오면서 전력이 더 증강된 건 좀 그렇기도 하지만.

'아냐, 그런 건 신경 쓰지 말자. 코바야시 이치로가 인간이 아니었다…… 이 설정만은 무슨 수를 써서라도 묻어버려야 해. 궁기와 어머니의 존재를 포함해서, 이 자리에 있는 사람들만 아는 비밀로 해둬야겠어.'

암담한 기분으로 한숨을 쉬는 내 앞에서 도철이 신이 나서 바츠와나 영감님한테 살충제 스프레이를 슉~ 하고 있었다.

3

같은 시각. 해방된 『악마 빙의자』 48명과 이치로네가 저택에서 나간 뒤.

히노모리 류가는 아직 잠이 오지 않아, 자기 집 마당에서 혼자 산책하고 있었다. 하늘에 떠 있는 타원형 달을 그저 멍하니 바라보면서.

'모두가 활약해준 덕분에 72마리 악마 중에 상당한 숫자를 처리하기는 했는데…….'

류가로서는 무작정 기뻐할 수만은 없었다.

이계에서의 싸움이 큰 승리로 끝난 건 바라 마지않던 결과다. 설마 텐료인 아기토도 초전에서 이렇게까지 당하리라고는 생각도 못 했겠지.

하지만 『악마 빙의자』는 아직도 스무 명이 넘게 남아 있다.

그리고 그중에는…… 엄청나게 귀찮은 상대가 있고.

'만약에 내가 일대일로 제대로 싸운다면, 이긴다는 보장은 없어. 그 아이의 격투 센스는 천재라고 불러도 될 수준이니까.'

정신을 차려보니 어느새 마당 끝까지 와 있었다.

좌우에 길게 뻗어있는 돌벽 너머는 옆집인 쿠로가메 씨네 집. 대대로 고무술 도장을 운영해왔고, 현재 당주인 쿠로가메 콘고 씨가 딱 3,500대 째…… 숫자가 좀 이상한 것 같다.

'뭐, 그런 적당한 구석이 『쿠로가메류 아케론권』의 좋은 점인지도 모르겠네. 최근에는 씨름도 도입했다는 것 같고, e스포츠까지 해볼까 한다는 것 같은데 말이야.'

류가는 자기도 모르게 씁쓸한 미소를 지으며 잠시 벽을 따라 걸어가다가, 이윽고 벽에 커다란 구멍이 뻥 뚫린 곳에서 발을 멈추었다.

허리를 숙이면 지나갈 수 있을 만큼 되는, 억지로 판 터널이다. 보통은 수리해야겠지만, 벌써 십 년 가까이 방치돼 있다. 히노모리 가문과 쿠로가메 가문은 그만큼 절친한 사이다.

……이것은 소꿉친구인 리나가 초등학교 3학년 때 뚫어 놓은 것이다. '일일이 문까지 돌아서 다니는 것도 귀찮아!' 라고 하더니, 제멋대로 개구멍을 뚫어버린 것이다. 그것도 정권 지르기로.

'정말이지, 그 시절부터 엉망진창이었다니까…….'

지금까지 쿠로가메 리나라는 분방한 소녀한테 대체 얼마나 휘둘렸던가.

그리고 동시에…… 얼마나 도움을 받았는지.

——태어났을 때부터 어울린 사이인 리나 앞에서는 여자아이로서 있을 수 있었다.

——리나에게 배운 권법의 기초는 지금도 류가의 바탕

이라고 할 수 있다.

——소꿉놀이, 그림 그리기, 히어로 놀이, 그리고 못된 장난. 이런 자신이 어린아이다운 어린 시절을 보낼 수 있었던 건 전부 리나 덕분이다.

——본격적으로 수행하기 위해 일본을 떠나서 5년 만에 귀국하고 다시 만났을 때도, 예전과 똑같은 태도로 날 맞이해줬다.

그것만으로도 충분했는데.

——리나는『성벽의 수호자』로서 같은 숙명을 짊어지고, 같이 싸워왔다.

그런 리나가 지금은 텐료인 아기토의 수하가 되었다. 푸르카스라는 악마에 씌워서 위험한 전투 머신으로 변해버렸는데…… 류가로서는 도저히 참을 수 없는 현실이었다.

'나한테 리나는 가족이나 마찬가지야. 반드시 되찾겠어. 그 아이가 나와 진심으로 싸우고 싶어 한다면 받아들이고, 그 뒤에 악마한테서 해방하겠어!'

그러기 위해서라도 내일 다시 한번 만나러 가겠다. 리나가 있는 텐료인의 맨션으로.

크레바스를 지키는 또 한 사람의 문지기 바엘은 동료들한테 대처해달라고 하자. 그쪽도 얕볼 수 없는 상대겠지만 이치로, 레이, 시오리, 엘이라면 괜찮을 거야.

아무도 방해하지 않는 상태에서, 리나와 진지하게 이야

기를 나눠보자. 서로의 주먹으로.

'리나, 기다려줘. 꼭 구해줄 테니까. 돌아오면 걱정하게 만든 벌로, 바니걸 의상을 입게 할 거야!'

그런 결의를 가슴에 품고.

류가는 발을 돌려서 집으로 돌아갔다. 이번에도 머리 위에 있는 달을 바라보면서.

【세 마신】에 대한 어머니의 접대가 끝나고 겨우 다들 잠든 뒤.

침대에 누웠는데도 어째선지 잠이 안 왔던 나는, 1층으로 내려가서 마당 쪽에 있는 툇마루에 걸터앉아 그냥 멍하니 타원형 달을 바라보고 있었다.

물론 내 머릿속을 차지하고 있는 생각은 내가 오니라는 견디기 힘든 현실. 슬슬 누군가가 '몰래카메라 성공!'이라는 패널을 들고 튀어나왔으면 좋겠다고 기대했지만, 그런 일은 일어나지 않았다.

'나는 지금까지 『귀신같은 친구 캐릭터』라고 자부해왔다. 그런데 설마 『오니 친구 캐릭터』였을 줄이야…….'

예전에 유치원에서 했던 발표회에서 모모타로 역을 맡은 타카시 군과 같이 오니를 쓰러트린 적이 있었다. 모모타로의 부하인 목도리도마뱀 역할로.

지금 생각해보면 나는 동포를 쓰러트렸던 건지도 모른다. 아니, 어쩌면 내가 오니 역할을 맡아야 했는지도 모른다.

'포기하지 마, 코바야시 이치로! 출신 성분으로 인생이 결정되는 일은 있어선 안 돼! 이 나라에는 직업 선택의 자유가 있잖아!'

그렇게 자신에게 힘을 불어넣었지만, 바로 '하지만 난, 인간이 아니잖아……'라는 생각에 힘이 쭉 빠졌다. 그런 분발과 의기소침을 열 번 정도 방해했을 때.

"누구~ 게?"

갑자기 뒤쪽에서 뻗어온 누군가의 손이 내 눈을 가렸다.

바로 백로 소녀라는 걸 눈치챘지만, 지금은 그런 장난에 어울려줄 기분이 아니다.

"아직 안 잤어, 바츠와나."

"누가 파리 영감이라는 거야!"

"그럼 시드라인가?"

"잘도 기억하고 있었네, 그런 마이너한 놈을!"

"아니면 미온인가?"

"그렇게 얼렁뚱땅 맞히는 건 왠지 짜증 나거든!"

성실하게 딴죽까지 날린 뒤에 내 관자놀이에 주먹을 대고 빙글빙글 돌려대는 미온.

결국, 장난질에 어울려주고 말았다. 내가 생각해도 너무 맞장구를 잘 쳐주는 오니라니까.

"이치로 군, 안 자도 되겠어? 내일도 학교 가야 하잖아?"
"지금 잠들면 아마도 코바야시도지 꿈을 꿀 거야."
"뭐, 풀이 죽을 만도 하겠지. 그런 이야기를 들었으니까."
그렇게 말하며 미온이 내 옆에 앉았다. 그리고는 자기 다리를 짝짝 두드렸는데, 거기다 머리를 얹으라는 뜻이겠지.
또 무릎베개를 해주려는 것 같다. 주머니에서 귀이개를 꺼낸 걸 보면 귓밥도 파준다는 얘기겠지? 마음이 약해져 있으니까 응석을 부리기로 했다.
……그 뒤로 한참 동안 아무 말 없이 귀 청소만 계속했다.
마침내 오른쪽 귀가 끝나고 이번에는 왼쪽 귀. 벌렁 몸을 뒤집어서 백로 소녀의 사타구니에 얼굴을 묻었다. 그리고서 힘껏 숨을 들이쉬었더니 팔꿈치가 날아왔다.
"그러고 보니까 처음 만났던 때도 이렇게 풀 죽어 있던 이치로 군을 위로해줬었지. 기억나?"
"그래. 아마 폐공장에서였지."
그때 나는 나라는 존재를 알 수 없게 되어서 엄청나게 풀이 죽어 있었다.
그리고 지금은 내 정체가 판명돼서 엄청나게 풀 죽어 있고……. 진보가 없는 오니다.
"그런데 말이야, 역시 알아서 잘했다는 생각이 들지 않아? 자기 자신에 대한 거니까."
"…………."

"류가네한테는 그냥 말 안 하면 되는 거잖아. 사츠키가 집에 주는 생활비도 늘리겠다고 했으니까, 나쁜 일만 있는 건 아니야."

"여전히 주부 같은 사고방식이네……."

"그렇지 뭐. 이번에 사츠키도 나한테 이 집을 맡긴다고 했어. 하는 김에 이치로 군도 맡긴다고 했고. 한마디로 드디어 어머니가 인정한 관계가 된 거야."

이겼다는 것처럼 거만한 표정을 짓는 백로 소녀. 기분 탓인지 귀를 파주는 손놀림도 가볍다.

'지금 와서 약혼자가 생기다니…….'

그렇다고 나 때문에 류가랑 다투지는 않았으면 좋겠다. 기껏 별명으로 부를 정도로 친해졌으니까.

그 점에 대해 이야기하자, 미온이 아무렇지도 않다는 투로 말했다.

"괜찮아. 만약에 류가랑 결혼하고 싶다면 그냥 해도 돼. 마음이 있으면 아오가사키나 유키미야, 엘미라도 괜찮아. 난 딱히 반대 안 해."

"뭐?"

"그냥 그 애들 전부랑 결혼하는 게 어때? 사츠키가 그랬는데, 오니는 일부다처제래."

"그, 그런 거야?"

"사츠키는 인정하지 않았다는 것 같지만. 『바람피우면

죽인다』라면서. 하지만, 이대로 오니의 핏줄이 끊어지는 것도 슬픈 일이니까…… 자식은 최대한 많이 남기는 게 좋을 거야."

솔직히 코바야시도지의 핏줄 따위는 끊어져 버려도 좋다고 생각한다. 만약에 내가 친자식을 얻는다고 해도 시즈마보다 더 사랑해줄 자신도 없고.

"넌 그걸로 납득할 수 있는 거야. 남편한테 색시가 잔뜩 생기는 건데?"

"그게 정실부인의 관록 아니겠어. 이치로 군의 색시 후보들은 류가랑 사신 정도잖아? 그중에서 사도는 나 하나뿐…… 이게 무슨 의미인지 알겠어?"

"너한테는 천년의 수명이 있다는 얘기지."

"맞아. 결국 끝까지 이치로 군 곁에 있는 건 나—— 람장미온이야."

"류가네보다 내가 먼저 죽을지도 모르는데?"

그렇게 지적했더니 백로 소녀가 흐흥, 하고 웃었다. 그나저나 미온이랑 결혼하는 게 결정된 일이라는 것처럼 말하는데…… 어머니가 멋대로 인가했을 뿐이거든?

"사츠키한테 좋은 얘기를 들었어. 오니의 수명은 인간보다 조금 긴 정도라는 것 같지만…… 이치로 군은 어쨌거나 사도의 자식이니까, 어쩌면 수백 년 정도는 살 수 있을지도 모른대."

"말도 안 돼……."

"지금 상태에서 노화가 멈출 수도 있다는 말도 했어. 그런 형태의 유전도 있다나 봐."

하긴, 완전히 말도 안 되는 얘기도 아니다. 사도의 자식 중에 전례가 없는 것도 아니니까.

예를 들자면 시즈마는 태어나서 3년이 되기도 전에 2살 아이 정도가 됐다. 그리고 지금도 미묘하게 성장하는 중이고. 이것도 순수한 사도라면 있을 수 없는 일이다.

'장수에 불로라……. 그런 의미에서 보면 사도는 인간이 아닌 존재 중에서도 특별한 놈들이네.'

생각해보면 어머니도 예전부터 겉모습이 전혀 달라지지 않았던 것 같다. 내가 어릴 때부터 지금까지 계속 서른 살 정도 모습이다. 어떤 안티 에이징을 했길래 그러는 건지 궁금했었는데…….

참고로 어머니와 시마까지 추가해서 『나락의 오 공주』를 만들자는 생각도 있었다는 것 같다. 하지만 그 두 사람이 '아이돌이 돼서 콘서트 하는 건 무리야!'라면서 제안을 거절했다나.

정말 위험했다. 시마는 그렇다 쳐도 우리 엄마가 귀염깜찍 춤을 추면서 노래하는 모습이라니, 상상만 해도 토할 것 같다.

"뭐 수명도 노화도 보통 사람이랑 똑같을 수도 있지만.

그래도 안심해. 만약에 할아버지가 되더라도 사랑해줄 테니까. 난 노화 같은 거 없으니까."

내가 할아버지가 되더라도 색시는 여고생 모습 그대로. 어떤 의미에서는 남자의 로망이다.

'혹시 사도는 엄청나게 좋은 결혼 상대가 아닐까? 주리도 노화하지 않는다면 그 I컵이 곶감처럼 말라서 늘어질 걱정도…….'

그런 생각을 하고 있는데 갑자기, 내 귀가 엄청나게 아파왔다. 미온이 귀이개를 잘못 놀린 탓이다.

"아야야야! 야 미온, 너답지 않게 왜 이래!"

"아, 미안. 내가 새라서 어두우면 잘 안 보이거든……."

"그런 데까지 모티프에 충실하지 않아도 되잖아!"

"그리고 말이야, 왠지 이치로 군한테 벌을 주고 싶어졌거든. 혹시 지금 다른 여자 생각하지 않았어? 그 여자 가슴 생각하지 않았어?"

감이 정말 예리하네. 무섭구나, 람장 미온.

그나저나 지금 벌이라고 했지? 사실은 너도 『바람피우면 죽인다』 쪽인 거 아냐?

4

실컷 곤욕을 치른 밤이 지나고, 화요일 아침.

결과적으로 나는 한숨도 못 자고서 학교에 가게 됐다. 쇠공이 달린 족쇄라도 찬 것처럼 발걸음이 무거운 건 육체보다 정신이 피폐해진 탓이다.

'이런 때에도 학교에 가야 하는 게 학생의 괴로운 점이지…….'

하다못해 1교시 정도는 빠질까도 싶었지만, 어머니가 '웃기지 마'라고 하면서 집에서 쫓아냈다. 역시 사자 사도라니까. 자식한테도 인정사정이 없어요.

……그리고 아침 식사 자리에서 들었는데, 어머니는 당분간 집에 머문다고 했다.

바로 외국으로 나갈 예정이 있었는데 서둘러 취소했다는 모양이다. 주군인 【마신】들한테 충성을 보이기 위해서라나 뭐라나.

——이봐 사츠키, 됐으니까 일을 우선해라. 네가 없으면 하쿠타로도 불편하지 않겠냐.

——맞아. 이쪽 인원은 충분하니까, 가서 하쿠타로를 도와줘.

——집에 보내는 생활비를 조금이라도 늘리는 것……그게 너와 하쿠타로의 사명이다!

혼돈, 궁기, 도철은 그렇게 말했지만, 어머니는 완고하게 거부했다. 그러거나 말거나 상관은 없는데, 아무리 그래도 우리 아버지 이름을 함부로 불러대지 말라고.

——아닙니다. 오랜 불충을 만회하기 위해서라도 이대로 떠날 수는 없습니다. 무엇 하나라도 【마신】님께 도움이 되기 전에는!

그렇게 해서, 오늘부터는 집에 가면 어머니가 계신다.

잠정적으로 우리 집 주부가 두 명이 됐지만, 가사의 지휘권을 쥔 것은 여전히 미온이다. 특히 취사 문제에 있어서는 백로 소녀가 모든 권한을 가지고 있다.

'뭐, 음식이 맛있어서 나쁠 건 없으니까. 어머니도 오늘 아침에 나온 된장국 맛을 보고서 패배를 인정했고…… 그보다 문제는 바츠와나 영감님까지 눌러앉는다는 건데 말이야.'

아냐. 그런 건 문제도 아니야. 연예인 결혼식만큼이나 나랑 아무 상관 없는 일이다.

우리는 오늘, 다시 한번 아기토네 맨션에 가기로 했다. 류가 & 사신 히로인즈와 함께.

72마리 악마 중 하나인 푸르카스가 되어 이계로 통하는 크레바스를 지키고 있는 쿠로가메.

그런 쿠로가메를 되찾기 위해서, 주인공 쪽이 적진으로 쳐들어갈 생각이다. 한시라도 빨리 동료를 되찾고 싶다고 서두르는 류가와 동료들을 나는 결국 말리지 못했다.

'물론 이 건에 대해서는 바엘한테도 미리 전해두긴 했지만…….'

아무리 72 악마의 필두라고 해도, 혼자서는 대응하는 데 한계가 있겠지.

……바엘, 쿠로카와 코지. 하쿠보기주쿠 고등학교 2학년이자 아기토의 소꿉친구이다.

전부터 솔로몬군의 거병에 반대해왔던 바엘은 이번 소동을 원활하고 신속하게 끝내기 위해서 비밀리에 나와 결탁하기로 했다.

아무리 봐도 『악마 빙의자』들의 정상에 있다는 걸 믿을 수 없는, 수수한 외모와 성격을 지닌 남자다. 나는 친구 캐릭터 동지로서 그에게 강한 친근감을 품고 있다.

'지금 상태에서 푸르가메 양이 동료로 복귀하는 건 아무리 생각해도 좋은 방법이 아니야. 이쪽 동료들의 전력이 더 충실해지면 새 시리즈가 이번 주 안에 끝나버릴 우려가 있어.'

인적 없는 골목길을 걸어가면서 뭔가 타개책이 없을지 생각하고 있는데, 문득 내 머릿속에 어린애 목소리처럼 톤이 높은 목소리가 울렸다. 궁기다.

'걱정은 안 해도 돼 코바야시 소년. 방과 후 건에 대해서는 일단 손을 써뒀으니까.'

"손을? 어떻게?"

'그건 나중에 보면 알아. 네가 날 제작 스태프로 지정한 건 이런 때를 위해서잖아? 맡겨만 두라고.'

"나한테까지 비밀로 할 건 없잖아…… 이봐, 대체 무슨 못된 꾀를 부린 거야?"

'너무하네. 난 텟짱이나 톤짱보다 훨씬 도움이 된다고. 맨션에서 분위기가 화끈하게 띄워질 거야. 내가 보장할게.'

역시 이 여우, 이 상황을 즐기고 있는 게 아닐까? 내가 그런 생각을 하면서 고개를 찌푸린 그때.

"——기다리고 있었다, 코바야시!"

갑자기 전방에 있는 모퉁이에서 웬 남자가 나타나 내 앞길을 가로막았다.

"뭐, 뭐야?"

나는 발을 멈추고 상대를 확인했다.

머리카락 전체를 약 6mm 정도로 깎은, 도복 차림의 젊은이였다. 나이는 나랑 비슷한 정도려나. 외모만 본다면 대충 공수도부나 유도부 같은데.

'아냐 잠깐만, 이 녀석은……!'

나는 이 녀석 얼굴을 본 기억이 있다.

머리 모양이 달라진 탓에 처음에는 못 알아봤지만, 생각이 나는데 3초도 안 걸렸다.

"오랜만이다, 코바야시. 날 기억하고 있나."

목에서 뿌득뿌득 소리를 내며 상대가 성큼성큼 걸어왔다.

……아, 기억하고말고. 바츠와나 영감님보다 훨씬 잘 기억하고 있지.

잊을 리가 있겠어. 예전에 내가 프로듀스했던 사내인데.

이 친구 이름은 와타나베 아츠시. 중학교 시절에 같은 반이었던, 내가 친구 캐릭터를 맡아서 학교 짱까지 만들었던 (전)불량학생, 와타나베 군이다!

"나, 나베리우스인가?"

큰 소리를 낸 나를 보며 씩, 대담하게 웃는 와타나베 군. 그리고 다음 순간.

와타나베 군의 이마에서 흑요석 같은 뿔 하나가 뿌드득하면서 자라났다. 동시에 불끈불끈한 근육에서 엄청난 요기가 방출됐고――『악마 빙의자』였다.

"기억해줘서 고맙다. 게다가 그 반응…… 내가 『악마 빙의자』가 됐다는 것까지 알고 있었나 본데. 그래, 지금의 나는 72 악마 중에 하나! 후작 랭크의 나베리우스다!"

당연한 얘기지만 처음 듣는 얘기였다.

내가 말한 '나베리우스'란 와타나베 군의 별명이다. 중학교 때부터 그렇게 불렀었거든. 나만 그렇게 불렀지만.

'야 궁기! 72마리에 나베리우스라는 악마도 있었어?!'

'그러니까…… 잠깐만 기다려봐, 성의 서고에서 찾아낸 『솔로몬 완전 공략 가이드~당신도 오늘부터 소환의 프로』에서 찾아볼 테니까.'

아주 흔하지, 그런 책.

'아…… 응, 있다, 나베리우스. 서열 24위 악마라는데.'

있었냐. 사람 헷갈리게 하기는…… 이 세상에 존재하는 나베 군의 별명은 보통 '나베 씨'나 '나베리우스'잖아! 아마 와타나베 켄도 그럴 거야!

'설마 나베리우스가 악마 나베리우스가 됐을 줄이야…… 설마 이 녀석, 인간계에 쳐들어왔다는 적 멤버 중 하나인가?'

어젯밤에 바엘이 그런 보고를 했었다. 열 명가량의『악마 빙의자』가 바엘이 없는 사이에 크레바스를 통과해서 이쪽으로 넘어왔다고. 어제 쓰러트린 바사고도 그중에 하나다.

나베리우스도 그런 건가? 악마한테 영혼을 팔아버렸다는 거야?!

"대체 왜, 나베리우스! 넌 졸업할 무렵에는 갱생했었잖아! 제대로 공고에 진학하기도 했었고!"

내 비통한 질문에 의외로 나베리우스는 고개를 크게 끄덕여서 긍정했다.

"그래, 갱생했지. 그래서 나 자신을 처음부터 다시 단련하기로 했다. 물론 싸우려고 그런 게 아니거든? 그건 바로 코바야시── 널 이기기 위해서다!"

"……뭐?"

"지금이니까 말하는데! 난 계속 네가 부러웠어!"

생각지도 못했던 고백에 난 그저 곤혹스러울 뿐이었다.

하지만 나베리우스의 눈은 진지했다. 악마답지 않은 뜨거운 혈기를 담아 도전자처럼 나를 똑바로 노려봤다.

"분명히 난, 중학교에서는 짱이 됐었지. 하지만 그건 일시적이었어. 그 학교의 진짜 보스는, 진짜로 최강이었던 건…… 코바야시 이치로! 너였어!"

"이, 이 바보야! 말도 안 되는 소리를 큰 소리로 말하지 말라고!"

"난 사실을 말했을 뿐이다! 그 당시에 나보다 센 싸움 상대는 얼마든지 있었다. 하지만 그놈들은 나랑 결투하기 전에 하나같이 정체불명의 복면 사내한테 쓰러졌다. 다 네 짓이잖아!"

"그, 그건……."

그 시절의 나는 나베리우스를 이용해서 『불량배 열혈 스토리』의 친구 캐릭터를 맡고 있었다. 그리고 와타나베 군을 무적의 짱으로 만드는 게 최종 목표였고.

그러려면 아무리 봐도 나베리우스보다 강한 상대를 사전에 제거해야 했었다. 이긴 뒤에 '나베리우스는 나보다 열 배는 세다'는 말도 던져놨고.

"어, 억측만 두고 말하지 말라고 나베리우스! 내가 그랬다는 증거라도 있어?!"

"그 복면 사내가 번번이 이렇게 말했다더라고. 『나베리우스는 나보다 열 배는 세다』고. 날 나베리우스라고 부른 건 너뿐이었어! 최소한 그 당시에는!"

훌륭한 추리였다. 이 자식, 명탐정 코난을 1권부터 전부다 가지고 있을 거야.

"아, 아냐 나베리우스. 나한테 넌 주인공 같은 존재였으니까……."

횡설수설 변명하는 날 보며 나베리우스가 고개를 저었다.

"지금 와서는 다 상관없는 일이다. 네가 나한테 만들어준 짱의 자리…… 그걸 가만히 받아들인 나한테는 뭐라고 할 자격이 없으니까."

"…………."

"난 지금까지 너만큼 강한 사내를 만나본 적이 없다. 그래서 네가 부럽다…… 그 압도적인, 영문 모를 오니 같은 강한 힘이!"

친구 캐릭터를 동경하지 말라고! 그리고 오니 같은 게 아니라 진짜 오니란 말이야! 이젠 영문을 알았어!

"그런 너한테 조금이나마 다가가기 위해서 난 단련에 단련을 거듭했다! 중학교를 졸업한 뒤에는 권법 도장에도 입문했다! 전 세계에 지부가 있는 쿠로가메류 아케론 권법의 문을 두드렸지!"

하고많은 도장 중에, 왜 그 문을 두드린 거야!

"그리고 어쩌다가 솔로몬 님과 만나고 『악마 빙의자』까지 돼버렸지만, 내 신념은 단 하나! 코바야시 이치로를 뛰어넘고 싶다―― 그것이 내 갈망이다!"

나베리우스가 나베리우스가 된 게 나 때문이었다!

마음속에 강한 갈망을 지니는 것…… 그것이 『악마 빙의자』가 되는 조건이라고 들었다. 그래서 나베리우스는 내 앞에 나타났고. 그 비원을 성취하기 위해서!

"자, 코바야시! 나랑 겨뤄보자!"

말이 끝나기가 무섭게 나베리우스가 땅을 박찼다. 순식간에 나에게 다가와 주먹을 산탄처럼 날려댔다.

내 예측보다 빠른 공격이었다. 충격파가 공기를 찌릿찌릿하게 울렸다. 펀치가 음속을 넘는다는 의미였다.

……강하다. 후작이라면 대공인 바사고보다 훨씬 밑일 텐데. 그런데 그 녀석보다 훨씬 강하다. 솔직히 바사고가 너무 약했지.

'역시 『악마 빙의자』의 힘에 서열이나 랭킹은 상관없는 건가……!'

『악마 빙의자』들의 힘은 본인이 지닌 갈망의 강도에 비례한다. 악마란 '인간의 욕심'을 에너지로 삼고, 그만큼 숙주를 초인으로 만드는 것이니까.

하지만 난 알 수 있다.

아마도 나베리우스의 힘은 그것만이 아니다. 이 주먹과 발차기는 확실한 수행을 통해 얻은 것…… 결코 악마에게 받은 게 아니겠지.

예를 들어서 어젯밤에 싸웠던 바사고는 칼 다루는 실력이 엉망진창이었다. 크게 강해진 신체 능력에 휘둘릴 뿐이었고.

'나베리우스는 달라. 이 정도 수준에 도달하려면 상당한 단련이 필요했을 거야. 그렇게까지 날 뛰어넘고 싶었던 건가?! 설마 너…… 날 원망하는 거야?!'

아마도 그렇겠지. 나라는 친구 캐릭터가, 나베리우스한테는 고마우면서도 귀찮았던 거야.

좋은 뜻으로 했던 행동이── 나베리우스의 자존심에 상처를 냈다.

'코바야시 소년. 괜찮다면 내가 좀 도와줄까?'

나베리우스의 맹공에 쩔쩔매는 나한테, 궁기가 그런 제안을 했다.

하지만 나는 바로 거절했다. 나는 이 【여우 마신】을 바깥 무대로 내보낼 생각이 없다. 아니, 설령 그 누가 됐건…… 이 싸움에 개입시킬 생각이 없다.

'나오지 마, 궁기! 나베리우스는 내가 상대해야만 해! 안 그러면 이 녀석의 갈망을 충족시킬 수 없으니까!'

가능하다면 『악마 빙의자』를 쓰러트리고 싶지 않은데. 안 그래도 22명밖에 안 남은 상태에서 친구 캐릭터가 쓰러트리는 건 언어도단이다.

하지만 이 나베리우스만은 내가 대처해야 한다.

예전에 내가 억지로 프로듀스 했던 것 때문에 『악마 빙의자』가 돼버렸다면── 그 뒤처리는 이 코바야시 이치로의 책임.

친구 캐릭터로서 최소한의 사후관리는 해야지!

"꽤 하는데 코바야시! 그래야 내가 목표로 삼는 사나이지!"

공격이 번번이 빗나가고 있는데도 오히려 기뻐하는 나베리우스.

그렇다고 나도 여유가 있는 건 아니다. 역시나 쿠로가메류 아케론권…… 이름은 웃기지만 가르치는 건 제대로 가르친다니까.

"하지만 나는 반드시 너한테 이기겠다! 그리고서 리나 대장한테 교제를 신청하겠다!"

"리, 리나 대장?! 교제?!"

"나처럼 『악마 빙의자』가 된, 도장의 사범 대리다! 강함과 가련함을 겸비한 절세 미소녀라고만 말해두겠다! 비너스의 화신이다!"

대체 뭐에 홀린 거야 나베리우스! 엄청난 과대평가잖아!

"그러고 보니까 코바야시 너, 대장이랑 같은 오메이 고등학교였지! 아마 너도 그 사람을 보면 틀림없이 한눈에 반할 거다! 너한테, 내 여신을 넘길 수——"

"행여나 그 녀석이 신이라면, 나한테는 재앙신이야."

그 코멘트와 동시에 나베리우스의 품 안으로 파고들어 배에 팔꿈치를 때려 넣었다.

"크헉!"

나베리우스의 몸이 ㄱ자 모양으로 구부러졌다. 이마에

달린 뿔에 빠직, 하고 미세한 균열이 갔다.

저 뿔은 마력 결정체. 72마리의 악마는 저게 부서지면 빙의 상태를 유지할 수 없어, 지옥으로 강제송환 돼버린다…… 전에 바엘이 그렇게 말했다.

뿔의 강도는 다이아몬드급이지만, 『악마 빙의자』가 마력을 소모하면 그만큼 경도가 떨어진다.

그런데 아무래도 직접적인 대미지도 유효한 것 같다. 한마디로 힘을 빼놓기만 하면 된다.

"나베리우스. 지금 되돌려줄게, 나베리우스로."

머릿속에서 궁기가 '그게 돌아가는 건가'라고 딴죽을 걸었지만, 묵살했다.

시간을 오래 끌 생각은 없다. 예전에 내가 도와줬던 존재와 언제까지고 싸우고 싶지 않으니까.

"큭, 코바야시……!"

기가 죽은 나베리우스를 향해 살기를 담아서 오른발을 힘껏 차올렸다. 종이 한 장 차이로 피했지만, 그건 페이크. 진짜는 다음 공격이다.

이번에는 반대로 살기를 지우고서 차올린 오른발을 다시 내리찍었다. 스텔스 내리찍기는 내가 노린 대로 나베리우스의 뿔을 뿌리 부분에서부터 똑! 하고 부러트려 버렸다.

"끄아아아아아아!"

나베리우스가 절규했다. 그 목소리는 누가 들어도 와타

나베 군의 목소리와 다른…… 아마도 악마 나베리우스 본인의 단말마였다.

온몸에서 시커먼 연기 같은 독기를 뿜으며 땅바닥에 쓰러지는 나베리우스.

나는 나베리우스의 몸을 바로 받아냈다. 그대로 살며시 바닥에 눕히고, 잠시 상태를 지켜봤다. 바사고 때를 생각해보면 바로 일어나겠지.

'한 방이라도 때려줄 걸 그랬나…… 아냐, 그런 배려는 되레 나베리우스의 자존심에 상처만 줄 뿐이야. 필사적으로 단련한 이 녀석의 노력을 모욕하는 행위라고.'

그래서 그 대신에, 나 자신을 힘껏 때렸다. 의식이 살짝 날아가려던 순간, 예상대로 나베리우스가 "으……" 하는 신음을 흘리더니 바로 번쩍하고 눈을 떴다.

"어, 어라…… 여기는……?"

"안녕 나베리우스. 오랜만이네."

얼빠진 표정을 짓고 있는 나베리우스를 보면서, 나는 아무 일도 없었다는 것처럼 말을 걸었다.

『악마 빙의자』가 악마에게서 해방되면 그동안에 있었던 일의 기억이 없어진다. 그걸로 됐다. 나한테 졌다는 건 기억하지 않는 게 좋으니까.

날 빤히 보면서, 나베리우스가 바로 몸을 일으켰다.

"코, 코바야시? 코바야시냐?"

"깜짝 놀랐다니까. 지나가는데 갑자기 누가 쓰러지고, 게다가 그게 너였으니까. 그거 권법 도복이야? 등에 『龜(거북)』 글자가 있는데."

"아, 응. 쿠로가메류 아케론권이야. 그러고 보니까, 매일 하던 러닝을 하고 있었는데…… 빈혈이라도 일어나서 쓰러졌나."

악마한테서 해방된 나베리우스는, 중학교 때하고 비교해서 분위기가 많이 달라져 있었다.

권법에 매진하고, 사랑도 하고, 하루하루를 아주 충실하게 보내고 있는 것 같다. 그 거북이 양의 어디가 좋다는 건지는 모르겠지만.

'그나저나 뭐냐고, 쿠로가메류 아케론권! 『악마 빙의자』를 두 명이나 배출하고 말이야……! 정말 거지 같은 도장이라니까. 최근에 람바다까지 가르치기 시작했다는 것 같던데.'

그런 내 속내를 알 리가 없는 나베리우스는, 반갑다는 것처럼 날 쳐다보고 있다.

"그나저나 진짜 오랜만이다 코바야시. 여전히 누굴 돕고 다니냐? 내 못된 짓에도 꽤 많이 어울려줬었는데 말이야."

"으, 응."

애매하게 고개를 끄덕이고, 나도 모르게 나베리우스한테서 고개를 돌렸다.

어쩌지. 지금 여기서 옛날에 했던 쓸데없는 참견질에 대해서 사과해야 하려나…….

아마도 나베리우스의 갈망은 아직도 마음속에 남아 있겠지. '코바야시 이치로를 뛰어넘고 싶다'라는 오랫동안 쌓여온 진심이. 잃어버린 자존심을 되찾고 싶다는 비원이.

이 모든 것은 내가 멋대로 저질렀던 프로듀스 업무 때문이다. 도와줘야 할 상대한테 되레 상처를 주다니, 나한테는 친구 캐릭터가 될 자격이 없는지도 모른다. 책임지고 사퇴해야 하는 건지도 모른다.

"나베리우스. 난──"

나베리우스 앞에 무릎을 꿇고, 진지한 표정으로 사죄하려고 한 그때.

"아무튼, 잘 지내는 것 같아서 다행이네. 너한테는 지금도 감사하고 있거든."

"……뭐?"

"너랑 만나지 않았다면, 난 지금도 그냥 양아치였을 거야. 코바야시 이치로라는 친구랑 만나고, 어찌어찌 억지로 갱생하고, 언젠가 이 친구를 뛰어넘고 싶다고 바랐기에…… 지금의 내가 있는 거야."

쑥스럽다는 것처럼 까까머리는 긁어대고 있는 나베리우스에게, 나는 떨리는 목소리로 물었다.

"나베리우스…… 날 원망하는 게 아니었어?"

"왜 원망하겠어. 하지만, 언젠가는 너한테 도전하고 싶다고 생각하고는 있어. 아직 그 레벨에는 도달하지 못했지만, 조금씩 강해지고 있다고 느끼고는 있어.”

“………….”

“이것도 다 코바야시 이치로라는 목표가 생긴 덕분이야. 고맙다.”

……울어도 될까.

길바닥이지만 그냥 확 울어버려도 될까. 오니 눈에도 눈물은 있으니까.

내가 한 일은 헛된 짓이 아니었다. 친구 캐릭터로서 암약하던 그 시절의 나를, 나베리우스는 원망하기는커녕 감사까지 해줬다.

‘내 손을 떠난 너는 스스로 목표를 찾아냈고…… 그 이야기의 주인공이 됐구나.’

어제부터 계속 절망의 구렁텅이에 빠져 있었는데, 그것조차도 날아가 버릴 정도로 기뻤다.

감사해야 할 건 나라고. 구원받은 건 나란 말이야.

네 친구 캐릭터가 돼서── 정말 다행이야.

“나야말로, 고맙다…… 나베리우스.”

“그런데 말이야, 이제 제발 그 이상한 별명으로 부르지 마. 그리고 너, 코피 난다. 누구한테 맞았냐?”

……그 이후, 나베리우스가 혼자 가겠다고 해서 우리는 그 자리에서 헤어졌다. 언젠가 때가 되면 대련하기로 약속

하고서. 시간을 봤더니 벌써 1교시 시작하기 5분 전. 결국은 지각하겠지만, 그딴 건 아무렇지도 않았다. 지금은 이 감동에 잠겨 있고 싶었다.

역시 나한테는 친구 캐릭터가 천직이다.

이젠 구질구질하게 기죽지 않겠어. 난 지금까지 하던 대로, 질리지도 않고, 내 친구의 길을 걸어가겠다! 그것이 코바야시 이치로다!

완전히 기력을 되찾고 의기양양하게 걸음을 옮기기 시작한 순간.

머릿속에 궁기의 목소리가 울렸다.

'우와, 역시 오니와 사도의 하이브리드는 다르네. 네가 인간이 아닌 존재라는 걸 알게 되면 바엘 군도 거리를 두지 않을까? 걔는 제대로 된 친구 캐릭터니까.'

기력이 싹 빠져나갔다.

5

그리고 순식간에 방과 후가 됐고, 문제의 그 시간이 찾아왔다.

한마디로 주인공 & 사신 히로인즈와 함께 아기토네 맨션으로 쳐들어가는 시간이다.

게다가 목적은 크레바스가 아니라 그걸 지키고 있는 푸르가메 양의 탈환…… 이계의 전황이 우세한 지금, 크레바스는 그다지 중요한 목표가 아니다. 혼돈의 문만 있으면 충분하니까.

"그럼 가볼까. 다들 준비는 됐어?"

교문 밖으로 나온 류가가 우리는 돌아보면서 다시 한번 확인했다.

그 말을 듣고서 고개를 끄덕이는 유키미야, 아오가사키 선배, 엘미라. 바로 어제까지 이계에서 싸웠는데도 피곤한 기색이라고는 찾아볼 수도 없었다. 역시나 백전연마의 숙련자들이다.

아마 사신 히로인즈도 류가한테 지지 않을 정도로 쿠로가메를 걱정하고 있겠지. 같은 사신이 저지른 불상사를, 동료로서 어떻게든 해결해주고 싶겠지.

"히노모리 군과 코바야시 씨는 맨션이 어디 있는지 알고 계시죠?"

"우리는 바엘이라는 『악마 빙의자』를 상대하면 되는 거지?"

"셋이서 덤비다니, 너무 천박해요. 그냥 저한테 맡겨주세요."

그렇게 의논하면서 전철을 타기 위해 역으로 향하는 메인캐릭터 일행. 역시 지금 와서 그만두게 하는 건 불가능하려나…….

일이 이렇게 되면 궁기의 작전을 받아들이는 수밖에 없다.

그 여우가 무슨 꿍꿍이인지는 모르겠지만, 맡겨두는 수밖에 없겠지.

'이봐, 궁기. 일어나 있어?'

몰래 내선 통화로 불렀더니, 바로 '일어나 있어'라는 대답이 돌아왔다.

'준비는 다 됐지? 미리 말해두는데, 네가 등장하는 건 NG다? 어디까지나 스태프 역할만 해 달라고.'

궁기는 바사고를 쓰러트린 전과가 있다. 어젯밤에는 멋대로 내 휴대전화를 써서 미야모토 양한테 '검도 열심히 해!'라는 문자 메시지를 보낸 전과도 있고. 방심할 수 없는 여우다.

'괜찮아, 괜찮다고. 우리 【마신】이 나설 일은 없으니까. 톤짱은 완전히 잠들었고.'

'텟짱은?'

'어라, 말 안 했나? 텟짱은 아침부터 밖에 나갔어.'

밖에 나가? 그 자식, 또 멋대로 돌아다니고 있는 거야!

'이 중요한 때에 대체 어딜 간 거야! 편의점이냐! 오락실이냐! 쇼핑몰에서 하는 멍냥이 페스티벌이냐!'

'그렇게 화내지 말고. 이번만은 텟짱도 놀러 간 게 아니야. 내 지시대로 움직이고 있어.'

'뭐, 네 지시?'

'응. 이번에는 텟짱도 스태프야. 흔쾌히 받아들여 줬어.'

그 녀석이 궁기가 시키는 대로 한다는 게 조금 의외지만,

보나 마나 돈에 낚였겠지.

건방지게도 이 【여우 마신】은 부자다. 아기토를 그릇으로 삼았던 시절에, 군자금으로서 매달 수십만 엔이나 되는 돈을 받았다나 뭐라나.

궁기는 '나한테는 필요 없다니까'라면서, 지금까지 손대지 않았다고 하는데…… 설마 그 군자금을 적이 된 뒤에 쓰게 될 줄이야. 아기토는 상상도 못 했겠지.

'오늘 작전이 성공할지 아닐지는 텟짱한테 달렸어. 뭐, 그렇게 어려운 일을 부탁한 건 아니니까 문제없어.'

'난 그저 불안할 뿐인데…….'

'괜찮아, 괜찮다고. 참고로 텟짱의 수당은 천 엔이야. 만화책 살 수 있겠다고 엄청나게 좋아했어.'

아무리 생각해도 【마신】을 움직이게 만들 금액이 아닌데 말이야……라고 탄식하고 있는데 갑자기 뭔가가 내 목에 감겼다. 깜짝 놀라서 보니 가느다란 두 팔이었다. 누군가가 뒤에서 날 끌어안은 것이다.

"조금만 실례할게요."

그렇게 속삭이는 목소리가 들린 직후, 목이 따끔하고 아파졌다.

이어서 쪽쪽 하고, 상처 부위에서 뭔가가 빨려 나가는 느낌과 함께 엄청난 현기증과 오한이 덮쳐왔다. ……이런 짓을 할 사람은 하나뿐이다.

굳이 말할 필요도 없지만, 엘미라다.

류가네가 눈앞에 있는데, 이젠 아무것도 거리끼지 않고 당연하다는 것처럼 피를 빨고 있네.

"아, 엘! 뭐 하는 거야! 이치로한테서 떨어져!"

"이 무슨 파렴치한 짓이냐! 사람들 다니는 큰길이다!"

"아무리 뱀파이어라고 해도 너무 치사해요!"

당연한 얘기지만 류가, 아오가사키 선배, 유키미야한테 들켜서 야단맞는 흡혈귀.

하지만 엘미라는 신경도 쓰지 않고 내 피를 날름날름 핥았다. 이봐, 이상한 소리 내면서 핥지 마! 사람들이 이상하게 보잖아!

"관대하게 봐주세요. 지금부터 배틀이잖아요? 혹시 모르니까 배를 채워두려고 하는 거예요."

……지금 와서 하는 얘기지만, 엘미라 매카트니는 불을 다루는 능력을 지녔다. 그 능력은 혈액을 매개체로 삼기 때문에, 엘미라는 정기적으로 혈액 공급이 필요하다.

그러고 보니까 최근에는 내 피를 거의 안 빨았네. 이계에서는 아오가사키 선배 & 유키미야가 혈액을 제공했다는 것 같고.

"엘! 피가 필요하면 내 걸 빨아! 이치로 얼굴이 흙빛이 됐잖아!"

"그만해라! 코바야시가 쓰러지려고 한다! 입술도 버석버

석해졌다!"

"눈 밑에 다크서클도 심해졌어요! 마치 주간경기 중인 야구선수 같아요!"

몇 초가 지나 류가네가 간신히 엘미라를 떼어냈을 때는 이미 바닥에 자빠져 있었다.

의식이 몽롱하고 눈앞이 흐릿하다. 마침내 눈앞이 개였을 때, 삼도천이 보였다. 강 건너편 기슭에서 할아버지, 코바야시 키하치로가 손을 흔들고 있고.

오랜만이네요, 할아버지. 할아버지도 오니라면서요? 실제 향년은 200세 정도라는 것 같고.

잠시 할아버지와 제스처로 대화를 나누고 있는데. 갑자기 멀리서 누군가의 목소리가 들려왔다. 그리고 그 목소리의 주인은 날 이리로 보낸 장본인이셨다.

"하아, 맛있다. 역시 싱싱한 피는 코바야시 이치로가 제일이라니까요."

……혹시 내 피가 맛있는 건, 오니라서 그런 걸까.

우리가 아기토네 맨션에 도착한 것은 예정 시간보다 20분이나 늦은 시각이었다.

늦은 이유는 행동불능이 돼버린 내가 회복하기를 기다려줬기 때문이다. 류가가 '이치로는 그냥 집에 가는 게 좋겠다'라고 걱정해줬지만, 당연히 거부했다.

'나한테는 궁기의 작전을 지켜봐야 할 의무가 있으니까. 아프다고 빠질 수는 없어…….'

아직도 머리가 어질어질했지만, 자신을 채찍질해서 맨션 로비로 들어가는 류가 일행을 따라갔다. 아오가사키 선배의 호의로 어신목도를 지팡이처럼 짚으면서.

"……또 왔나. 고생이 많군."

"아, 애들아! 와줬구나! 야호~!"

우리는 맞이해준 것은 당연히 바엘과 쿠로가메 콤비.

팔짱을 끼고서 불손한 자세를 취하고 있는 바엘 옆에서 폴짝폴짝 뛰면서 기쁨을 표현하는 푸르가메 양. 좀 더 악마답게 굴면 안 되는 걸까.

"……리나. 원하는 대로 상대해주러 왔어."

조용히 그렇게 말하며 류가가 한 걸음 앞으로 나섰다. 두 팔에는 이미 황금 건틀릿이 감겨있었다.

마찬가지로 칠흑의 건틀릿을 착용한 거북이를 보고 사신 동료들이 떨떠름한 표정을 지었다.

"이마에 있는 뿔 하나 말고는 분명히 평소의 리나다…… 저 방정맞은 구석까지 포함해서."

"예. 한마디로 뇌까지 근육인 상태 그대로라는 뜻이군요."

"단세포생물 상태 그대로라는 얘기네요."

은근히 심한 말을 던지면서 히로인즈 세 명도 전투태세에 들어갔다. 급하게 아오가사키 선배한테 목도를 돌려줬다.

"그럼 리나, 바로 싸워볼까."

"응! 할래 할래! 먼저 류짱부터?"

"내 다음은 없어. 그 뿔을 부러트리고 널 악마한테서 해방할 거니까. 그걸로 끝——"

"이얏호~!"

주인공의 대사를 끝까지 듣지도 않고, 거북이가 눈 깜박할 사이에 돌진했다.

지극히 자유롭고 제멋대로인 움직임으로, 게다가 말도 안 되는 속도로, 류가한테 살벌한 주먹을 산탄처럼 날려댔다. 가끔 허리를 꾸물꾸물거리는 건 최근에 도장에서 가르치기 시작한 람바다 춤인가.

"아하하하하! 아자자자~!"

"정말이지, 남의 말을 듣질 않는다니까……!"

"허이야, 허이야~!"

"발차기하면서 이상한 기합 소리 내지 마!"

"찹쌀떡 두~~~개!"

"주먹으로 공격하면서 그런 소리 하지 말고! 큭, 엄청난 파워와 스피드다……!"

놀랍게도 류가가 밀리고 있다. 진심 모드인 주인공이.

푸르카스의 힘을 얻은 쿠로가메 리나는 엄청나게 위험한 인물이다. 사실 적이 된 동료 캐릭터가 유난히 강해지는 게 정석이기는 한데…….

'하지만, 류가만 걱정하고 있을 상황이 아니야. 지금 나는 오히려, 바엘을 걱정해줘야 하는 건지도 몰라.'

류가 VS 쿠로가메는 일단 미뤄두고 또 한 사람의 문지기 바엘과 대치하고 있는 아오가사키 선배, 유키미야, 엘미라.

그렇다. 히로인즈 세 명은 그쪽을 상대하고 있다.

그것이 이번 작전의 제일 큰 문제라고 할 수 있다. 만약에 여기서 바엘이 쓰러지면…… 난 소중한 협력자를 잃는다.

'인간으로 돌아온 바엘은 나와의 담합도 완전히 잊어버리겠지. 궁기! 네 작전은 어떻게 된 거야?! 빨리 시작해!'

초조해서 미칠 지경인 내 속도 모르고, 바엘은 여전히 의연하게 서 있었다. 열심히 사악한 미소까지 지으면서.

그 연기력은 인정하겠는데, 지금 여유 부릴 상황이야? 지금 너, 완전히 벼랑 끝에 몰렸거든!

"자, 바엘이라고 했나. 이쪽도 시작해볼까."

히로인즈를 대표해서 아오가사키 선배가 목도 칼끝으로 바엘을 가리키면서 말했다.

"걱정하지 않아도 된다. 승부는 1대1이다. 상대는 네가 정해도 좋다."

바엘은 그 제안에 작은 소리로 "흐음" 하고 중얼거리며 품평하는 것처럼 『참무의 검사』, 『축명의 무녀』, 『상암의 혈족』을 관찰했다.

그리고는 이윽고 시선이 내게 향했다. 뭐야, 설마 날 지명하겠다는 거야? 짜고 치는 배틀이라도 할 생각인가?

"거기 너…… 아마 코바야시 이치로라고 했었지."

"그, 그래, 맞아."

"잘 보니까 유난히 안색이 안 좋은데…… 돌아가는 게 좋지 않겠나?"

류가랑 똑같이 배려해줬다. 태도는 여전히 거만했지만, 정말로 걱정해주는 얼굴이었다.

'내 얘기는 됐고! 악마인데 『좋은 사람』 같은 태도가 나오고 있잖아!'

그렇게 딴죽을 걸고 있지만, 일단 나한테 말을 걸었으니 상대해줄 수밖에 없다. 그래서 허세 부리는 연기를 하면서 대답했다.

"헹, 쓸데없는 걱정 하지 말라고. 지적하신 대로 컨디션은 엉망진창이지만, 바로 수혈이 필요할 정도로 위험한 상태지만, 이 정도는 아무것도 아냐."

바로 엘미라가 "그거, 아무것도 아니라고 할 상황이 아닌 것 같은데요?"라고 하면서 손등으로 날 때렸다. 이게 다 너 때문이거든.

"뭐, 좋다. 너는 거기서 안정이나 취하고 있어라. 그 컨디션으로는 어차피 우리 셋을 상대하는 건 너무 힘들 테니까."

"우리 셋?"

내가 대답한 순간. 바엘이 느긋한 동작으로 손가락을

딱, 하고 튕겼다.

거기에 대답하는 것처럼, 바엘 뒤에 있는 비상구 문이 열렸다. 끼기긱, 하는 묵직한 소리를 내면서.

그리고 바로, 철문을 통해서 두 명의 새로운 인물들이 로비에 나타났다. 모자를 쓰고 망토를 걸쳤고, 게다가 선글라스와 마스크로 얼굴을 가린 수상한 2인조였다.

누군지 생각해볼 필요도 없다. 이마에 뿔이 하나 달린 걸 보면 『악마 빙의자』의 증원이다. 히로인즈도 그걸 알아차렸는지 은근히 경계를 강화했다.

두 사람은 그대로 바엘의 양옆에 섰다. 이걸로 나를 빼면 3대3이 되는 구도…… 바엘이 태연한 태도를 보였던 건 이것 때문이었나.

"너희가 또 여기로 쳐들어오리라는 건 쉽사리 예측할 수 있었다. 그래서 솔로몬 님께서 문지기를 늘려주셨지. 72악마 중에서도 손꼽히는 전투력을 지닌, 이 둘을."

바엘의 말이 끝나자, 두 사람이 자기소개했다.

"나는 아스모데우스야. 잘 부탁해."

"허허허. 이 몸은 나베리우스라네."

……두 사람의 목소리를 들은 순간, 나는 그 정체를 알아차리고 말았다.

'어, 어머니랑 영감님이잖아!'

틀림없다. 열장 사츠키와 음장 바츠와나다. 자세히 보니 이마에 달린 뿔도 아주 엉성한 가짜였다.

무엇보다 어머니가 자기 입으로 말한 아스모데우스는, 새 시리즈가 시작되기도 한참 전에 궁기가 쓰러트려 버린 오컬트 연구회 부장이다. 바츠와나가 말한 나베리우스는 바로 오늘 아침에 내가 쓰러트린 와타나베 군이고.

'즉, 이건 아기토 짓이 아니라 바엘이…… 아니, 궁기가 준비한 증원인가!'

'그런 얘기지!'

내 추측을 긍정하는 것처럼, 당사자인 【여우 마신】이 내선 통화로 말을 걸어왔다.

'텟짱한테는 저 변장 용품을 조달해달라고 했어. 그리고 사츠키랑 바츠와나를 여기로 데려오게 했고. 심부름 대성공이네.'

'이게 네 작전이냐…….'

'응. 사츠키랑 바츠와나는 【마신】한테 도움이 되고 싶어 했으니까. 도움이 될 기회도 주게 됐으니까 일석이조야.'

그릇과 떨어져서 행동할 수 있는 도철의 고유 능력을 최대한 이용한 책략이라고 할 수 있겠지. 두 사람의 얼굴이 들키면 여러모로 곤란하니까 굳이 변장까지 시켰고.

'하지만 나베리우스를 쓰러트린 건 아직 바엘한테 보고하지 않았는데? 류가네한테도 말을 안 했을 정도인데.'

'보고는 점심때 했어. 휴대전화를 네 안으로 가지고 들어

와서.'

'또 내 휴대전화 멋대로 썼냐!'

'참고로 바엘 군은 나베리우스랑 면식이 없었다는 것 같아. 아무튼, 협의한 결과 공석이 된 두 악마를 사츠키와 바츠와나로 메우기로 설정했거든.'

아스모데우스와 나베리우스…… 주인공 쪽이 모르는 사이에 탈락해버린 두 자리는, 팔걸이 연기해서 채우게 하자는 꿍꿍이인가.

묘안인지도 모른다. 수비가 이 정도로 굳건해지면, 앞으로는 류가네도 함부로 쳐들어오지 못하게 된다.

'참고로 변장 용품은 돈키호테에서 사 오라고 했어. 뿔은 파티용 폭죽을 유성 매직으로 까맣게 칠해서 만들었고. 이건 톤짱 아이디어야.'

열심히 준비하는【마신】들의 모습을 생각했더니 엄청나게 서글픈 기분이 들었다.

……그러다가, 또 바엘과 눈이 마주치고 말았다. 그렇구나, 넌 이미 작전의 전모를 파악하고 있었구나. 그걸 잘 수행할 자신도 있는 거고.

이봐, 고개를 살짝 끄덕이지 말라고. 엄지손가락도 세워 보이지 말고.

6

갑자기 추가된 『악마 빙의자』를 보고, 사신 히로인즈는 신속하게 대응했다.

바로 세 사람이 일렬횡대로 서서, 전방에 있는 바엘, 아스모데우스(?), 나베리우스(?)와 대치했다. 나한테는 관심도 주지 않고.

예상하지 못했던 사태이기는 하지만, 예정은 달라지지 않는다. 1대1 배틀이 세 번으로 늘어났을 뿐…… 히로인즈도 그렇게 생각했겠지.

"이쪽에도 아주 좋은 조건이다. 어차피 『악마 빙의자』는 전부 쓰러트려야 하니까. 그쪽 둘도 여기서 처리하겠다."

"히노모리 군도 열심히 싸우고 있어요. 저쪽 승부를 방해하지 않기 위해서라도, 동시 진행으로 싸우도록 하죠."

"알겠어요. 그래서, 누가 제 상대를 해주실 건가요?"

전의를 불사르는 히로인즈와 달리, 수군수군 상담을 시작하는 적 분들.

아무래도 누구와 싸울지 정하고 있는 것 같다. 빨리 좀 끝내달라고.

"이 몸은 엘미라다! 이것만은 양보할 수 없어!"

"그럼 나는, 아오가사키 선배와……."

"자, 잠깐만. 난 유키미야랑 싸우는 거 싫거든? 왜냐하면 재, 도올 님 그릇이잖아? 내가 어떻게 감히 공격을……."

"하지만 만에 하나 도올 님이 나오신다면, 바엘 도령의 뿔 따위는 2초 만에 부러질 것이야. 우리 중에 누군가가 맡는 수밖에 없다네."

"그럼 바츠와나가 맡으면 되겠네."

"무슨 소리를! 이 몸은 절대로 엘미라다! 이번에야말로 커플이 될 것이야!"

"고집부리지 말라고! 이 파리 영감탱이!"

"그, 그럼 가위바위보로 정할까요?"

"싫다, 싫어! 난, 엘미라가 아니면 그냥 갈란다!"

"바엘 군, 잠깐만 떨어져 있어. 스프레이 살충제 좀 뿌릴게."

작작 좀 하라고! 지금 뭐 하는 거야!

긴장감이라고는 찾아볼 수도 없는 유사 악마들을 보면서 짜증이 마구마구 솟아나고 있는데.

아오가사키 선배, 유키미야, 엘미라가 동시에 땅을 박찼다. 꾸물거리고 있는 데다 집안싸움까지 시작한 적들을 보고 도저히 참을 수가 없었던 거겠지.

"비검, 진 소닉!"

아오가사키 선배가 어신목도를 가로로 휘둘러서 진공 칼날을 날렸다.

거기에 반응한 것은 우리 어머니였다. 바로 "크앙!" 하는 엄청난 기합 소리로 진공파를 튕겨냈다. 그야말로 사자의 포효…… 날 야단칠 때도 이런 느낌이다.

생각지도 못한 방법으로 공격이 막히자 천하의 『참무의 검사』도 당황을 감추지 못했다.

"뭐, 뭐야! 이 악마, 보통이 아니야!"

"그쪽이야말로 좀 하는데 아가씨. 그러고 보니까【청룡】의 계승자한테는 옛날부터 많이 고생했었…… 아, 지금 한 얘기는 잊어줘."

그 옆에서도 배틀이 시작됐다.

대전 카드는 유키미야과 바엘. 롱 헤어와 치맛자락을 휘날리면서 숨 쉴 틈도 없이 연속 공격을 펼치는 『축명의 무녀』. 그 공격을 열심히 피하는 서열 1위.

양쪽 모두 육탄전에 관해서는 미지수지만, 꽤나 수준이 높은 공방이었다. 그저 도올이 튀어나오지 않기만 바랄 뿐이다.

"이 사람, 이계에서 쓰러트렸던 『악마 빙의자』와는 전혀 달라……!"

"이래 봬도 72 악마의 필두이거든. 그리고 나는, 갈망의 강도도 최고다! 모든 것은 텐료인 아기토를 위해!"

……문제는 마지막 한 팀. 엘미라와 바츠와나의 대결이었다.

우려했던 대로 코미디 분위기가 되어 있다. 계속 가슴을 만지려 하고, 치마 속으로 파고들려고 하는 영감님 때문에

『상암의 혈족』이 비명을 질러대고 있었다.

“뭐, 뭐죠 이 늙은 악마는! 아까부터 성희롱 같은 공격만 하잖아요!”

“허허허. 난 아직 현역이란다. 이 나베리우스의 갈망은, 젊은 아가씨와 스킨십을 하는 것이니까.”

뭐, 하나쯤 버리는 시합이 있어도 되겠지.

그나저나 어머니도 바츠와나도 그리고 바엘도, 생각보다 전투력이 높다. 일기당천의 히로인즈와 호각으로 싸우다니…… 아, 영감님이 따귀 맞았다.

‘저 파리 영감님, 언제까지 우리 집에 있으려나. 어젯밤에도 늦게까지 내 컴퓨터로 인터넷에서 야한 사진을 검색했는데 말이야.’

검색 이력을 봤더니 아주 난리가 나 있었다. ‘폭유’, ‘맹유’, ‘패유’, ‘북진일도유’ 같은 골치 아픈 키워드가 주르륵 나와 있었다. 게다가 컴퓨터는 바이러스에 걸렸고.

역시 팔걸은 육걸로 설정을 바꿔야 했어…….

내가 원통함을 삼키며 난전이 벌어진 히로인즈를 잠시 지켜보고 있는데, 갑자기 머릿속에서 궁기가 신이 난 목소리로 말했다.

‘응, 그래. 아주 잘 돌아가고 있네. 이래서 스토리 플래너를 그만둘 수 없다니까.’

‘야 궁기, 이걸 어떻게 수습할 건데? 류가한테는 미안하

지만, 여기서 쿠로가메를 되찾는 건 좀 성급한 일 같은데.'

'나도 알아. 그래서 히노모리 류가랑 쿠로가메 리나의 결판이 나기 전에, 오늘 배틀을 끝낼 생각이야. 거기까지 콘티도 다 그려놨지.'

정말 우수한 브레인이라니까. 나도 모르게 질투할 정도로.

……내가 그러고 있거나 말거나, 각자의 배틀은 점점 뜨겁게 달아올랐다.

어느 배틀이고 하나같이 좋은 승부였다. 높은 레벨에서 비등한 실력이다 보니, 어느 쪽을 주목해야 할지 고민해야 할 지경이다. 아, 영감님이 따귀 맞았다.

——그래도 그중에서 제일 압권은, 류가와 쿠로가메의 격투겠지.

"정신 차려 리나! 이 상황이 텐료인, 솔로몬의 꿍꿍이라는 걸 모르는 거야!"

"솔로몬은 좋은 사람이야! 이렇게 류랑 싸울 수 있는 것도 푸르카스가 된 덕분이거든! 비권, 갑골 너클! 한 번 더 너클!"

주인공의 말은 듣지도 않고 필살기를 남발하는 『성벽의 수호자』. 정말 곤란한 거북이지만 푸르카스를 '풀칭'이라고 부르지 않은 것만은 높이 평가해주자.

——한편. 아오가사키 선배와 어머니의 싸움도 지지 않

을 정도로 격렬했다.

“아스모데우스라고 했나. 그 강함, 적이지만 훌륭하다. 한 사람의 무사로서 경의를 표하지 않을 수가 없구나.”

“그쪽이야말로 대단하네. 심기체(心氣體), 무엇 하나 흠잡을 데가 없는…… 그야말로 검사의 이상형이야. 우리 멍청한 아들을, 앞으로도 잘 부탁해.”

손에 땀을 쥐는 공방 중에 그런 칭찬을 주고받는 아오가사키 선배와 어머니. 아들이라고 하지 마. 엄마 부분을 드러내지 말라고!

――한편. 유키미야과 바엘의 싸움은, 꽤 수수했다.

“핫. 허잇. 얏.”

“어이쿠. 엿차. 에잇.”

유키미야가 연속으로 펼치는 맹공을, 바엘은 방어와 회피에만 전념하면서 버티고 있다. 연무처럼 화려한 배틀이지만, 조용하고 담담했다. 여기가 도서관이었어도 혼나지 않을 정도로.

“하앙?! 또, 또 엉덩이를 만진 건가요! 이걸로 두 번째입니다!”

“그런가? 나이를 먹으면 건망증이 심해져서 말이다. 그럼 다음은 가슴을…….”

“좀 전에 만졌잖아요! 할아버지!”

유감이지만 배틀이라기보다는 콩트였다. 시즈마가 여기

없어서 다행이다.

'야 궁기, 슬슬 끝낼 때 아냐? 더 하면 부상자가 나올 수도 있을 텐데.'

어느새 이래저래 5분이나 지나 있었다. 오늘은 이 정도면 충분하겠지.

'그래. 분량도 충분히 건졌으니까…… 그럼 코바야시 소년, 사츠키한테 계기를 만들어주겠어?'

'계기? 어떻게 하면 되는데?'

'엄지손가락을 세웠다가, 아래로 내려. 소위 말하는 킬 사인이지.'

그것은 미국 사람들이 종종 하는, 거부나 찬성하지 않는다는 뜻을 의미하는 제스처다. 왜 하필 그런 신호를…… 이라고 생각하면서도, 바로 실행했다.

"이봐, 아스모데우스! 이걸 봐라!"

아스모데우스, 즉 우리 어머니를 향해서 엄지손가락을 아래로 내리는 사인을 해 보인 순간.

그것을 본 어머니가 똑바로, 날 향해서 돌진해왔다. 아오가사키 선배를 내버려 두고.

"이 망할 꼬맹이가! 아주 배짱이 좋은데!"

"!"

신변의 위협을 느끼고, 나는 재빨리 도망치려고 했다.

하지만, 늦었다. 우리 주정뱅이 어머니, 생각보다 훨씬 빨랐다. 안 그래도 난 빈혈 상태라서, 서 있기도 힘든 상태였다.

바로 내 머리에 주먹이 떨어졌다. 이어서 멱살을 잡히고, 고속 왕복 따귀를 열 대 정도 맞았다. 아무리 그래도 너무 화내는 거 아냐! 부상자가 발생했잖아!

'야, 궁기! 뭐야 이거! 무슨 작전이야!'

'코바야시 소년이 쓰러지면 히노모리 류가 일행은 계속 싸울 수가 없겠지. 그러면 철수할 수밖에 없을 테고.'

뻔뻔하게 그런 소리를 하는【여우 마신】.

'잊으면 안 돼, 코바야시 소년. 이 자리에 있는 이상, 지금은 너도 출연자라는 걸. 꼴사납게 당하는 역할로 설정했으니까, 할 일은 똑바로 해 줘야겠지?'

'그럴 거면 나한테도 미리 얘기를 하라고! 그리고 이 사자 사도한데, 좀 살살 하라는 말도 해줘! 진짜로 때리고 있잖아!'

'미리 다 알려주면 너무 짜고 치는 것처럼 보이잖아. 이 이야기는 리얼 드라마야. 세세한 부분까지 시나리오로 다 정해둬서는 안 된다고…… 이건 내 자존심이기도 해.'

궁기가 쓸데없는 고집에 대해 늘어놓는 사이에도, 나는 계속 얻어맞고 있었다.

필사적으로, 눈빛으로 '너무 심하잖아! 때리는 척 연기만 하라고! 코피 나오니까!'라고 호소했더니, 조금 지나서 어머니가 '아, 그렇구나'라는 표정을 지었다.

다음 순간, 따귀를 때리던 손이 주먹으로 바뀌었다. 그리고 때리는 소리가 짝짝에서 퍽퍽으로 변했다.

웃기지 마! 조금 전에 그, '아, 그렇구나' 표정은 뭔데! 집안일은 대충하는 주제에 징계에는 최선을 다하지 말라고!

"자, 이치로. 너도 반격 좀 해도 되거든?"

작은 소리로 속삭이는 어머니에게, 나도 작은 소리로 대답했다.

"진짜로 공격하지나 말라고. 아들의 눈짓 사인 정도는 좀 알아차려 줘."

"내 아들은 시즈마거든."

"아직도 그 소리 하는 거야?! 됐으니까 딱 한 발만 따콩하고 때려. 그러면 기절한 척이라도 할 테니까."

내 요청에 어머니가 '그래 알았어'라고 끄덕인 직후.

마무리로 꿀밤이 내 정수리에 떨어졌다. 따콩이 아니라 뻐억! 이었지만.

눈앞에 불꽃이 튀고 무릎에서 힘이 빠져서, 나는 땅바닥에 자빠졌다. 오늘만 벌써 두 번 자빠졌다.

"이, 이치로가 당했어?!"

내가 쓰러지는 꼴을 보고, 바로 류가의 안색이 달라졌다. 후방으로 펄쩍 뛰어서 푸르가메 양과 거리를 벌리더니 그대로 이쪽을 향해 달려왔다.

히로인즈 세 명도 마찬가지였다. 각자 배틀을 중단하고 황급히 내가 있는 곳으로 모였다.

"크, 내가 아스모데우스를 놓친 탓에……!"

"코바야시 씨! 당장 치료해드릴게요!"

"코바야시 이치로를 어린애 취급하다니, 『악마 빙의자』를 너무 얕봤군요!"

달려온 류가 일행이 날 일으켜줬지만, 난 눈을 뜨지 못했다.

뺨과 정수리가 욱신거리고 있다. 이게 어디가 어린애 취급이야. 아무리 봐도 자기 자식한테 할 짓이 아니잖아.

"이치로, 정신 차려! 그래서 『가는 게 좋겠다』라고 한 건데……."

"안 돼, 코피가 멈추질 않아. 지금 코바야시가 더 이상 피를 잃는 건 위험해."

"다행히 큰 부상은 아닌 것 같아요. 레이 양 말대로 심각한 건 빈혈 쪽이에요……."

"코바야시 이치로! 제 피를 빠세요! 돌려드리겠어요!"

"잇군, 괜찮아? 물 가져다줄까?"

같이 날 들여다보고 있는 푸르가메 양에게, 메인 캐릭터들이 "지금은 적이니까 저쪽으로 가!"라고 한마디 했다. 지당하신 말씀.

풀이 죽어서 돌아가는 거북이가 향한 곳에서는, 바엘 외

2명이 처음에 있던 위치로 돌아가서 서로 짜기라도 한 것처럼 팔짱을 끼고 있었다.

일단 쿠로가메도 같은 포즈를 취하자, 바엘부터 순서대로 말했다.

"자, 어쩔 건가? 전투를 계속하겠나?"

"우리는 그래도 되는데."

"허허허. 다음엔 그쪽에 있는 거유 검사와 스킨십을 해볼까."

"더 할래! 이제야 몸이 달아올랐거든! 응, 하자 류짱!"

그런 적들의 도발에── 류가 일행은 철수를 선택했다.

쿠로가메 탈환보다 내 치료가 우선이라고 생각해준 것 같다. 결국, 하나부터 열까지 전부 궁기의 작전대로 돌아간 건 마음에 안 들지만.

"……리나, 가까운 시일 내에 다시 올게. 다음엔 꼭, 널 되찾겠어."

"그, 그래? 하지만 뭐, 오늘은 그럭저럭 날뛰면서 만족했으니까…… 그럼, 또 와주세요! 조심해서 가고!"

적한테 배웅까지 받으면서, 주인공 사이드는 비통한 심정으로 맨션을 뒤로했다.

류가한테 업힌 채, 마지막으로 슬쩍 로비 쪽을 봤더니── 바엘이 손을 살짝 흔들고 있었다. 입 모양을 보니 '수고했다'라고 말하는 것 같았다.

"큭, 두고 보자고요. 바엘, 아스모데우스 그리고 변태 나베리우스……!"

역으로 철수하는 중에, 엘미라가 이를 갈면서 그렇게 중얼거렸다.

분명히 말하는데, 진짜 나베리우스는 그런 엉큼한 영감님이 아니거든? 지금은 청춘을 누리고 있는 건전한 호청년이고, 게다가 좋아하는 사람은 푸르카스거든?

그리고 내가 죽을 뻔한 건…… 따지고 보면 너 때문이거든?

제2장 젤라식 걸

1

류가 일행이 쿠로가메 리나 탈환을 단념하고, 어쩔 수 없이 퇴각하고 있던 무렵.

이계에서는 여전히 『나락의 사도』와 솔로몬군의 교전이 단속적으로 벌어지고 있었다.

주전장은 변함없이 『나락성』을 중심으로 펼쳐진 도시부. 좁은 길들이 미로처럼 복잡하게 얽혀 있지만, 성으로 통하는 루트는 여섯 개의 메인 스트리트뿐.

그리고 지금, 국도처럼 길게 뻗어있는 그 길목 중 하나를 대형 자동 이륜차 한 대가 폭음을 울리면서 질주하고 있었다.

"히야하하하하! 자자자, 나와라 사도! 밟아 죽여주마!"

요란한 장식이 달린 불법 개조 오토바이가 시속 300km로 질주한다. 나팔 모양 경음기가 요란한 소리를 울렸다. 폭주족이 좋아하는 '빠라바라밤'이다.

"역시 오토바이를 가지고 오길 잘했어! 크레바스를 통과하느라 고생했지만 말이야!"

헬멧도 없이 마파람에 금발을 휘날리며 오토바이를 모는 라이더.

보라색 특공복에는 곳곳에 '싸움 대장' '천상천하 유아독존' '전국 제패' '모든 것은 이블' 같은 문자가 자수로 놓여 있었다.

그렇다. 그는 틀림없이 폭주족이다. 그리고 당연히 『악마 빙의자』였다.

——72마리 악마 중에 하나, 총재 랭크인 카미오. 본명은 카미오 노리히로.

야간 고등학교에 다니는 열일곱 살 소년이며, 이웃 현까지 이름을 떨치는 폭주족 『주마당』의 헤드. 그의 갈망은 '일본 최대의 팀을 만드는 것'이다.

솔로몬의 명령에 따라야 한다는 건 마음에 안 들지만, 싸움을 할 수 있다는 건 바라 마지않은 일이다. 게다가 『나락의 사도』인가 하는 괴물들은 죽여도 경찰한테 잡혀가지 않는다고 한다.

"한 번이라도 좋으니까 전속력으로 사람을 날려버리고 싶었거든! 히야하하!"

하이텐션으로 큰 소리를 내서 웃기는 했지만, 카미오는 불만이었다.

벌써 세 번이나 왕복했는데 아직 사도를 한 마리도 못 봤기 때문이다.

아무래도 시속 300km로 달리는 오토바이에는 손을 못 대는 걸까. 약간 김이 샜다. 야수가 귀엽게 보일 정도로 무지무지 위험한 놈들이라고 들었는데…….

'그러고 보니까, 먼저 쳐들어간 72 악마들이 있었지? 꽤 많은 숫자가 쳐들어간 걸로 아는데, 그놈들은 대체 어디 갔지?'

지금 와서 그런 의문을 품으면서 문득 곁눈질한 순간.

"!"

카미오는 깜짝 놀라서 눈이 휘둥그레졌다. 오토바이 옆에―― 한 소녀가 나란히 달리고 있었기 때문이다.

"뭐, 뭐, 뭐야 이게?!"

게다가 옷이 메이드복이었다. 머리에는 카츄샤를 얹고 프릴 달린 에이프런을 걸친 갈색 피부의 은발 메이드가 치맛자락을 손으로 잡은 채로 달리고 있었다.

"자, 잠깐만 짜샤! 이쪽은 오토바이라고! 시속 300km란 말이야!"

"이 자식아, 동네 민폐란 말이야. 덕분에 자다가 깼잖아."

메이드답지 않은 거친 말을 내뱉으며 메이드답지 않은 자연스러운 자세로 총을 쏴대는 소녀. 힘차게 위아래로 출렁이는 가슴에 카미오는 눈을 사로잡혔다.

"또 질리지도 않고 기어 나왔단 말이지, 이 『악마 빙의자』. 내가 직접 혼쭐을 내줄 테니까 감사하라고."

"어떻게 따라오는 거야! 시속 300km라고 했잖아!"

"스피드로 나한테 이기겠다고? 난 치타란 말이야!"

"이상하니까! 치타라고 해도 이상하니까!"

"시끄러워! 난 지금 짜증이 잔뜩 나 있단 말이야! 사랑하는 텟짱 님이 인간계로 가버려서! 더 알콩달콩하고 싶었는데!"

영문 모를 대답에 카미오는 뭐라고 대답해야 할지 몰라서 멍하니 있다가 정신을 번쩍 차리고 앞쪽을 봤다.

약 100m 앞에 웬 덩치 큰 남자가 서 있었다. 어째선지 스님 같은 차림새를 한, 불끈불끈한 거한이.

'두 마리 째냐! 먼저 저놈부터 날려버려 주겠어!'

스님의 존재를 눈치를 챈 메이드가 속도를 약간 늦췄다. 그 틈을 노려서 카미오는 단숨에 가속했다. 풀 스로틀로 폭주하여 주저하지 않고 스님을 향해 달려든 순간——

엄청난 충격과 함께 카미오의 몸이 하늘로 날아올랐다.

"으억?!"

카미오는 황급히 몸을 틀어서 간신히 착지에 성공했다. 그리고는 무슨 일이 일어났는지 이해하지 못하고 시선으로 바이크를 찾다가 깜짝 놀라고 말았다.

스님이—— 한 손으로 오토바이를 붙잡고 있었다.

시속 300km로 돌진해온, 무게가 200kg이 넘는 쇳덩어리를 마치 슈퍼 쇼핑 카트처럼 가볍게, 아무렇지도 않은 얼굴로 붙잡고 있었다.

"어리석은 침략자여. 그 진묘한 주행, 멈출지어다."

깜짝 놀라고 있는 카미오에게 설교하는 괴력 스님.

너무 놀라서 뭐라고 반박할 수도 없었다. 평소 같으면 위협하는 말이라도 했을 텐데, 입에서 나온 것은 메마른 신음뿐이었다.

'말도 안 돼…… 이런 놈한테 이길 수 있을 리가…….'

인간이었던 시절부터 싸움에 빠져 살았던 카미오는 적이 얼마나 강한지 직감적으로 알 수 있었다. 아니, 오토바이를 한 손으로 막아냈을 정도니까, 이건 직감 이전의 문제지만.

"야, 사이힐, 이 짜샤. 내 사냥감 가로채지 말라고."

거기에 메이드가 다가와서는 세상에나, 스님의 엉덩이를 걷어찼다.

이 무슨 천벌을 받을 메이드인가. 아니, 이 무시무시한 인왕한테 발차기를 하다니, 천벌 정도로 끝날 문제가 아니겠지만.

"여기는 소승의 담당 구역이오. 가로챈 것은 그쪽이 아닌가."

"됐으니까 나한테 양보해. 남자가 날 두고 가서 울분이 쌓였단 말이야. 알았지?"

"도철 님을 남자라고 부르지 마라. 그 연인 행세, 자제할지어다."

승려가 어쩔 수 없이 물러나자, 은발 메이드가 성큼성큼 이쪽으로 다가왔다.

카미오는 새삼 깨달았다. 이 여자도 스님한테 뒤지지 않는 괴물이라는 것을.
조금 전에 그 엄청난 다리 힘은 물론이고, 온몸에서 발산되는 사악한 기분이 보통이 아니다. 자세히 보니 그 모습이 짐승 같은 모양으로 변모하고 있었다. 이것이 이놈의 정체인가.
'그렇구나. 출격한 뒤로 돌아오지 않은 놈들은…… 전부 죽은 거였어!'
악마 카미오. 카미오 노리히로는 그제야 이해했다. 공포와 후회를 맛보면서.
자신들이 말도 안 되는 상대에게 싸움을 걸어버렸다는 것을.
『나락의 사도』—— 그들과 싸울 바에는 경찰한테 잡혀가는 게 차라리 낫다는 사실을.

성 앞쪽에 있는 큰길에서 만장 시마가 사냥을 시작한 그 무렵, 성 뒤쪽에 있는 큰길에서도 륙장 루니에가 사냥을 시작하고 있었다.
팔걸 중에서도 최강이라고 불리던 왕거미 사도가 수비하는 메인스트리트. 그 자리에 운도 없이 혼자서 나타난 건 연미복을 입은 초로의 사내였다.
'이 사내, 나와 같은 집사인가. 『악마 빙의자』 중에도 다

양한 인간들이 있군.'

루니에가 그렇게 생각한 직후, 상대도 비슷한 말을 했다.

"이거 참 우연이군요. 설마 적 중에 동업자가 계실 줄이야……. 귀하도 집사입니까?"

정중하게 인사하는 『악마 빙의자』. 얼핏 보면 무방비해 보이지만, 한 치의 빈틈도 없었다. 아마도 본격적인 전투 훈련을 받은 숙련자겠지.

"저는 서열 33위, 대공 랭크의 가프라고 합니다. 아기토 도련님이 어릴 적부터 집사로서 섬겨온 자입니다."

"텐료인 아기토의 집사?"

"예. 저희 『아마노가와 부동산』은 이 나라에서도 손꼽히는 대기업. 당연한 얘기지만 후계자이신 자제분에게는 시중을 드는 자가 필요합니다. 그것이 바로 저입니다."

아마노가와 부동산. 예전에 유키미야 그룹과 업무 제휴를 맺었던 적도 있었다. 아쉽게도 사장의 이름은 잊어버렸지만…… 분명히 텐료인이라는 성은 어디선가 들어본 기억이 있었다.

"그렇군. 텐료인 아기토는 아마노가와 부동산의 자제분이셨나."

"그렇습니다. 아기토 도련님이 후계자가 되면, 아마노가와 부동산은 더더욱 발전하겠지요. 아니, 그분이라면…… 언젠가는 이 나라를 좌지우지할 수도 있을 것입니다."

그때, 카프의 온몸에서 엄청난 요기가 분출됐다.

이어서 몸이 한 치수, 아니 두 치수 정도 비대해졌다. 부풀어 오른 근육 때문에 연미복이 뿌득뿌득 찢어져 나갔다.

"어이쿠, 이런 실수가. 또 새로 지어야겠군요."

씁쓸하게 웃고 있지만, 눈은 웃고 있지 않았다. 이글이글 타오르는 두 눈에서 살기를 불태우며, 천천히 이쪽을 향해 걸어왔다.

"아기토 도련님을 세계의 지배자로 만드는 것…… 그것이 제 갈망입니다."

"가프라고 했지. 그것이 정말로 텐료인 아기토를 위한 일인가?"

"이것은 도련님 자신이 바라는 것입니다. 주인의 소원을 이루어드리는 것이 집사의 할 일. 당신도 집사라면 잘 아실 겁니다."

"알기는 안다. 하지만 찬동할 수는 없다."

루니에가 고개를 저은 것과 동시에 가프의 모습이 눈앞에서 사라졌다.

경이적인 속도로 눈 깜박할 사이에 왕거미 사도의 등 뒤로 파고든 것이다. 이어서 사냥감의 목을 치기 위해 오른손의 길고 예리한 손톱을 휘둘렀다.

"샤아아아앗!"

하지만 그 시도는 실패로 끝났다. 루니에의 경부까지 얼마

남지 않은 곳에서── '무언가'가 가프의 오른팔을 휘감았다.
"이것은……."
"거미줄이다. 내가 지키는 이 큰길에는 곳곳에 거미줄이 쳐져 있지. 네놈은 거미집에 뛰어든 날벌레 신세라는 거지."
루니에가 양손 다섯 손가락을 움직이자, 순식간에 적의 온몸에 엄청난 양의 거미줄이 휘감겼다.
피아노 줄보다 가늘고 단단하며 신축성과 점착성까지 갖춘 포획용 그물. 루니에는 사방 수백 미터에 펼쳐둔 거미줄을 손가락 하나만 가지고도 자유자재로 다룰 수 있다.
"큭, 이런 잔재주쯤……."
힘으로 거미줄에서 도망치려고 하는 가프. 거미줄 몇 개를 뚝뚝 뜯어버린 힘은 솔직하게 칭찬해 마땅했다. 그런 재주가 가능한 것은 계장 사이힐뿐이라고 생각했었다.
"오랫동안 섬겨온 집사에게 악마를 씌우다니…… 그런 짓을 저지르는 텐료인 아기토에게 과연 지배자로서의 소양이 있는 것일까?"
"뭘 안다고! 내가 『악마 빙의자』가 된 것은, 도련님의 요망이 아니다! 나는 나 자신의 의지로 부탁드려서, 72 악마가 된 것이다!"
"호오?"
"아기토 도련님이 목표로 하는 패도…… 거기에 도움이 된다면, 이 목숨 따위는 아깝지도 않다! 이 마음을 이해하지 못한다면, 너는 진정한 집사라고 할 수 없다!"

"그 일그러진 충성심—— 네놈은 예전의 나, 그 자체구나."

예전의 루니에라면 이 사내에게 공감했을 것이다.

하지만 좋은 일이라고 생각해서 바쳤던 충절이 꼭 주인을 위한 일이라고 할 수만은 없다. 실제로 자신은 독선적인 행동으로 도올 님과 시오리 아씨를 슬프게 만드는 실태를 범했다.

그러니 가프여, 다시 한번 잘 생각해줬으면 싶다.

텐료인 아기토의 패도라는 것을 성취하는 것이 정말로 그에 대한 『충성』인지를. 집사의 책무란 무엇인지를. 원래의 쿠로세 젠조로 돌아가서.

'주군께 바치는 지극한 충성…… 그건 크게 공감하지만.'

새롭게 유키미야 가문의 메이드로서 일하게 된 경솔한 치타 사도가, 이 자의 백 분의 일만이라도 본받았으면 좋겠다……는 생각은 미뤄두고.

루니에는 원래의 왕거미 형태로 모습으로 변해서 가프의 뿔을 분쇄해버렸다.

2

우리는 어머니한테 얻어맞고 아기토의 맨션에서 철수한 뒤, 동네 역까지 돌아가 개찰구에서 바로 해산했다.

류가네는 내가 걱정되는지 '집까지 바래다주겠다'라고 했지만 정중하게 거절했다. 유키미야의 치유 덕분에 부상은 완치, 빈혈도 완전히 회복됐다. 내가 생각해도 참 터프한 오니다.

"이치로, 정말 혼자 갈 수 있겠어? 안색은 많이 좋아지긴 했지만……."

"제 치유로는 잃어버린 피까지 완전히 되살릴 수는 없어요. 부디 조심하세요."

"저녁에는 간을 먹어라. 철분이 풍부하니까."

"역시 저는 집까지 동행할게요. 물론 책임을 느끼고 있기 때문이에요. 결코 시즈마를 만나고 싶어서 그러는 게 아니랍니다."

그래도 계속 신경 써주는 류가 일행에게 고맙다는 인사를 하고, 간신히 혼자서 귀갓길에 올랐다. 내일 시즈마를 엘미라네 집에서 재우겠다고 약속하고.

'벌써 저녁 7시인가. 미온이 저녁밥은 카레라고 했었지 아마. 다 먹을 때쯤이면 어머니랑 바츠와나도 돌아오겠지.'

내일도 학교에 가니까, 오늘 밤엔 일찍 잘 생각이다. 그러고 보니까 다음 주부터는 기말고사인가…….

내가 질력을 내면서 어둠침침한 골목길을 터벅터벅 걸어가고 있는데…….

'여, 도령. 오늘 일은 잘됐나?'

내 안에서 혼돈이 말을 걸어왔다. 어느샌가 기상한 것 같다.

질문에 대답한 건 내가 아니라 궁기였다. 그야말로 의기양양하게 신이 나서 맨션에서 있었던 일에 대해 보고하기 시작했다.

'그야 당연히 전부 내 시나리오대로 됐어. 내가 감독이 아니었으면 이런 신급 에피소드가 되지는 않았겠지? 아마 톤짱도 못 봤다고 후회할 거야.'

'쿄카도 안 나왔는데 무슨 얼어 죽을 신급 에피소드야.'

'맞다, 코바야시 소년. 내일 학교에 가면 히노모리 류가 네한테 말 좀 전해줄래? 열 명 정도의 『악마 빙의자』가 인간계에 왔다고 말이야.'

그 정보는 거짓말이 아니라 사실이었다.

어젯밤에 만났던 바사고, 오늘 아침의 나베리우스처럼, 이쪽에 잠복한 『악마 빙의자』가 아직 여러 명 남아 있다. 류가 일행은 당분간 그쪽에 대처해달라고 해야겠다.

"특히 류가는 『악마 빙의자』를 아직 하나도 못 쓰러트렸으니까 말이야…… 주인공이 공기가 되는 전개만은 피해야겠지."

푸르가메 양도 걱정되고 시험공부도 해야 하지만, 이것도 메인 캐릭터들의 숙명. 류가 일행에게는 방과 후 순찰도 타진해둬야겠다.

'이봐, 도령, 빨리 돌아가자고. 오늘은 카레라고 하니까.'

'날 위해서 순한 맛도 준비해준다고 했어. 미온은 정말 모범적인 부하라니까.'

"바보 같은 소리. 순한 맛 카레는 시즈마를 위해서 준비하는 거야. 그리고 키키랑."

'분명히 말해두는데 궁기, 당근은 안 남기는 게 좋을 거다. 그 백로, 편식하면 정말 무섭게 나오거든.'

'저, 정말? 큰일이네…… 저기 코바야시 소년, 당근이랑 고기랑 바꾸지 않을래?'

"웃기지 마! 그냥 당근만 준다면 생각해볼 수도 있지만!"

그런 시시한 대화를 나누면서, 우리는 서둘러 집으로 갔다.

누가 봤으면 혼자서 떠들고 있는, 완전히 수상한 사람이겠지.

그 후, 금세 집에 돌아간 나는 바로 카레를 보고 입맛을 다셨다.

삼 공주와 시즈마, 이미 집에 돌아와 있던 도철, 그리고 나 & 혼돈 & 궁기…… 총 8명이 식탁 앞에 앉았다. 참고로 밥은 쌀을 약 750g 정도 써서 지었다고 한다.

150g이 2인분이니까 10인분이라는 얘기인데, 이건 어머니와 바츠와나 영감님까지 생각한 양이다. 카레 냄비도 두 개가 있는데 하나는 매운맛, 하나는 순한 맛이었다.

"미온. 너 완전 급식실 아줌마가 다 됐다……."

"미안하지만 건더기는 평소보다 적어. 아낄 수 있는 데서 최대한 아껴야 하니까. 그런데 이치로 군, 오늘 어땠어? 류가네가 쿠로가메를 포기했어?"

"아, 듣고 싶어? 그거 듣고 싶어?"

테이블 위에 앞발을 올려놓고, 또다시 하얀 여우가 거만한 얼굴로 이야기를 시작하려고 한 그 순간.

생각했던 것보다 일찍, 사자 사도와 파리 사도가 돌아왔다. 그 둘이 당연하다는 것처럼 식탁 앞에 앉자, 서로 어깨가 닿을 정도로 자리가 좁아졌다.

"열장 사츠키, 임무를 마치고 귀환했습니다. 아, 배고프다."

"허허허. 바깥까지 카레 냄새가 풍기더구나."

……단란한 건 좋지만, 슬프게도 사람이 하나도 없다. 【마신】과 사도와 오니밖에 없다.

이런 백귀야행의 식탁은 온 세상을 다 뒤져봐도 우리 집밖에 없겠지.

"오랜만에 운동 잘했어. 류가한테 『우리 아들이 신세 많이 지고 있지』라는 인사를 못 한 게 아쉽지만."

"설마 이번 히노모리가 여자애였을 줄이야……. 나는 알 수 있다! 가슴에 붕대를 감은 것 같지만, 류가는 상당히 가슴이 커! E컵은 되겠지!"

"이 파리 영감! 류가 가슴을 만졌다간 신문지 말아서 만든 몽둥이로 삼백 대는 때릴 테다! 넌 엘미라 가슴으로 참아!"

"아, 안 됩니다! 어머니께 그런 만행을 저지르면, 파리채로 삼백 대 때릴 겁니다!"

"참고로 미야모토 양 가슴을 만지면, 전기 파리채로 얼굴을 눌러버릴 거야."

"이치로 남작. 당근이랑 고기를 바꾸는 검미다."

"키키! 안 돼! 괴수 소프트 비닐 안 사줄 거야."

"오, 주리. 오늘 아침 드라마는 어땠냐? 늦잠 자느라 못 봐서 말이야."

"미츠오랑 나오미의 불륜이 발각됐습니다. 다음 회에는 아마도 수라장이 벌어지겠지요. 꼭 보셔야 할 겁니다."

주위는 시끌시끌 떠들썩하지만, 나는 조용히 카레만 먹었다.

밥이 목에 걸려서 황급히 물을 마셨다. 물잔에는 '申(원숭이)'이라는 한자가 커다랗게 들어가 있었다.

……테이블에는 똑같이 생긴 물잔이 9개 더 있었다. 사실 이거, 잔마다 12간지의 한자가 하나씩 적혀 있는 12개 세트다.

酉(닭)—— 백로 사도 미온.

巳(뱀)—— 킹코브라 사도 주리.

戌(개)—— 에조 늑대 사도 키키.

午(소)—— 얼룩말 사도 시즈마.

여기까지는 이해가 되는데, 나머지는 대충 배정했다.

寅(호랑이)—— 사자 사도 우리 어머니. 호랑이랑 친구라고.

亥(돼지)—— 도철. 저돌맹진이라는 이미지.

丑(소)—— 혼돈 아저씨. 커다란 덩치 때문에.

子(쥐)—— 궁기. 이쪽은 반대로 작은 체격 때문에.

卯(토끼)—— 검은 파리 사도 바츠와나. 아무 연관성도 없지만, 바니걸을 좋아하는 것 같으니까.

申(원숭이)—— 앞서 말한 대로 코바야시 이치로. 정말 마음에 안 들지만, 키키의 말에 의하면 '욕조에 몸을 담그고 있는 모습이 원숭이 그 자체'라는 것 같아서.

남은 건 '辰(용)'과 '未(양)'인데, 양은 엘미라다. 이유는 수업 시간에 자는 경우가 많기 때문이고, 우리 집에도 자주 놀러 오기 때문에 전용 물잔까지 있다.

마지막 용은 평범하게 생각해보면 아버지겠지만…… 이건 류가를 위해서 챙겨뒀다.

나는 용 물잔을, 류가 말고 다른 사람이 쓰게 할 생각이 없다. 뭐, 당분간은 우리 집에 초대할 일이 없지만. 솔직히 이런 상태잖아.

'원래 호랑이 물잔은 유키미야가 우리 집에 있을 때 썼지만 말이야. 【백호】한테 딱 어울려서.'

빈 그릇을 미온한테 내밀어서 한 그릇 더 달라고 부탁한 순간, 맞은편에 앉아 있던 어머니가 호랑이 물잔으로 물을 마시면서 갑자기 이런 이야기를 했다.

"아 맞다, 이치로. 나랑 바츠와나는 내일부터 집에 없을 거야."

"엉?"

"혹시 모르니까, 당분간은 바엘 군 있는 데서 상주할 거야. 류가네가 스탠드 플레이로 쳐들어올 수도 있잖아."

하긴, 바엘 혼자서는 쿠로가메를 억제하지 못할 우려가 있다. 루니에와 대등한 실력자라는 어머니라면 잘 대처해 주겠지.

어머니에 이어서 바츠와나 영감님도 토끼 잔으로 물을 마시면서 말했다.

"거기엔 크레바스가 있으니 말이다. 훗날을 위해서라도 적의 본거지를 정찰해둬야겠지. 그런 일은 내 특기니까."

이 영감님은 파리로 변할 수 있다. 분명히 정찰 임무에는 아주 적합하겠지.

어쩌고저쩌고해도, 둘 다 헌신적으로 협력해줄 생각이구나…….

내가 혼자 감동하고 있자니.

"그 맨션 말이야, 어느 층이고 하나같이 넓고 쾌적하더라니까. 특히 꼭대기 층은 고급 호텔보다 더 호화롭고."

"게다가 인터넷이 완비돼 있고, 바엘 도령이 마음대로 써도 된다고 했다. 【마신】님들께 도움이 되고, 게다가 야동도 마음껏 볼 수가 있어! 이 세상에 천국이 있기는 있더구나!"

틀림없이 그쪽이 진짜 이유겠지. 류가네에 대한 대비라든지 버려진 요새의 정찰이라든지, 솔직히 말해서 다 핑계일 거야.

내가 떨떠름한 표정을 짓고 있었더니, 밥과 카레를 새로 담은 그릇을 나한테 건네주면서, 미온이 씁쓸하게 웃으며 말했다.

"그렇게 해주는 쪽이 좋을지도 모르겠네. 사람이 이렇게까지 많으면 집안일이 너무 힘들어지고, 잘 자리도 모자라니까."

"그렇지? 그러니까 미온, 우리 집은 잘 부탁할게. 그 대신, 내일 작은 선물을 준비해줄 테니까…… 그런데 이치로."

그때, 어머니가 자세를 바로잡고, 어째선지 날 똑바로 보면서 말했다.

"뭐, 뭔데요."

"어제부터 이런저런 일들이 있어서 말할 타이밍이 없었는데, 집을 떠나기 전에 하나 확인해둘 게 있어."

어울리지 않게 진지한 말투로 말하면서 물잔을 테이블에 내려놓는 어머니. 모친의 얼굴이 되어 있었다.

"1학기 성적표 가져와. 복사해놨지?"

……지금 여기서 그 얘기를 하는 건가요.

사실은 이 사자 사도, 학교 성적에 꽤 깐깐하다. 아들의 자주성을 존중해주지만, 그만큼 해이해지는 걸 용납하지 않는다.

"자, 가지고 와봐. 설마 성적이 떨어졌다든지…… 그런 일은 없겠지?"

떨어졌습니다. 깔끔하게, 전 과목 다 떨어졌습니다.

어쩔 수 없잖아. 바로 얼마 전까지 『나락의 사도편』이 한창이라서, 공부할 상황이 아니었다고. 인류의 위기와 시험, 어느 쪽이 더 소중한데?

'그딴 변명은 안 통하겠지…….'

마침 【세 마신】이 저녁 식사를 마쳤기에, 나는 그 셋을 내 안으로 들어오게 하고는, 포기하고 성적표 사본을 가지러 갔다. 어떤 비책을 가슴에 품고서.

2층에 있는 내 방으로 들어가자마자 서둘러 도철을 불러서, 다시 밖으로 나오게 했다.

"무슨 일입니까 나리. 아까 사 온 만화책을 읽어야 하는데."

여전히 나랑 똑같은 얼굴이다…… 지금은 뿔을 집어넣어서 나와 거의 똑같은 비주얼이었다. 입가에 밥풀이 붙어 있는 점만 빼면.

"텟짱, 너한테 꼭 부탁할 일이 있어. 미안하지만, 이걸 우리 엄마한테 갖다줄래?"

그렇게 말하고, 나는 성적표 사본을 도철에게 떠넘겼다. 그리고 500엔 동전 한 개를 도철의 오른손에 쥐여줬다.

"시, 심부름 값을 주시는 겁니까?"

"넌 오늘 궁기의 지시를 훌륭하게 수행해줬어. 틀림없이 심부름에 재능이 있는 【마신】이야. 그러니까 꼭 부탁하고 싶어. 『자, 여기』 하고 주기만 하면 돼."

"알겠습다! 그 정도야 쉽지요!"

500엔 동전을 주머니에 집어넣고, 바로 방에서 뛰쳐나가는 도철.

그 모습을 지켜본 뒤에 나도 방에서 나왔다. 계단 중간에서 멈춰서서 가만히 귀를 기울이고 있었더니── 역시나, 거실에서 목소리가 들려왔다.

"자, 여기!"

"어디 보자…… 뭐야, 아주 깔끔하게 전 과목이 다 떨어졌잖아!"

"앙? 무슨 소리야?"

"부모가 안 본다고 농땡이 피지 말라고! 용돈 줄여버린다!"

그런 사자의 포효와 함께 빽! 하는 타격음이 들려왔다.

"아야! 뭐 하는 거야, 이게!"

"부모한테 이게라니, 이게라니!"

또다시 빽, 하는 타격음. 저 주먹, 참 아프지…….

"야, 하지 마! 날 뭐로 보는 거야!"

"너야말로, 날 뭐로 보는 거야! 난 천하의 장군님이라고!"

또다시 포효와 타격음이 울린 뒤에, 백로 소녀의 "저기 사츠키, 그거 천하의 【마신】님……." 하는 조심스러운 목소

리가 들려왔다.

'도령. 정말 너무한다…….'

'그야말로 사람이 아니라 오니같은 짓이네.'

머릿속에서 혼돈과 궁기가 질렸다는 목소리로 말했다. 알았어. 나중에 텟짱한테 100엔 더 주면 되잖아.

……그렇게 위기를 넘기고 복잡한 하루가 끝났다. 하지만 내일부터도 복잡한 일들이 계속된다는 것을, 이때의 나는 알 도리가 없었다.

인간계에 쳐들어왔다고 하는 몇 명의 『악마 빙의자』들. 그 마수가, 바로 코앞까지 다가와 있다는 사실을── 아직 알아차리지 못했다.

3

이튿날인 수요일. 학교에 가자마자 바로 보건실로 갔더니 이미 류가, 유키미야, 아오가사키 선배, 엘미라가 모여 있었다.

"모두 안녕. 이렇게 모이라고 해서 미안해."

감히 이 사람들을 호출한 사람은 바로 나.

목적은 당연히 시내에 잠복해 있는 『악마 빙의자』들에 대해…….

아침 보건실에는 거의 사람이 오지 않아서, 회의하기에

는 아주 좋은 곳이다.

"안녕, 이치로. 이제 괜찮아졌나 보네."

"역시 코바야시 씨는 대단하네요. 오니 같은 생명력이에요."

"내 충고대로 간을 먹었나 보군, 내가 맞춰보지, 간 부추 볶음이지?"

"그보다 코바야시 이치로! 오늘 밤에는 시즈마를 저한테 맡겨주시기로 했죠?"

압박 취재처럼 날 둘러싸고 다가온 류가 일행에게 바로 정보를 전달했다.

참고로 여기에는 또 한 사람, 보건실의 터줏대감인 킹코브라 사도도 있다.

주리하고는 미리 정보를 공유했기에, 보조 역할을 부탁했다. 주리는 진지한 표정으로 내 옆에 서서, '여러분 조용히'라고 말했다.

"오늘 모이라고 한 이유는 보고할 게 있어서야. 오늘 아침, 혼돈한테 이계의 상황을 봐달라고 했는데, 거기에 대해서 보고하려고 하거든. 유키미야, 도올한테 뭔가 들었어?"

유키미야가 미안하다는 것처럼 고개를 저었기에, 나는 어흠, 헛기침하고서 계속 말했다.

"그쪽에서 또 두 명, 『악마 빙의자』가 쓰러졌다나 봐. 총재 랭크의 카미오와 대공 랭크의 가프…… 이 둘이 불귀의 악마가 되고 말았어."

침통한 표정으로 말하는 나에게, 주리가 "비보처럼 들리는데요. 표면적으로는 좋은 소식이잖아요"라고 귀엣말을 해줬다. 이런, 속내가 다 들통났네.

하지만 나한테는 엄청난 비보다. 이제 남은 『악마 빙의자』는 19명…… 주인공 쪽은 아직 한 명도 쓰러지지 않았는데, 20명도 안 남았다.

추가 설명으로 시마와 루니에가 공을 세웠다고 말했더니, 바로 유키미야가 얼굴이 확 밝아지더니 가슴을 활짝 폈다.

"역시 저희 집안의 메이드와 집사네요. 저도 주인으로서 정말 자랑스러워요."

주리가 '가슴을 저렇게 내밀어도 납작하네요'라고 귀엣말을 했다. 어떤 의미에서는 비보였다.

I컵 보건 교사의 쓸데없는 한 마디는 묵살하고, 다음 보고로 넘어갔다.

"그리고 또 하나. 사실은 이쪽이 메인 안건인데, 아무래도 몇 명의 『악마 빙의자』가 이쪽으로 쳐들어왔다는 것 같아."

그 말을 들은 메인 캐릭터들의 표정이 살짝 달라졌다.

아기토는 이계는 물론이고 인간계에도 선전포고했다. 부하들을 이쪽으로 보내리라는 건, 류가네도 잘 알고 있는 일이었다.

"그렇구나. 드디어 텐료인도 진심으로 움직이기 시작했다는 건가."

"그들을 그냥 놔두면 위험해요. 리나 양도 마음에 걸리지만, 그쪽을 우선해서 대처해야 할지도 모르겠네요."

"음. 크레바스의 문지기인 리나, 바엘, 아스모데우스, 나베리우스는 맨션에서 움직이지 않을 거야. 그렇다면 시내에 숨어 있는『악마 빙의자』들을 먼저 해치워야겠지."

"알았어요. 그럼 2인 1조로, 방과 후에 순찰하도록 하죠."

내가 타진할 필요도 없이, 류가 일행은 순찰하기로 방침을 정해줬다. 이걸로 당분간 푸르가메 양에 대해서는 보류하겠지.

내가 조용히 안도의 한숨을 쉬고 있었더니, 유키미야가 킹코브라 사도에게 말을 걸었다.

"주리. 당신들 삼 공주도『악마 빙의자』수색에 협력해주시겠어요?"

"할 수는 있는데, 너무 기대하지는 마. 나는 학교 일도 해야 하니까. 미온은 집안일을 해야 하고, 키키는 혼자 보내면 길을 잃어버리거든."

매정한 대답에 탄식하는 유키미야. 그걸로 됐다. 사도들이 지금 이상으로『악마 빙의자』와 엮이는 걸 피하기 위해서라도 적극적인 협력은 피해야 할 것 같으니까.

다행히 류가는 주리의 생각을 이해해줬다.

"그럼 시간이 날 때라도 부탁할게. 그나저나 미오는 정말 가정적인가 봐. 쿄카가 슈퍼에서 여러 번 봤다고 하더라니까.”

무슨 얘기인지 들어봤더니, 쿄카는 백로 사도와 같이 차를 마신 적까지 있다는 것 같다. 같이 음식을 만든 적도 있다는 것 같고. 마침 내가 『나락성』에 틀어박혀 있던 때에.

‘그런 번외편까지 있었다니…….’

사이좋게 같이 음식을 만드는 사이드 테일과 트윈 테일이라니, 최고잖아. 그 이야기, 꼭 어디 특전으로 제공해주면 안 될까…….

그때 주리가 또다시 내 귀에다 대고 “제가 요리는 못하지만, 밤일은 잘한답니다”라고 속삭였다. 이건 비보도 낭보도 아닌, 그냥 질척한 얘기잖아.

“기말고사도 얼마 안 남았으니까, 하루에 한 명은 돌아가면서 순찰을 쉬는 걸로 할까. 이치로, 오늘은 나랑 같이 가줄래? 다른 팀은 레이랑 엘이면 될까?”

류가의 제안을 모두가 받아들인 뒤에 미팅을 마쳤다.

일동이 나가는 중에 어째선지 계속 보건실에 남아 있는 주인공. 다른 사람들이 다 나간 것을 지켜본 뒤에 류가는 바로 두 손을 맞잡고서 보건 교사에게 간절하게 부탁했다.

“저기 주리, 예비 종 울릴 때까지 마사지 좀 해주면 안 될까. 아, 이치로는 먼저 가고! 쾌락에 몸을 맡기는 내 모습을 보여주고 싶지 않으니까! 오늘은 기구도 쓸 거라고!”

……아침부터 무슨 소리를 하시는 겁니까 주인공.

그 뒤로 별 탈 없이 종례 시간까지 무사히 마치고, 나와 류가가 순찰을 위해 재빨리 하교하려고 하던 그때.

"히노모리 군! 히노모리 군 있어?!"

갑자기 여학생 한 사람이 그렇게 소리치면서 허겁지겁 교실로 들어와 그런 소리를 했다.

"아, 히노모리 군 저기 있다! 부탁이야, 우리 소프트볼부를 좀 도와줘!"

곧바로 류가한테 매달리는 여고생. 소프트볼부 주장, 2학년 C반 난죠 양이었다. 축제 때 맞선 게임의 진행 담당을 맡았던, 유키미야랑 같은 반 친구다.

갑자기 도와달라는 말을 듣고 곤혹스러워하는 류가.

나도 곤혹스러웠지만 일단 이야기를 들어보기로 했다.

"무슨 일이야? 류가는 남자라서 소프트볼부에 들어갈 수도 없는데?"

"그게 아니라! 타케코가, 타케코가 탈퇴 신청서를 냈어!"

타케코가 누구인지 잠깐 고민했지만, 금방 짐작이 갔다. 아마도 고토쿠지 양을 말하는 거겠지.

고토쿠지 타케코. 키 170cm, 체중 80kg. 소프트볼부에서 포수를 맡고 있으며, 1학년 때부터 부동의 4번 타자. 통산 홈런 수 31개.

남자 경식 야구에서도 충분히 통할 거라는 말까지 듣고

있는 인재다. 그러고 보니까 고토쿠지 양도 C반이고, 맞선 게임에 참가한 스태프였지.

'그리고 유감스럽게도 류가와 커플이 성립됐었는데…… 응? 설마 고토쿠지 양이 그만두는 이유가…….'

난죠 양이 울먹이는 목소리로 말했다.

"타케코가 말이야, 앞으로는 히노모리 군과의 사랑을 위해서만 살아가겠다고 했어!"

빙고였다. 타케코 양이 류가한테 진짜로 반해 있었다.

"얼마 안 남은 고등학교 시절을 히노모리 군과의 불순한 이성 교제를 위해서 불사르겠다고 했다니까! 소프트볼하고 다른 땀을 흘리겠다고!"

슬쩍 봤더니, 류가가 볼을 씰룩거리고 있었다.

아마도 축제 때, 고토쿠지 양과 학교 안에서 데이트했던 때의 기억이 되살아난 탓이겠지. 겁먹은 히노모리 류가라니, 꽤나 보기 힘든 장면이다.

"타케코는 우리 4번이고, 팀의 기둥이야. 그런 타케코가 없어지면……."

세상이 다 끝나버린 듯한 얼굴을 비치는 난조 양. 하긴, '오메이 고등학교의 배리 본즈'라고 불리는 고토쿠지 양이 갑자기 빠지면 전력이 크게 저하될 수밖에 없겠지.

"지금까지 계속 '내 연인은 이 배트야. 그리고 미트랑 프로텍터랑 헬멧이고. 그리고 송진 주머니'라고 말했으면서,

대체 왜…….”

다섯 다리나 걸치고 있었던 건가, '오메이 고등학교의 배리 본즈'.

"알았어, 난죠 양. 내가 설득해볼게."

정신을 차린 류가가 의연한 태도로 그렇게 말했다.

그만둔 원인이 자신이라는 걸 알게 됐으니, 그냥 둘 수 없는 것 같다. 【마신】이나 아기토나 푸르가메 양보다 훨씬 무서운 상대일 텐데…… 훌륭한 책임감 때문에 내 눈시울이 다 뜨거워졌다.

"저, 정말? 타케코랑 얘기해줄 거야?"

"그래. 고토쿠지 양의 청춘은 나 같은 게 아니라 소프트볼을 위해서 불살라야 하니까. 꼭 그래야만 해. 안 그러면, 그건 세상이 잘못됐다는 뜻이야."

유난히 힘줘서 주장하는 주인공. 자신을 포기하게 하려고 아주 필사적이었다.

그리고 미안하다는 눈으로 날 쳐다본 류가에게, 나는 살짝 고개를 끄덕여 보였다. 오늘 순찰은 나 혼자서 하자.

"그래서 난죠 양. 고토쿠지 양은 어디 있어?"

"정문에 있어! 히노모리 군이 나올 때까지 기다렸다가 러브레터를 주려는 꿍꿍이 같아! 그리고 그 뒤에 같이 저녁 먹자고 할 생각인 것 같고!"

"좋았어, 그럼 뒷문으로 도망치자."

"도망쳐서 어쩌자는 건데! 제대로 설득해줘!"

그런 대화를 나누면서, 류가는 난죠 양한테 질질 끌려서 복도 저편으로 가버렸다.

……아무래도 오늘도 히노모리 류가는 『악마 빙의자』를 쓰러트릴 가망이 없어 보인다.

어쩔 수 없이 혼자서 학교를 뒤로한 나는, 일단 번화가 쪽으로 가보기로 했다.

아쉽게도 『악마 빙의자』가 어디 숨어 있는지는 짐작도 가지 않는다. 그 녀석들은 힘을 쓰지 않을 때는 이마의 뿔도 드러나지 않고, 그림자도 보통 사람이랑 똑같으니까.

'한마디로 겉모습을 보고 구분하는 건 불가능하다는 얘기지. 우리가 할 수 있는 건 말 그대로 순찰뿐…… 수색이 난항을 겪게 될 것 같아.'

일단 그들이 날뛰면 곤란한 장소를 중점적으로 돌아봐야겠지. 그럼 번화가를 찾아야 하나.

그런 생각을 하며 번화가로 갔는데, 나와 같은 생각을 한 사람이 있었다.

"여, 코바야시. 너도 이쪽으로 왔나."

역 앞에 도착했을 때, 아오가사키 선배와 딱 마주쳤다.

어째선지 혼자였다. 분명히 오늘은 엘미라와 둘이서 팀을 짰을 텐데, 파트너는 어디로 가버린 거지?

"혼자인가? 류는 어쩌고?"

"아오가사키 선배야말로, 엘미라는 어디 갔죠? 응가인가요?"

"만약 그렇다고 해도, 『그래』라고 말할 것 같은가?"

어쨌거나 고토쿠지 양과의 일에 대해서 말했더니, 아오가사키 선배도 사정을 말해줬다.

"바로 조금 전까지 엘미라와 같이 있었는데……『조퇴한다』라고 하더니 가버렸다. 오늘은 시즈마 군을 자기 집에 초대하는 날이라면서."

그렇다면, 우리 집에 갔다는 얘기네. 그럴 거라면 처음부터 유키미야랑 순찰 담당을 바꿀 것이지…….

"하는 수 없이 혼자서 돌아볼 생각이었는데 말이다. 그쪽도 류한테 급한 일이 생겼다면, 마침 잘 됐군. 우리가 팀을 짜지 않겠나?"

"알겠습니다."

"좋다, 결정이다. 생각해보니 이렇게 너와 단둘이 있는 것도 꽤나 오래간만이니까 말이다. 순찰을 겸해서, 가볍게 데이트라도 해볼까."

쇠뿔도 단김에 빼자는 것처럼, 내 소매를 잡아당기면서 걸음을 옮기는 아오가사키 선배. 옆얼굴을 보니 엄청나게 신이 나 있었다.

결국 나는 선배와 둘이서 사람들이 끊임없이 오가는 큰

길을 따라서 나란히 걸어갔다.

지나가는 사람들을 주의 깊게 관찰해봤지만, 역시나『악마 빙의자』인지 아닌지 판별할 수 없었다. 말없이 걸어가는 것도 뭣해서 가볍게 이야깃거리를 던져봤다.

"아오가사키 선배는 시험공부에다가 입시 준비까지 해야 하니까 많이 힘들겠네요?"

"그렇지도 않다. 내가 들어가려고 하는 단과대학은 딱히 입시 준비를 할 필요가 없다. 방심하는 건 아니지만, 간단히 합격할 테니까."

"그럼 차라리 더 높은 대학을 목표로 하면……."

노파심에서 그렇게 제안했더니,『참무의 검사』는 딱 잘라서 말했다.

"나는 지금 지망하는 학교 말고 다른 곳에는 들어갈 생각이 없다. 근처에 식물영양학과가 있는 곳은 그 학교밖에 없으니까."

"식물영양학과? 대체 왜 그런 과에?"

얼빠진 표정을 지은 나를 곁눈질로 슬쩍 보는 아오가사키 선배. 그리고는 약간 쑥스럽다는 것처럼, 일부러 헛기침을 한번 하고는.

"내가 진학하는 목적은…… 신부 수업이다."

"예?"

"요, 요리에 정통하고 싶기 때문이다. 미래의 남편을 위해서.”

그 남편이라는 게, 대체 누구인가요……라고 물어볼 용기는 없었다. 아까부터 계속 내 쪽을 슬쩍슬쩍 보고 있는 탓에 더더욱 물어보기 힘들다.

“우리 집은 부녀가정이니까 말이다. 어린 시절부터 집안일을 대부분 맡아왔는데, 요리만은 도저히 안 돼서 말이다. 자신이 있는 건 식칼 칼질…… 채소를 베는 것 정도다.”

“제가 잘못 아는 게 아니라면, 채소는 자른다고 하지 않나요…….”

“아무튼, 대학을 선택에 있어서 중요한 것은『그곳에서 무엇을 배우는가』다. 두고 봐라, 코바야시. 반드시 요리를 잘하게 될 테니까.”

학교에서 배우는 것보다 미온한테 제자로 들어가는 게 빠를 것 같은데 말이야.

“하는 김에 밤일도 단련하겠다.”

그건 주리한테 제자로 들어가는 게 빠를 것 같고.

그나저나, 역시 코바야시 가문을 노리는 건가……?

아오가사키 선배는 어머니도 마음에 들어 했으니까(검사로서지만), 아무래도 슬슬 일부다처제가 현실이 되는 게 아닌가 싶은 기분이 들기 시작하는데…….

――내가 전율하고 있자니 갑자기 뒤쪽에서 누군가의 시선이 느껴졌다.

명확한 적개심을 머금은, 찌르는 것 같은 시선이었다. 위치는 후방 4, 5m 정도인가. 아무리 인파 속에 섞여 있어도, 이렇게 강한 살기를 내뿜으면 눈치채지 못할 리가 없다.

"……아오가사키 선배."

"알고 있다. 돌아보지 마라, 코바야시. 어디 좁은 골목으로 들어가서 인적이 없는 곳으로 유도하자. 거기서 정체를 확인한다."

앞만 보면서, 아오가사키 선배가 작은 소리로 말했다. 『참무의 검사』도 이미 미행하는 자의 존재를 눈치채고 있었다.

그 지시에 따라서, 잠시 모른 척 터벅터벅 걸어갔다.

마침내 선술집 옆에 있는 좁은 샛길로 들어가서 모퉁이를 한 번 돌고, 거기서 미행하는 자를 기다리기로 했다.

그곳은 큰길에 있는 선술집의 뒤쪽에 있는, 건물과 블록 담당 사이에 있는 막다른 곳이다. 색이 바랜 전봇대 옆에는 빈 맥주병이 들어 있는 상자들이 쌓여 있었다.

'우리를 미행했다는 건, 틀림없이 『악마 빙의자』겠지. 이런 전개가 될 줄 알았다면, 역시 류가를 파트너로 삼을 걸 그랬어.'

남몰래 후회하는 동안에, 누군가가 다가오는 기척이 느껴졌다. 바로 가까운 곳까지 터벅터벅하는 발소리가 다가왔다.

자, 상대는 과연 누굴까. 미행을 들켰다는 걸 눈치채고 도망가는 건 아니겠지?

그런 걱정은 할 필요도 없었다. 조금 지나 모퉁이에서 추적자가 얌전히 모습을 드러냈다.

그 정체는—— 처음 보는 교복을 입은 고등학생 소녀였다.

4

미행자가 모르는 여학생이라는 걸 보고, 나는 약간 실망했다.

이런 경우, 보통은 미행하는 자의 정체가 기존에 등장했던 캐릭터여야 하는 법인데 말이야. '너였냐! 사람 놀라게 하지 말라고!'로 끝나는 게 나한테는 최고의 결론인데 말이야.

'그게 아니라는 걸 보면, 역시 『악마 빙의자』일 가능성이 농후하겠지…… 어쨌거나 이런 살기를 내뿜는 놈이 보통 사람일 리가 없으니까.'

다시 확인해보니, 상당히 고지식해 보이고 전혀 꾸미지 않은 소녀였다.

머리카락 길이는 미디엄 롱. 빗질도 안 했는지 엉망진창이다. 얼굴도 창백하고 생기가 없는데, 두 눈만은 이상할 정도로 번뜩이고 있었다.

이마에 뿔이 없으니까, 아직은 『악마 빙의자』라고 단정할 수는 없지만, 우리에게 엄청난 적개심을 지니고 있다는 점만은 의심할 여지가 없었다.

"그 교복, 타마하라 상고인가. 우리한테 무슨 볼일이지?"

아오가사키 선배가 한 걸음 앞으로 나서서 소녀에게 물었다. 그 손에는 이미 어신목도를 쥐고 있었다.

소녀는 우리가 먼저 기다리고 있었는데도 동요조차 없이 조용히 『참무의 검사』를 노려봤다. 조금 지나, 그 입에서 생각지도 못한 한마디가 나왔다.

"아오가사키 레이…… 내 얼굴을 기억 못 하는구나."

아무래도 이 소녀는 아오가사키 선배와 아는 사이인 것 같다. 하지만 정작 아오가사키 선배는 잘 모르겠다는 것처럼 눈살을 찌푸리고 있었다. 짚이는 데가 없는 것 같다.

그런 『참무의 무녀』의 반응을 보고, 소녀가 자조하는 것처럼 미소를 지었다.

"그렇겠지. 딱 한 번 멀리서 인사를 나눈 정도니까, 기억할 리가 없겠지. 하지만 난, 당신을 잘 알고 있어."

"……응? 잠깐만, 넌 혹시——"

"아오가사키 레이. 검술 도장 외동딸이고, 공식 기록은 없지만, 지금까지 전적은 무패. 규율을 중시하는 금욕적인 성격이면서도 학교 축제에서는 히어로 쇼의 주인공을 맡고, 기타 연주까지 선보이는 의외의 일면도 지니고 있다."

마치 대본이라도 읽는 것처럼 거침없이 아오가사키 선배의 데이터를 말하는 소녀. 혹시 이 사람, 스토커인가? 아냐, 아오가사키 레이 팬이라면 이 정도 정보는 상식――

"커피에 각설탕은 두 개. 미용실에 가는 건 석 달에 한 번. 출생 시 체중은 2.9kg. 초등학교 5학년 때까지는 남자 말투를 사용…… 그리고 또 뭐가 있었더라."

충격적인 정보에 아오가사키 선배는 물론이고 나까지 깜짝 놀라고 말았다.

이 녀석 대체 뭐 하는 사람이야! 그런 데이터는 나도 몰랐는데! 넌 코바야시 이치로조차도 뛰어넘는 조사 능력을 지니고 있다는 건가!

"어째서 이렇게까지 자세히 알고 있는지 알아? 내 남자 친구한테 들었어. 수시로 아주 신이 나서 당신 얘기만 하거든. 정말 웃기지?"

이윽고 소녀의 목소리가 분노의 고함으로 바뀌었다.

얼굴도 꼭 오니처럼 험악해졌고. 아, 내가 이런 말 하기는 좀 그런가.

"웃어! 날 우습게 보고 있지?! 아오가사키 레이!"

"넌 혹시……."

아오가사키 선배의 말이 끝나기도 전에, 소녀의 이마에 뿌득뿌득하면서 뿔이 자라났다. 이어서 토하고 싶을 정도로 농밀하고 강대한 요기가 주위에 가득 찼다. 역시나 『악마 빙의자』였나.

"너 때문에 내가 얼마나 비참한 기분을 맛봤는지 알아! 데이트하는 중에 다른 여자 얘기나 듣고 있는 기분을, 네가 알아?!"

"너는 카즈히코와 사귀는…… 쿠로부치 미카 양인가?"

아오가사키 선배가 말한 '카즈히코'라는 이름을 듣고, 바로 아! 하고 생각이 났다.

——타나카 카즈히코. 아오가사키 선배의 소꿉친구로, 타마하라 상고 3학년이다. 아오가사키 선배의 열렬한 신자인 잡몹 캐릭터다.

예전에는 아오가사키 도장의 문하생이었지만, 동경하는 아오가사키 선배가 남자한테 빠졌다고 착각해서 월상관으로 이적. 하지만 그 오해가 풀려서, 내년 봄부터는 다시 아오가사키 도장에 다니기로 했다.

'그러고 보니까 미야모토 양이 말했었지. 타나카네 여자친구는 질투가 꽤 심하고, 전부터 아오가사키 선배와의 사이를 의심해 왔다고…… 그게 이 쿠로부치 양인가?'

정리가 끝났을 때, 쿠로부치 양이 또다시 원한 섞인 목소리로 외쳤다.

"카즈는 너한테 못 줘! 난 72 악마 중에 하나, 왕공 랭크의 비네! 아오가사키한테서 카즈 군을 되찾겠다! 그게 내 갈망이야!"

"기, 기다려봐라, 쿠로부치 양! 나와 카즈히코는 딱히 그런 관계가……."

"닥쳐어어어!"

아오가사키 선배의 말은 전혀 듣지도 않고, 머리카락을 흩날리면서 히스테릭하게 외치는 비네, 그러니까 쿠로부치 양. 앞으로는 개인적으로 '비네부치'로 불러야겠다.

그 순간, 비네부치 양의 발작에 반응하는 것처럼, 쌓여 있던 맥주병들이 일제히 덜그럭거리는 소리를 냈다. 그리고는 곧 차례로 상자에서 빠져나와서 총알처럼 우리를 향해 날아왔다.

"!"

아오가사키 선배의 목도가 번쩍이더니 날아오는 맥주병들을 전부 깨트려버렸다.

그리고 나도 플라멩코를 추는 것처럼 재빠르고 정열적인 몸놀림으로 병을 피했다.

'염동력?! 이런 능력이 있는 건가!'

이건 귀찮은데. 이 비네부치 양, 전투력 자체는 그냥저냥 해 보이지만, 그걸 보충하고도 남는 특수 기능을 지니고 있다. 게다가 맥주 상자는 아직 산더미같이 쌓여 있고.

"오해다, 쿠로부치 양! 내 말을 들어다오!"

"시끄러워! 이 여우 같은 년아!"

아오가사키 선배는 계속 대화를 요청했지만, 흥분한 비

네부치 양은 거기에 응하지 않았다. 그러는 사이에도 맥주병 미사일은 계속 날아왔다.

"우리는 그냥 소꿉친구다! 네가 생각하는 그런 관계가 아니야!"

"당신이 아니라고 생각해도, 카즈 군은 그렇게 생각하고 있어! 그리고 카즈 군처럼 성실하고 상큼한 남자가 말을 걸면 언젠가 너도 그렇게 생각하게 될 거야!"

혼자 화를 내면서도, 푼수 같은 소리는 제대로 늘어놓는 비네부치 양. 네 이놈 타나카, 잡몹 주제에…… 네가 아오가사키 선배 얘기만 한 탓에 여자 친구가 타락해버렸잖아!

『참무의 검사』는 끝도 없는 맥주병 공격을 계속 목도로 받아냈다. 발밑에는 이미 맥주병 파편들이 바다를 이루고 있었다.

'이거…… 위험한 거 아닌가?'

어쩌면 맥주병 공격은 다음 수를 위한 포석인지도 모른다.

비네부치 양의 목적은 저 많은 파편을 만드는 것 자체일지도? 아오가사키 선배는 제 발로 그걸 도와주고 있는 거고?

저렇게 많은 파편이 동시에 사방에서 덮쳐오면 아무리 아오가사키 선배라고 해도 피할 수 없다. 우리가 유인했다고 생각한 곳이 되레 불리한 장소가 돼버렸다!

"큭큭큭…… 내 생각대로 준비가 된 것 같네. 네 그 예쁜 얼굴을 엉망진창으로 만들어주겠어! 그러면 카즈 군도 너한테 환멸을 느낄 거야!"

역시나 그런 꿍꿍이였나!

내가 살짝 혀를 찬 순간── 아오가사키 선배가 움직였다.

비네부치 양을 향해서 달려들 생각인가 했는데, 느닷없이 내 쪽으로 오더니 내 목덜미를 꽉 잡았다.

"잘 들어라, 쿠로부치 양! 난 이미 결혼을 전제로 교제하는 남성이 있다! 바로 이 코바야시 이치로다!"

엄청난 발표를 한 『참무의 검사』 때문에, 나와 비네부치 양이 동시에 "뭐?"라고 말했다.

"서, 선배, 무슨……."

"잔말 말고 말을 맞춰라."

깜짝 놀란 나한테 조용히 속삭이고, 아오가사키 선배는 계속해서 외쳤다.

"쿠로부치 양! 너한테는 미안하지만, 카즈히코는 내 취향이 아니다! 난 굳이 따지자면, 이런 시시하고 글러 먹은 남자가 취향이다!"

이 상황에서 왜 나를 디스하는 걸까.

"마, 말도 안 돼…… 너처럼 예쁜 사람이 그런 구질구질한 빈민이랑 사귈 리가 없어!"

발언의 내용과는 반대로 확실하게 당황한 기색을 보이는 비네부치 양. 다시 말하지만, 대체 왜 날 디스하는 거냐고.

'아오가사키 선배는 비네부치 양과 대화로 해결할 생각이다.'

소꿉친구의 연인과 싸우는 게 꺼림칙해서……라는 이유도 있겠지만, 나는 이미 눈치채고 있다. 아오가사키 선배는 '한 가지 노리는 것'이 있다.

조금 전까지 번들거리는 시커먼 색이었던 비네부치 양의 뿔. 기분 탓인지 그 빛이 탁해진 것 같은 기분이 들었다. 아오가사키 레이한테 교제하는 사람이 있다는 말을 들은 때부터.

……저 뿔은, 『악마 빙의자』가 약해진 만큼 경도가 떨어진다.

뿔은 마력 소모, 육체적인 대미지가 쌓이면 부러지기 쉬워진다. 그리고 비네부치 양을 보면, 아마 정신적 대미지도 효과가 있는 것 같다.

'무엇보다 『악마 빙의자』의 에너지원은 본인의 갈망이니까. 근본을 부정하면 염동력을 막을 수 있는 거지!'

역시나 사신의 리더라니까!

그러나 감탄도 잠시.

"그딴 소리엔 안 속아, 아오가사키 레이! 보나마나 연인인 척하는 거잖아? 뻔히 보이는 발연기는 하지도 말라고!"

비네부치 양의 뿔에, 광택이 살짝 돌아왔다.

그걸 본 아오가사키 선배가 급하게 나와 딱! 밀착했다.

팔짱까지 꼈다.

"거짓말이 아니다! 나와 코바야시는 러브러브다! 봐라!"

"그 정도는, 연인이 아니라도 할 수 있어!"

"큭, 그렇다면 이건 어떠냐!"

이번에는 내 뒤쪽으로 이동하더니, 뒤쪽에서 끌어안는 아오가사키 선배. 등에 물컹, 하는 탄력이 느껴졌고, 나도 모르게 내 코가 부풀어 올랐다. 다른 부분도 부풀어 올랐고.

"뭐, 뭐 하는 거야 아오가사키 레이! 그거, 가슴으로 누르고 있는 거 아냐?!"

"당연히 누르고 있다! 이런 행위, 우리한테는 일상다반사다!"

비네부치 양 이마에 있는 뿔의 광택이 또 탁해졌다. 효과는 뛰어났다.

"나, 난 안 믿어! 무리하면, 못 할 일도 아니니까!"

"그렇다면 이건 어떠냐!"

이번엔 날 향해서 뿅, 하고 뛰어드는 아오가사키 선배. 재빨리 받아냈더니 공주님 안기 모양이 됐다.

"그, 그건 설마, 결혼식 예행 연습?!"

"그렇다! 결혼식에는 꼭 와다오!"

비네부치 양은 더더욱 동요했다. 어느샌가 맥주병 공격이 멈춰 있었다.

"누, 누가, 속을 줄 알고…… 그건 연기야, 틀림없어……!"

"좋다, 쿠로부치 양! 그렇다면 눈 크게 뜨고 봐라!"

거기서 『참무의 검사』가, 큰마음 먹고서 말해다. 그리고 나한테 안긴 상태에서── 내 뺨에 쪽, 하고 키스했다.

비네부치 양이 깜짝 놀라며 몇 걸음 뒤로 물러났다. 마치 봐서는 안 될 것을 봤다는 것처럼 어깨를 부들부들 떨고 있었다.

"키, 키, 키스한 거야? 뽀뽀, 입맞춤, 베제(baiser. 입맞춤)를 했다고?"

"그렇다. 장래를 약속하지 않았다면, 이런 짓은 못 하겠지!"

"나도 카즈 군이랑 해본 적이 없는데……."

"추잡한 여자라고 비웃어도 좋다. 자! 승부는 끝났다, 쿠로부치 양!"

그러자 비네부치 양이 무릎을 꿇고 머리를 쥐어뜯으면서 신음했다.

이 전개, 뭐지…… 처음엔 은근히 진지했었는데. 그나저나, 당신들 고3이잖아? 너무 순진한 거 아냐?

"크큭크큭…… 어설퍼, 아오가사키 레이. 그걸로 의혹을 풀었다고 생각하는 거야?"

"뭐, 뭐라고?"

"키스 정도는 연인이 아니라도 연기할 수 있어. 넌 히어로 쇼에서 주연을 맡았을 정도의 연기자…… 마음만 굳게 먹으면 그 정도는 얼마든지 연기할 수 있을 거야!"

하지만 비네부치 양은 예상보다 훨씬 고집이 셌다.

비틀비틀 일어나자, 이마에 있는 뿔이 다시 번뜩였다. 그리고 바닥에 뿌려져 있던 맥주병 파편들이 하나하나 떠오르기 시작했다.

"이제 네 말은 안 들을 거야. 의심이 가면 벌을 주면 그만이니까. 아니면, 뭐가 또 있다는 거야? 날 납득하게 만들 수 있는 결정적인 증거라도 있어?!"

손가락으로 척, 하고 가리키면서 말하는 비네부치 양을 조용히 지켜보는 아오가사키 선배.

몇 초 뒤. 『참무의 검사』는 마침내 공주님 안기 자세를 그만두고 탁, 하고 바닥에 내려섰다. 이어서 두 팔을 벌리고, 뒤에 있는 나한테 작은 소리로 말했다. 유난히 엄숙한 말투로.

"코바야시—— 주물러라."

"예?"

"내 가슴을, 마음껏 주물러대라."

……무슨 말인지 이해하지 못했다.

"허세를 부리고 있기는 하지만, 지금의 쿠로부치 양은 그저 의심하고 있을 뿐이다. 여기서 단번에 끝장을 내자."

"…………."

"그러니까 사양할 필요 없다. 주물러라, 코바야시. 아무리 배우라도 이렇게까지는 못한다는, 결정적인 행위를 보여주는 것이다!"

"말도 안 되는 소리 하지 마세요!"

그제야 아오가사키 선배의 의도를 깨달은 나는, 목이 떨어져 나가는 게 아닐까 싶을 정도로 고개를 저었다.

그것만은 안 된다. 나 같은 시시하고 글러 먹은 남자가 아오가사키 레이의 가슴을 건드리다니, 그야말로 언어도단. 그 죄는 내 목숨으로도 갚을 수 없다.

"다시 생각하세요, 아오가사키 선배! 그렇게까지 몸을 던질 필요는 없어요!"

"괜찮아. 어차피 언젠가는 네가 주무를 것이니까. 그것이 지금인지, 크리스마스인지, 그 차이뿐이다."

"크리스마스에도 안 주무를 거거든요!"

역시 아오가사키 선배, 크리스마스엔 나랑 보낼 생각이었나. 게다가 가슴까지 만지게 할 생각이었고!

"됐으니까 해라, 코바야시! 무사는 두말하지 않는다!"

"아니 되옵니다, 나리! 다시 생각해주시옵소서!"

그러고 있는 사이에도 파편 몇 개가 더 떠오르고 있었다. 벽 앞에 있는 맥주병 상자까지 둥실둥실 떠올라 있었다. 전봇대까지 뽑히려 하고 있다.

설마…… 저걸 전부 날려버릴 셈인가!

"나리, 조심하십시오! 전봇대이옵니다!"

"빨리 안 하면 쿠로부치 양이 정신을 차린다! 시간이 없다!

다른 방법도 없고! 코바야시, 남자라면 각오를 굳혀라!"

"크으윽…… 전 정말 몰라요!"

적이 총공격을 시작하기 전에, 나는 '그것'을 실행했다.

아오가사키 선배 바로 뒤에 서서 그 G컵을 힘껏, 될 대로 되라는 것처럼, 그러면서도 소프트하게 주물러댔다. 물렁물렁, 출렁출렁, 탱글탱글.

진짜 부드러웠다. 거대한 물풍선 같았다.

"아, 앙, 하앙……!"

내가 손가락을 움직일 때마다 아오가사키 선배가 요염한 소리를 냈다.

"앙, 하앙. 이, 이봐, 귀에 콧김을 뿜지 마라. 그런 옵션은 필요 없다!"

그런 말을 듣고 있을 여유는 없었다.

내 손이 움직이는 데 따라서 가슴이 자유자재로 모양을 바꿔댔다. 아래에서부터 들어 올리면 확실한 무게감이 느껴졌다. 옆에서 누르면 확실한 반발력이 느껴졌다.

……이렇게 즐거운 일이, 이 세상에 있었단 말인가.

어느새 나는 상황조차 잊어버리고 그저 일사불란하게 가슴을 주물러대고 있었다. 뭔가에 이렇게까지 집중한 건 내 평생 처음이었다.

"아, 안돼애에에에에에!!"

날 현실로 데리고 온 건, 비네부치 양이 지른 찢어지는 비명이었다. 파편들이 투두둑 바닥에 떨어지고, 맥주 상자와 전봇대도 움직임을 멈췄다.

"무, 무, 무슨 파렴치한 짓을 하는 거야, 너희들! 누가 거기까지 하라고 했냐고! 하다못해 콘돔은 끼란 말이야! 고무장갑을 끼라고!"

극도의 패닉 상태에 빠져서 두 손으로 자기 얼굴을 가리는 비네부치 양.

이마에 있는 뿔에 빠직빠직 금이 가기 시작했다. 그냥 혼자서 부서져 버릴 것 같은 기세로. 그나저나 고무장갑은 뭐냐. 수술도 아니고.

"코바야시, 음…… 오, 오늘은 평소보다 훨씬 격렬하구나. 좋다, 다음에는 평소처럼 직접 만져라. 그리고 평소처럼 빨아도 좋다. 그게 일과니까!"

아오가사키 선배가 추격타 같은 대사를 날린 직후——

결국 비네부치 양의 뿔이 쨍! 소리를 내면서 깨져버렸다.

"커, 헉……."

상체를 한껏 뒤로 젖혔나 싶더니, 그대로 땅바닥에 쓰러진 비네부치 양. 조금 있다가 온몸에서 시커먼 독기가 피어오르고, 상공에서 흩어져버렸다.

그것은 쿠로부치 미카가…… 악마 비네한테서 해방됐다는 증거였다.

아오가사키 레이는 결국 단 한 번도 공격하지 않고 허풍

만으로 상대를 격퇴했다. 그리고 자기 자신도 그럭저럭 막대한 대미지를 입었다.

"가슴을 주무르게 해서 뿔을 친다…… 생각대로 잘 됐군."

아오가사키 선배가 그 자리에 힘없이 주저앉더니 말도 안 되는 속담을 중얼거렸다. 나 때문에 흐트러진 브래지어를 꾸물꾸물 제자리에 돌려놓으면서.

나는 내 두 손을 가만히 쳐다보았다.

손바닥에 아직도 감촉이 남아 있다. 그 행복한 느낌과 함께, 엄청난 죄악감이 덮쳐왔다.

——아아, 저지르고 말았다. 친구 캐릭터로서 최악의 행위를.

전국의 아오가사키 팬 여러분, 제발 용서해주세요. 어쩔 수 없었다고. 다른 수단이 없었어. 분명히 맹세하는데. 꼭, 꼭지는 절대로 건드리지 않았으니까!

그렇게 필사적으로 변명하고 있는데, 『참무의 검사』의 혼잣말하는 소리가 들려왔다.

"설마 이런 식으로 코바야시와 육체관계를 가지게 될 줄은……."

아오가사키 선배, 표현이 좀…….

5

정신을 잃은 쿠로부치 미카 양의 상태를 확인하고 돌봐 주기 위해 아오가사키 선배가 그쪽으로 걸어가는 모습을 곁눈질로 보면서, 나는 어신목도를 들고 바닥에 바른 자세로 무릎을 꿇고 앉았다. 배를 갈라서 죽자고…… 그렇게 생각하면서.

일개 친구 캐릭터 주제에 메인캐릭터인 아오가사키 레이의 가슴을 주무른 죄. 내 목숨 따위로 갚을 수 있는 죄가 아니지만, 어쨌거나 책임은 져야 하니까.

"——비네를 위해, 레이의 가슴을 주무른 탓에, 친구가 아니게 돼버린, 겨울의 뒷골목."

마지막으로 남기는 시를 읊고 있는데, 아오가사키 선배가 쿠로부치 양을 업은 채로 돌아왔다.

"코바야시, 뭐 하고 있나?"

"아오가사키 선배. 번거롭게 해드려서 죄송하지만, 제 목을 쳐주시면 안 될까요."

"무슨 소리를 하는 거냐."

"배를 가를까 합니다."

"목도로 말이냐?"

그랬지. 아오가사키 선배가 이걸로 적들을 싹둑싹둑 베어버릴 수 있었던 건, 목검에 진공 칼날을 두르는 이능력을 지니고 있기 때문이다. 아쉽게도 나한테는 그런 능력이 없고.

"너무 심각하게 생각하지 마라. 아까 그건 없었던 일로 하자. 어디까지나 긴급사태에서 한 연기였으니까."

"…………."

"인공호흡을 키스라고 생각하지는 않지? 그것과 마찬가지다. 너와는 언젠가 마땅한 때와 장소에서, 공주님 안기부터 다시 할까 한다. 연기가 아니라 진짜 연인으로서."

그렇게 말하면서도 아오가사키 선배는 나와 눈을 마주치지는 않으려고 했다. 자세히 봤더니 얼굴이 새빨갛게 물들어 있었다.

"하지만 그건 네가 정식으로 프러포즈를 한 뒤의 일이다. 지금의『친구 이상, 연인 미만』이라는 관계가 제법 마음에 들어서 말이다."

"하지만 그래서는 제 엄청난 죄가 사라지지 않는데요."

"그렇다면 이렇게 하자. 속죄하는 셈 치고, 크리스마스에는 우리 집에 와라. 그때 내가 보복하도록 하겠다."

"보, 보복?"

살벌한 단어에 난 불안한 얼굴로 아오가사키 선배를 쳐다봤다.

그녀는 역시나 나와 눈을 마주치지 않으려고 했다. 게다가 얼굴이 더 빨개져 있었다. 등에 업고 있는 쿠로부치 양은 속 편하게 코까지 골면서 자고 있었다.

"아오가사키 선배, 저는 무슨 짓을 당하는 건가요……?"

전전긍긍하면서 물었더니 『참무의 검사』는 어떻게 대답해야 좋을지 한참 고민했다.

고개를 돌린 채, 스타킹을 신은 예쁜 다리를 꼬물꼬물하면서. 너무 뜸 들이지 말아 줄래요. 그만큼 더 불안해지니까.

"……하겠다."

"예?"

마침내 아오가사키 선배가 대답했지만, 모깃소리 같은 목소리라서 알아듣지 못했다.

"……도록 하겠다."

"뭐요?"

"쥐도록 하겠다! 네 고……가 아니라 어신목도를!"

……무슨 말인지 이해하지 못했다.

"나도 이미 고3이다! 언제까지나 숫처녀로 있을 수만은 없다! 그러니까 조금만 네 것을 쥐도록 하겠다! 실물을 다루는 데 익숙해지도록 하겠다!"

"밤일 실력은 굳이 신경 쓰지 마세요!"

전국의 아오가사키 팬 여러분, 못 들은 걸로 해주세요. 이 사람은 쿨하고 금욕적인 요조숙녀. 절대로 요기조기 숙숙 만져대는 여자가 아닙니다!

"여자가 이렇게까지 말했으니, 거부하지는 않겠지!"

"거기까지 하면, 제가 배를 째는 정도로 끝나지 않거든요! 솔직히 그건 보복이 아니라고요! 상이라고요!"

"걱정하지 마라! 고무장갑은 꼭 낄 테니까!"

"그런 걱정은 안 해요! 오히려 만져보고 실망하지 않을까 걱정이라고요!"

"여자한테 중요한 것은 크기나 모양이 아니다! 누구 것인지가 중요하다!"

"고추 가지고 명언을 늘어놓지 말라고요!"

그런 웃기지도 않는 소리를 늘어놓고 있는데.

갑자기 내 주머니에 있는 휴대전화가 울렸다. 꺼내서 확인해보니 류가한테서 온 전화였다.

'고토쿠지 양 일을 벌써 해결한 건가? 의외로 빨리 끝났네.'

아오가사키 선배한테 전화 좀 받겠다고 말하고, 바로 통화 버튼을 눌렀다.

『이치로, 학교로 돌아와 줄 수 있어?』

휴대전화를 귀에 대자마자 류가의 목소리가 들려왔다. 엄청나게 당황한 것 같은 소리인 게, 아직 문제를 해결하지 못한 것 같다. 그렇다면 무슨 볼일이지…… 아주 안 좋은 예감이 드는데.

"무, 무슨 일인데 그래, 류가. 또 고토쿠지 양한테 납치라도 당한 거야?"

『그런 건 아닌데, 일이 좀 귀찮아져서…… 아무튼, 당장 좀 와줘. 소프트볼부 연습 운동장에 있으니까.』

어쩔 수 없이 '알았어'라고 대답하고 전화를 끊었다.

아오가사키 선배에게 사정을 말했더니, 바로 알았다고 대답했다.

"난 혹시 모르니까 쿠로부치 양을 병원에 데려가겠다. 만약 사람이 더 필요하면 연락해라."

그렇게 해서, 나는 서둘러 오메이 고등학교로 달려갔다.

문제가 발생한 건 유감이지만, 고추 관련 문제를 미룰 수 있게 돼서 안도의 한숨을 쉬었다.

학교 운동장에 도착했더니, 의외로 텅 비어 있었다.

운동부가 없는 게 이상하다고 생각했지만, 바로 이유를 알았다. 다음 주부터 기말고사라서 동아리 활동이 전부 보류된 거다.

'우리 학교도 일단은 입시 명문고니까. 전국 우승을 노리는 부가 있는 것도 아니고, 다들 공부가 우선이겠지. 올해는 고토쿠지 양이 이끄는 소프트볼부 하나만은 기대하고 있지만.'

운동장에는 바로 그 고토쿠지 양과 류가가 있었다.

두 사람을 보자마자 뭐가 문제인지 대충 눈치챘다. 고토쿠지 타케코의 이마에—— 눈에 익숙한 칠흑의 뿔 하나가 우뚝 서 있었다.

'설마 고토쿠지 양까지 『악마 빙의자』였다니! 아기토 이 자식, 역시 우리 학교 사람들한테도 손을 댔구나…….'

내 추측이지만 고토쿠지 양은 '류가와 사귀고 싶다'라는 갈망이 폭주했겠지. 그래서 그렇게 열심히 하던 소프트볼을 간단히 포기해버렸고.

거기까지는 이해한다.

이해할 수 없는 건 그 자리에 제삼자가 있다는 점이다.

험악한 살기를 발산하면서 아수라처럼 화난 표정을 짓고 있는 고토쿠지 양. 그 시선이 향한 대상은 류가가 아니었다.

그렇다. 현장에는 어째선지 내가 알고 있는 사이드 테일 소녀가 있었다.

고토쿠지 상이 노려보고 있는 대상은 그 백로 소녀――람장 미온이었다.

"……아, 이치로! 와줬구나!"

날 알아보고 류가가 '빨리 와'라면서 손짓했다.

그런 나를 무시하고 계속 눈싸움을 벌이고 있는 고토쿠지 양과 미온. 당장이라도 배틀이 벌어질 것 같은 일촉즉발의 분위기였다.

"류가, 대체 어떻게 된 거야? 미온, 넌 또 왜 학교에 있고."

그러나 백로 소녀는 대답도 없이 팔짱을 낀 채로 고토쿠지 양을 노려보았다. 이래 보여도 의외로 혈기가 넘쳐난다니까, 미오. 이 녀석…….

류가는 눈싸움을 계속하고 있는 두 사람을 내버려 두고

어떻게 된 일인지 귀엣말로 소곤소곤 설명해줬다.

“그 뒤에 고토쿠지 양이랑 만나서 그만두는 걸 다시 생각해달라고 설득했는데…… 마침 그때 미온이 왔거든.”

“난죠 양은 어디 갔어?”

“오늘은 일단 집에 가라고 했어. 팀 동료가 있으면 말할 수 없는 뭔가가 있을지도 모르니까.”

그 부분에 대해서는, 모든 동아리가 활동을 쉬는 것까지 포함해서 결과적으로 잘된 일이라고 할 수 있다. 지금의 고토쿠지 양을 보면 다들 겁을 먹을 테니까.

“미오가 나한테 ‘지난번에 초밥 잘 먹었어’라고 했거든. 그랬더니 고토쿠지 양이 갑자기 화를 냈고…… 미오한테 ‘너 운동장으로 따라와’라고 했어.”

“난 우연히 학교 앞을 지나갔을 뿐이야. 순찰 마치고 돌아가는 길에.”

우리가 얘기하는 게 들렸는지, 미온이 퉁명스레 말했다.

“류가가 있어서 인사를 했더니, 이 여자가 괜히 시비를 걸더라고. 그랬는데 설마 『악마 빙의자』였다니…… 덕분에 발견하게 됐네.”

“닥쳐라! 이 여우 같은 년!”

그런 미온한테, 고토쿠지 양이 큰소리를 질렀다. 역시 운동부답다고 할까, 뱃속에서 울리는 목소리였다.

이마에 뿔이 났고, 사나운 요기를 뿌려대며, 한 손에는 금속 배트를 들고서 늠름하게 서 있는 모습이 마치 쇠 방망이를 든 오니 같았다. 내가 이런 말 하기는 좀 그렇지만.

"듣자 듣자 하니 류가, 류가, 하고 친한 척하기는…… 네 놈은 맞선 게임에서 히노모리 군을 지명하지도 않지 않았느냐! 뻔뻔한 것도 정도가 있지!"

그러고 보니까 그 게임, 미온도 참가했었지. 한마디로 고토쿠지 양은 백로 소녀를 알고 있다.

참고로 미온은 날 지명하고 자폭했다. 그리고 나는 사사키 양을 지명하고서 자폭했고. 그리고 그 사사키 양은 미온을 지명했다가 자폭했고. 세상 참 마음대로 안 되는 법이다.

"히노모리 군과 커플이 성립됐던 것은, 바로 이 고토쿠지 타케코다! 아니, 지금은 72 악마 중 하나, 후작 랭크인 데카라비아다!"

데카라비아…… 지금까지는 『악마 빙의자』들한테는 별명을 지어줬었는데, 고토쿠지 양은 그냥 그대로 불러주자. '고토쿠지'랑 '데카라비아'가 너무 잘 어울리는 느낌이니까.

"내 갈망은 사랑하는 히노모리 군을 코시엔에 데려가는 것! 하지만 그러려면 경식 야구부에 들어가야 한다! 따라서 소프트볼부를 그만두려는 것이다!"

악마치고는 너무나 상큼한 청춘 같은 갈망이다. 보통은 남자가 데려가는 게 아닌가 싶은데 말이야…… 아니, 여자가 경식 야구 선수가 될 수 있던가? 이 사람이라면 될 것도 같지만.

미온이 차가운 목소리로 '무슨 소린지 모르겠거든'이라고 말했더니, 고토쿠지 양이 더 화를 냈다.

"닥쳐라! 히노모리 군을 코시엔에 데려가는 대신, 나는 히노모리 군을 천국으로 데려갈 것이다! 당연히 야한 의미로!"

결국은 그걸로 귀결되는 것 같다. 야, 류가, 내 뒤에 숨지 말라고. 내 옷소매를 귀여운 자세로 꼭 붙잡지 마.

"악마의 파워가 있으면 코시엔에 가는 정도는 일도 아니다! 연습 따위는 할 필요도 없다! 땀도 히노모리 군과의 야간 경기 때만 흘리면 되고! 당연히 야한 의미의 게임이다!"

"그거 도핑이잖아. 소변 검사에 걸릴걸."

"닥쳐라! 아름다운 여고생은 오줌 같은 것을 싸지 않는다! 나와 히노모리 군의 사랑을 방해하는 발칙한 것은 절대로 살려주지 않겠다! 자, 정정당당히 겨뤄보자!"

비네부치 양에 이어서, 또 착각에 의한 엉뚱한 원한인가. 아무래도 여성 『악마 빙의자』는 질투가 심한 사람들이 많은 것 같다.

고토쿠지 양이 승부를 제안하자, 미온이 씩 웃었다.

"혹시 너, 내가 류가를 좋아한다고 생각하는 거야?"

"아니라는 것이냐? 지금 와서 그런 변명이 통할 것 같은가! 너 같은 도둑고양이들은 항상 그렇게 잡아떼더구나!"

"고양이가 아니라 백로인데 말이야."

미온은 장난스레 메롱~ 하고 혀를 내밀어 보이더니, 두 손을 허리에 대고서 당당하게 말했다.

"좋아. 재미있어 보이니까 상대해줄게. 단, 배틀이 아니라, 야구로 말이야."

백로 소녀의 말에 고토쿠지 양은 물론이고 나와 류가까지 깜짝 놀랐다.

야구로 승부? 너 야구에 관심도 없잖아? 평소에 텟짱이 시합을 보고 있으면 멋대로 채널을 돌려버렸잖아?

"야, 야구라고……?! 이 데카라비아한테, 야구로 승부하자는 말이냐……!"

"그래. 네가 잘하는 거로 상대해줄게. 그 정도 핸디캡은 줘야겠지."

"감히 그리 지껄였겠다, 이 계집! 이젠 취소하겠다 해도 용납하지 않겠다! 이긴 자가 히노모리 군과 교제한다는 조건에 불만은 없으렷다!"

눈꼬리를 치켜올리고, 분노에 불타는 고토쿠지 양.

아무래도 좋은데 말이야, 이 사람 왜 이렇게 사극 같은 말투를 쓰는 거지. 『악마 빙의자』가 되기 전부터 그랬던 거라면 상당히 독특한, 그리고 기분 나쁜 여고생이다.

미온이 손가락으로 고리를 만들어 보이면서 "오케~"라고 말하자, 사극 여고생은 배트를 어깨에 메고서 입술을 일그러트렸다.

"크크크…… 분수도 모르고. 그렇다면 너는 투수, 나는 타자를 맡아서 승부하도록 하자! 거기 시시하게 생긴 볼 보이! 네놈이 포수를 맡거라!"

아무래도 내 얘긴 것 같네.

……그렇게 해서, 어쩌다 보니 미온 VS 고토쿠지 양의 야구 대결이 벌어지게 됐다.

기껏 『악마 빙의자』가 나타났는데, 또 류가는 싸우지도 못하네……. 게다가 또 사도와 『악마 빙의자』가 엮이고 말이야……라고 탄식했지만, 상황은 달라지지 않는다.

나로서도 가능한 학교에서 진심으로 싸우는 건 피하고 싶다. 뒤처리가 힘드니까.

조금 걱정되긴 하지만, 지금은 미온한테 맡겨두는 수밖에 없겠지.

"크크크…… 이 『오메이 고등학교의 배리 본즈』를 이길 수 있겠나? 아니, 지금의 이 몸은 본즈보다 뛰어난 파워를 가지고 있다!"

"베리 폰즈 소스가 뭐 어쨌다는 건데."

조금 정도가 아니라 엄청나게 걱정되기 시작했다.

6

미온과 고토쿠지 양의 대결은 지극히 심플한 것이었다.

——승부는 한 타석. 미온이 투수, 고토쿠지 양이 타자.

홈런이나 안타를 치면 고토쿠지 양의 승리. 범타나 삼진이면 미온의 승리. 포볼은 없는 거로 한다…… 룰은 그게 전부다.

참고로 포수는 나, 심판은 류가가 맡기로 했다. 류가로서는 미온을 응원하고 싶겠지만, 류가 성격을 보면 판정에 개인적인 감정을 개입시키지는 않겠지.

"저기 미온. 사인만 정해두자고. 그나저나 너, 변화구 같은 건 던질 수 있어?"

프로텍터, 마스크, 다리 보호대를 장비한 나는, 일단 의논이라도 해두기 위해서 백로 소녀를 향해 걸어갔다. 참고로 각종 용구는 소프트볼부에서 빌렸다.

미온은 아직 마운드에 올라가지도 않고, 글로브가 신기하다는 것처럼 보고 있었다. 그리고는 날 보면서 고개를 살짝 갸웃거렸다.

"변화구가 뭔데? 그 포크라든지 나이프라든지 스푼이라든지 하는 그거?"

……한마디로 직구밖에 못 던진다는 얘기겠지.

"너, 정말 괜찮겠어……?"

"문제없어. 그런데 이치로 군, 이 가죽 장갑 왼손 것밖에 없거든. 오른쪽 건 어디 있어?"

……이런 주제에 잘도 야구로 승부하자는 제안을 했네.

바로 옆에서 우리 얘기를 듣고 있던 고토쿠지 양이 비웃는 것처럼 코웃음을 쳤다.

고토쿠지 양은 조금 전부터 스윙 연습을 하고 있는데, 배트가 바람 가르는 소리가 장난이 아니다. 한 번 휘두를 때마다 모래 먼지가 피어오르고, 저 멀리 있는 나무들이 흔들렸다.

"큭큭큭. 설마 그 정도도 모를 줄이야. 하지만 히노모리 군이 걸려 있는 이상, 자비는 없다. 코시엔 결승이라 생각하고 임하도록 하겠다!"

"실컷 떠들어 둬. 찍소리도 못하게 만들어줄 테니까."

"다시 한번 확인하겠다! 승자는 오늘 밤, 히노모리 군을 자택으로 데려갈 수 있다…… 이 약속에 거짓은 없으렷다!"

"왜 그런 얘기가 된 건데?!"

가만히 듣고 있던 류가가 비명 같은 소리를 외쳤다. 반쯤 울먹이는 목소리로.

"계속 말하고 싶었는데, 이 승부, 내 뜻은 전혀 존중해주질 않잖아! 인권적으로 크나큰 문제가——"

"그래도 좋아, 고토쿠지. 이기면 류가를 맘대로 해."

"미오!"

류가가 자기도 모르게 백로 소녀의 이름을 입에 담은 순간, 고토쿠지 양이 배트를 떨어트렸다. 멍하니 허공을 바라보며 입을 뻐끔거리고 있다. 자세히 보니 이마에 난 뿔의 광택이 눈에 띌 정도로 줄어 있었다.

"미오…… 미오라니…… 별명으로 부르는 사이라니……!"

실은 아까도 귀엣말로 '미오'라고 했지만……. 이번에는 들은 모양이다.

어금니가 부서져라 뿌드득 이를 가는 고토쿠지 양을, 미온이 계속해서 도발했다.

"그렇지 뭐. 그만큼 깊은 관계랄까, 우리 사이."

"크, 으윽……!"

"솔직히 나랑 류가는 거의 사귀는 사이나 마찬가지거든."

……분명히 저 백로 소녀는 의도적으로 고토쿠지 양을 부추기고 있다. 우연히도, 라이벌인 아오가사키 레이와 같은 전법이었다.

정신적 대미지를 입은『악마 빙의자』는 힘이 감퇴한다…… 고토쿠지 양이 동요한 순간에 요기가 약해진 걸 보고 그 사실을 눈치챘겠지.

"얕보지 마라, 계집. 이 데카라비아에게 그딴 수작은 통하지 않는다."

하지만 고토쿠지 타케코는 우리 현에서 손꼽히는 슬러거.

바로 충격에서 벗어나 떨어트린 배트를 집어 들었다. 그리고 배트로 미온을 겨누면서 큰소리로 외쳤다.

"딱 봐도 소인배들이나 생각할 고식적이고 한심한 잔꾀로다! 그딴 것으로 날 흔들 수 있을 거라──"

"참고로 나, 류가가 공주님 안기를 해준 적도 있거든."

"라로카!"

그랬더니 고토쿠지 양이 또 배트를 떨어트렸다. 엄청나게 흔들리고 있다.

"흐, 흥, 무슨 바보 같은 소리를. 그딴 수작은 통하지 않는다고——"

"같이 목욕한 적도 있는데."

"폰세!"

"메이드 옷을 입혀준 적도 있고."

"오반도!"

결국 뒤로 넘어가 버린 타케 양. 라로카, 폰세, 오반도…… 하나같이 고토쿠지 양처럼 우투우타의 강타자들이다. 그게 뭐 어쨌다는 건가 싶기도 하지만.

"자, 슬슬 시작하자, 고토쿠지. 빨리 일어나."

"요, 용서 못 한다……! 반드시 죽여주마……! 데스파이네해주마……!"

배트를 지팡이처럼 짚고서 비틀비틀 일어나서는, 어깨를 들썩이며 거칠게 숨을 쉬고 있는 타케 양. 알프레드 데스파이네…… 우투우타의 강타자다. 대체 그게 뭐 어쨌다는 건가 싶지만.

마운드에 선 미온은 투구 연습을 하지도 않고, 바로 류가한테 시작해달라고 요구했다.

류가가 어쩔 수 없이 '플레이 볼'이라고 선언하자, 타석의 고토쿠지 양이 배트로 외야 저 멀리를 가리켰다. 예고 홈런 포즈다.

"초구에서 끝내주겠다. 히노모리 군, 오늘 밤엔 못 자게 할 것이다."

눈을 찡긋해 보이자 류가가 '윽' 하고 신음했다. 이 승부, 주인공의 정조를 지키기 위해서라도 절대로 패배해서는 안 된다.

"그럼 첫 번째 공, 간다."

그리고 드디어 미온이 투구 자세에 들어갔다. 왠지 그럴 것 같다는 예감은 들었지만, 역시나 하체를 사용하지 않고 팔로만 던졌다. 그런데— 내가 들고 있던 포수 미트에 엄청나게 빠른 공이 빡! 하고 날아 들어왔다. 스트라이크로.

"뭐야?!"

놀란 목소리를 내는 고토쿠지 양, 류가, 하는 김에 나도.

뭐야 지금 그건! 어떻게 저런 폼으로 던졌는데 이런 파이어볼 스트레이트가 나올 수 있는 거냐고! 미트를 끼고 있는데도 손이 무지무지 아프잖아!

고토쿠지 양도 예상을 못 했던 일인지, 한가운데로 들어오는 공이었는데도 놓치고 말았다. 뒤늦게 류가가 "스, 스트라이크"라고 말하면서 한 손을 들었다.

"뭐 해? 안 때려?"

거만한 표정으로 말하는 미온을 조용히 노려보는 고토쿠지 양.

의외로 동요하지도 않고 다시 배트를 잡았다. 야구인의 얼굴이 되어 있다.

"재미있군. 그냥 날라리인 줄 알았는데, 내 생각을 고쳐야겠구나. 아무래도 너는 초고교급 피처…… 아니, 빗치인 것 같구나."

"머리에다 맞혀버린다."

"그러나, 이미 구질은 간파했다! 아무리 빠르다 해도 직구만 가지고 이 데카라비아를 잡을 수 있다고 생각하지 마라! 자, 두 번째 공을 던져라!"

내가 돌려준 공을 글로브로 받고, 툭 떨어트렸다가 다시 집어 들고, 미온이 두 번째 공을 던졌다.

또 말도 안 되게 빠른 공이 날아왔다. 솔직히 첫 번째보다 빨랐다. 사도는 정말 대단하네.

"잡았다아아아아!"

고함과 함께, 고토쿠지 양이 풀 스윙을 했다. 세상에, 볼을 확실하게 포착하고 좌익수 쪽을 향해서 힘껏 당겨쳤다.

순간적으로 간담이 서늘했지만, 타구는 점점 왼쪽으로 흘러가더니, 마침내 안 보이게 돼버렸다. 대형 파울이었다. 이걸로 투 스트라이크.

'으아, 위험했다……!'

무시무시한 고토쿠지 타케코. 미온의 구질을 간파했다는 말이 허풍이 아니었던 것 같다.

큰일이다. 직구로는 고토쿠지 양을 이길 수 없다. 다음에는 틀림없이 관중석으로 들어가겠지. 그렇게 되면 오늘 밤, 류가의 다리 사이에 있는 공이 위험해지겠지. 여자지만.

류가가 파울 선언을 안 해서 뒤를 돌아봤더니…… 혼이 입 밖으로 반쯤 튀어나와 있었다. 홈런이라고 생각했나 보다.

"큭큭큭. 자, 세 번째를 던지도록 해라. 이젠 스윙의 미세 조정도 마쳤다."

고토쿠지 양이 지금 와서 또다시 예고 홈런 포즈를 했다.

그런데 거기서 미온이 까딱까딱 손짓해서 날 불렀다. 류가한테 타임이라고 말하고, 빠른 걸음으로 마운드 쪽으로 갔다.

"왜 그래 미온. 역시 불안해진 거야?"

"응. 불안해졌어."

"하지만, 이쪽은 직구밖에 못 던지잖아. 지금부터는 최대한 코스를 잘 활용하자. 미트를 바깥쪽 낮은 데다 댈 테니까, 거길 노리고――"

"나, 던질 때 팬티 보이지 않아?"

"그게 불안했냐!"

위기감이라고는 찾아볼 수도 없는 백로 소녀에게, 온 힘을 다해서 딴죽을 걸었다.

"그딴 이유로 불러대지 말라고! 다른 상담할 문제도 있잖아!"

"오늘 저녁밥, 어제 먹다 남은 카레인데…… 다들 뭐라고 하지 않을까."

"그러니까 지금 그게 왜 불안하냐고!"

"걱정하지 마, 승부에는 확실하게 이길 테니까. 네 아내를 믿으라고."

"지금은 포수인 내가 마누라 같은 입장인데 말이야……."

아무튼, 다시 한번 바깥쪽 낮은 코스로 던지라는 말을 하고 마운드를 내려왔다. 류가가 아직도 눈이 뒤집힌 상태였기에 내 멋대로 "플레이!"라고 시합 재개를 선언했다.

"큭큭큭. 아무리 상담해봐도 소용없는 짓이다. 이 게임에 포볼은 없다. 고의사구 작전도 쓸 수가 없으니 제대로 승부하는 수밖에 없다."

"안심해. 다음 공으로 삼진 잡아줄 테니까."

이런 상황인데도 미온은 아주 태연했다. 아예 자신만만하다고 해야 할 정도로.

"허세 부리지 마라, 빗치. 그래, 네 강속구는 인정한다. 마치 팔켄보그의 포심 같다고 해야 할까…… 허나, 내게는 통하지 않는다!"

"파우캉 지쿠의 오심*은 또 뭐야?"

---

*1982년 월드컵 브라질 대표팀의 파우캉과 지쿠

"내 앞에서 축구 얘기하지 마라! 죽여버리겠다!"

"그래, 알았어. 그럼 마지막 공 간다."

끝까지 고토쿠지 양을 가지고 놀면서 백로 소녀가 세 번째 공을 던졌다.

……이럴 수가, 이번 것도 한가운데로 들어오는 공이었다. 게다가 지금까지와 전혀 다른, 속도가 엄청나게 느린 멍텅구리 공이다. 즉, 실투다.

'이 바보야!'

내 얼굴이 창백해졌다. 동시에 타석에 있는 고토쿠지 양이 승리를 확신했다는 것처럼 소리쳤다.

"크하하하! 치기 딱 좋은 공이 왔구나! 이웃 현까지 날려주마아아!"

타이밍이 흐트러지기를 바랐지만, 고토쿠지 타케코는 그렇게 어설픈 상대가 아니었다. 성급하게 배트를 휘두르지도 않고 끝까지 볼을 보면서 타이밍을 노리고 있다.

만사 끝장이다—— 내가 홈런을 각오한 그때.

갑자기, 볼이 슈트 방향으로 회전했다. 그랬나 싶더니, 이번에는 반대 방향으로 휘었다. 게다가 떠오르기까지 했다.

"뭐, 뭐야?"

나와 고토쿠지 양이 아주 깔끔한 하모니를 이뤘다. 그러는 동안에도 볼은 물리법칙을 완전히 무시하고 구불구불, 말도 안 되는 변화를 보였다.

미온 자식, 변화구를 던진 건가! 아니, 이건 변화구 같은 차원이 아니잖아? 빨라졌다가 느려졌다가 하고 있다고!

"뭐, 뭐, 뭐냐 이거어어언!"

결과적으로 고토쿠지 양의 스윙은 허공을 갈랐다. 공은 폭, 하고 미트에 들어왔고.

"자, 끝. 그럭저럭 재밌네, 야구."

미온이 그런 감상을 말하는 사이에 고토쿠지 양은 털썩, 무릎을 꿇었다. 뿔에서 광택이 완전히 사라지더니 말라비틀어진 찰흙처럼 금이 갔다.

"이, 이런 바보 같은 일이…… 이 데카라비아가, 삼진이라니……."

멍하니 있는 고토쿠지 양에게, 미온이 타박타박 걸어갔다.

그리고 그 뿔을 향해서 살짝 손날치기를 날리자 뿔이 아주 간단히 똑, 하고 부러져버렸다.

"컥……!"

"네가 악마의 힘을 빌리지 않고 승부했다면, 나도 사도의 힘을 안 썼을지도 몰라."

……그 말을 듣고 겨우 이해했다. 마지막 공의 정체를.

'이 자식, 기류를 조종했구나. 그래서 공이 그렇게 말도 안 되게 변화했고…….'

람장이라는 이름답게, 미온은 바람 속성의 능력을 지녔다. 삼 공주의 필살기인 『소녀의 철퇴』에서는 폭발적인 선풍을 일으키기도 하고, 아오가사키 선배처럼 진공파를 날릴 수도 있다. 야구공 조작 정도는 일도 아니겠지.

"너…… 좀 비겁한 거 아냐?"

"난 『나락의 사도』거든? 태곳적부터 인류의 적이거든? 72 악마 따위하고는 악역으로서의 커리어가 차원이 다르거든."

기절해버린 고토쿠지 양을 안아 들면서 미온이 뻔뻔한 소리를 했다. 악역은 야구 대결 같은 건 안 할 것 같은데 말이야.

"아무튼, 고토쿠지를 보건실에다 데려다주고 올게. 이치로 군은 류가를 부탁해."

뒤를 돌아보니 류가는 아직도 눈이 뒤집혀 있었다. 이봐 주인공, 슬슬 돌아오라고. 네 정조는 어떻게든 지켰으니까.

"맞다, 이치로 군. 나, 좀 늦게 들어갈 거야. 아까 사츠키한테서 전화가 왔는데, 나한테 선물을 주고 싶다더라고."

그러고 보니까 어젯밤에 어머니가 그런 얘기를 했었지. 미온한테 우리 집을 맡기는 대신에, 사소한 선물을 준비해 두겠다고.

"뭘 주려는 건지는 모르겠지만, 텐료인네 맨션까지 후딱 날아갔다 올게."

"전철 타고 갔다 와! 누가 목격이라도 하면 뉴스에 나오니까!"

"벌써 해도 저물었고, 높이 날아가면 괜찮아. 그럼."

그 말을 남기고, 백로 소녀는 고토쿠지 양을 데리고 가버렸다. 보건실에는 킹코브라 보건 교사가 있을 테니까, 적절한 처치를 해주겠지.

'하아, 정말 끔찍한 방과 후였다.'

비네에 데카라비아…… 오늘도 또 두 명의 『악마 빙의자』가 탈락해버렸다. 이제 남은 건 17명. 그리고 류가가 토벌한 숫자는 여전히 제로.

그리고 조금 지나서 류가가 정신을 차렸기에, 승부의 전말에 관해 설명해줬다.

미온이 이겼다는 걸 알고서, 류가는 진심으로 안도한 표정으로 그 자리에 털썩 주저앉았다. 다음에 미온한테 파르페를 사주겠다고 말했다.

"잘됐다……. 이걸로 고토쿠지 양도 소프트볼부로 돌아가겠지. 『악마 빙의자』였던 때의 일은 기억하지 못할 테니까."

"너한테 반했다는 사실은 변함이 없겠지만."

"그렇겠지……. 그나저나, 설마 악마랑 야구 대결을 할 줄은 몰랐어."

그건 나도 동감이지만, 지금 와서 그런 소리를 해봤자 소용없는 일이니까.

어디선가 주워들은 이야기인데, 야구 에피소드가 있는 애니메이션은 명작이 많다고 하던데 말이야. 일단은 그 소문을 믿어보자.

"맞다, 류가. 아까는 말을 못 했는데, 아오가사키 선배가 비네라는『악마 빙의자』를 쓰러트렸어. 정말 화려한 검술로 말이야."

"헤에, 역시 레이는 대단하네. 이치로, 나 일어나게 손 좀 잡아줄래?"

류가가 손을 내밀어서, 그 손을 잡고서 당겨줬다.

"고마워. 에헤헤, 이치로 손은 따뜻하네."

"…………."

미안해, 류가.

네가 쥐고 있는 그 손으로, 난 아오가사키 선배의 가슴을 움켜쥐었었어.

이 손은── 죄로 더럽혀진 손이야.

제3장 스펙터클 맨의 우울

1

데카라비아, 고토쿠지 타케코를 물리친 뒤에. 나와 류가는 그대로 귀가했다.

중간에 류가와 헤어지자마자 바로 아오가사키 선배에게 문자 메시지를 보냈다. 이쪽 문제가 해결됐다고 전했더니, 1분쯤 지나서 답장이 왔다.

『내가 갈 필요도 없었나 보군. 쿠로부치 양도 병원에서 의식을 되찾았다. 악마한테 씌어 있던 때의 기억은 역시나 잃어버렸다.』

아오가사키 선배는 다시 한번 쿠로부치 양과 이야기를 나눴다는 것 같다. '나한테는 마음에 둔 사람이 있다. 크리스마스도 그 사람과 보낼 생각이다'라고 말했더니, 쿠로부치 양은 허무할 정도로 간단하게 받아들이고는 '언젠가 더블데이트하자'라고 제안했다고 한다.

『코바야시, 오늘 일은 우리 둘만의 비밀이다. 내 입술을 빼앗은 것까지 포함해서, 아무한테도 말하면 안 된다. 창피하니까.』

그건 나도 바라 마지않는 일이지만, 입술을 빼앗았다고

표현하지 마세요. 당신이 먼저 키스했잖아요. 게다가 볼이었잖아요.

이어서 바엘한테도 메시지를 보냈다.

카미오, 가프, 비네, 데카라비아를 쓰러트렸다고 보고했더니, 이쪽도 1분쯤 지나서 답장이 왔다.

『알았다, 코바야시 군. 그중에서 내가 알고 있는 건 가프, 쿠로세 씨뿐이야. 아기토의 집사를 맡은 사람이고, 72 악마의 주력이었다.』

주력이었나. 같은 집사인 세바스찬이 쓰러트리다니, 이 무슨 얄궂은…….

『그러고 보니, 아까 미온 양이 왔었다. 사츠키 씨한테 볼일이 있는 것 같던데, 정말 차밍한 사람이더라고. 혹시 남자친구 있으려나…….』

바엘, 제발 부탁이니까 백로 사도한테 반하지 마라. 인물 관계를 지금보다 더 복잡하게 만들지 말아 달라고.

……업무 보고를 마치고 겨우 집에 도착했을 때는 저녁 7시가 넘었다.

"아, 왜 이렇게 늦었쥽니까, 이치로 남작. 배고파 쭉겠쥽니다."

거실로 들어갔더니 누워서 TV를 보고 있던 키키가 그렇게 투덜거렸다. 그럼 직접 차려 먹으면 되잖아. 어제 먹다 남은 카레를 데우기만 하면 되니까.

"키키, 무슨 일은 없었고?"

"저녁 무렵에 엘미라가 와서 시쥬마를 데리고 갔쭙니다. 내일은 키키도 그쪽에 가서 잘까 함미다."

"텟짱은 어디 갔어? 오늘은 그 녀석도 집 보기 당번일 텐데?"

"조금 전에 이계로 전이해쭙미다. 슬슬 10분이 다 돼쭙니다."

그런 이야기를 하는 중에 도철이 돌아왔다.

"헉, 헉…… 위험했다……."

땀에 흠뻑 젖어서 어깨까지 들썩이면서 거칠게 숨을 쉬는【마신】. 대사와 어우러지면서 마치 패주한 것 같은 느낌을 줬다.

"어, 어떻게 된 거야 텟짱? 벅찬 적이랑 조우하기라도 했어?"

"예. 문제는『악마 빙의자』가 아니라 사도입니다만 말입죠. 하마터면 정조를 잃을 뻔했습니다."

아, 그렇구나. 시마한테 쫓겨 다녔구나.

자세히 보니 교복 셔츠가 풀어지고, 목에는 키스 마크가 잔뜩 찍혀 있었다. 바지 벨트도 풀어져 있었다. 아무리 봐도 왕이 당할 짓은 아닌데 말이야.

"게다가 그 치타, 어디서 주워왔는지 오토바이까지 타고 말이죠…… 운전도 더럽게 못 해서 두 번쯤 치었습니다."

예전에는 사도들이 【마신】을 좀 더 두려워하거나 공경했던 것 같은데 말이야…… 이 녀석들이 악역으로 돌아가는 건, 영원히 무리겠지.

"뭐 됐고. 그래서, 이계 상황은 어땠어?"

"특별한 변화는 없었습다요. 좋은 의미건 나쁜 의미건."

"나쁜 의미는 또 뭔데."

"아직도 레이다의 소식을 파악하지 못했다는 얘깁니다. 이쯤 되면, 적한테 잡혀 있을 가능성이 크다고 봐야겠죠."

그 보고를 듣고 키키의 표정이 어두워졌다. 레이다는 시즈마의 친어머니인데다가 이 에조 늑대 사도의 부하다. 유난히 걱정되기도 하겠지.

"――하는 수 없지. 그럼, 이 몸이 좀 도와줄까."

그때, 산적 같은 아저씨가 내 뒤에 나타나서 그런 소리를 했다. 말할 필요도 없이 혼돈이다.

"오, 도령. 저녁 먹으면 문을 열겠다. 지난번에 연 뒤로 벌써 이틀이 지났으니까."

이계로 가는 문을 여는 것―― 그것은 혼돈의 고유 능력. 혼돈은 이틀에 한 번씩 그 능력을 쓸 수 있다.

"하지만 지금 당장은 이계에 갈 예정이 없는데?"

이계에도 『악마 빙의자』가 나타나기는 하지만 그쪽에는 팔걸 & 천 명가량의 사도들이 있다. 전력은 충분하니까, 지금은 오히려 인간계를 경계해야 할 것 같은데.

"가는 건 나 혼자야. 당분간 이계는 내가 지휘할 테니까."
"뭐?"
"【마신】이 성을 지키고 있으면, 그만큼 레이다 수색에 인원을 할당할 수 있겠지? 어차피 이쪽에 있는다고 쿄카랑 만날 수 있는 것도 아니니까."
"괘, 괜찮겠어, 혼돈?"
"그래. 언제까지고 레이다를 찾아내지 못하면, 시즈마도 마음이 편치 않을 테니까. 키키도 그렇겠고."
그 말을 들은 에조 늑대 사도가 바로 환희하는 목소리로 말했다.
"역시 혼돈 남작임미다! 자애로운 마음이 가득한 임금님임미다!"
너무 감격해서 뿅, 하고 뛰어서 혼돈을 끌어안는 바가지 머리 여자애. "정말 머시쯥미다!" "믿음직함미다!" "남자답쯥미다!"라면서, 있는 대로 찬사를 늘어놓고 있다.
그랬더니 바로 도철이 "아냐, 내가 갈게!"라면서 손을 들었다.
게다가 궁기까지 나와서 "아냐, 내가 갈게."라면서 오른쪽 앞발을 들었다.
하지만 혼돈이 기회주의자 같은 동포 두 명에게 "너희는 안 돼"라고 말하면서 고개를 저었다.
"텟짱은 지휘관 체질이 아니잖아. 넌 옛날부터 혼자 멋대로 날뛰고 멋대로 패배해서 봉인이나 당하는 바보 대장이었잖아."

"크윽."

"궁기, 네가 건재한 건 제작반만의 비밀이라는 걸 잊지 마라. 톳코도 가끔 이계에 전이하고 있다. 우연히 마주치기라도 하면, 유키미야를 통해서 다른 사람들한테도 다 들킬 거다."

"으윽."

찍소리도 못할 지적을 받고서 어쩔 수 없이 물러나는 도철과 궁기.

……전부터 생각했었는데, 지금 확신했다. 사흉을 이끄는 리더는, 역시 혼돈이 적임자일 것 같다.

이 아저씨는 로리콘이라는 점만 빼면 제일 멀쩡한【마신】이다. 로리콘이라는 점만 빼면 판단력도 있고 인정도 있다. 솔직히 말하자면 소거법이지만.

"알았어, 부탁할게, 혼돈. 네가 활약했다는 얘기는 쿄카한테 전해둘 테니까."

"그래, 꼭 좀 부탁한다."

혼돈의 이계 파견이 결정된 것과 동시에, 현관 쪽에서 찰칵, 하고 자물쇠 열리는 소리가 났다.

누가 집에 돌아왔나 보네. 어머니는 아기토네 맨션, 주리는 교무회의 때문에 조금 늦는다고 했으니까, 아마 미온이겠지.

"다녀왔어요~♪"

그리고 역시나, 백로 소녀의 목소리가 들려왔다.

그런데 분위기가 이상했다. 유난히 기분이 좋아 보인다. 다가오는 발소리를 들어보니 가볍게 폴짝폴짝 뛰는 것 같다.

우리가 의아하다는 표정으로 서로 얼굴을 마주 보고 있는데, 바로 미온이 거실로 들어왔다. 지금껏 본 적이 없을 정도로 생글생글, 활짝 웃으면서. 어, 뭐야 이거, 무서워.

"우후후, 늦어서 미안해. 빨리 저녁 준비할 테니까, 조금만 더 기다려 줄래? 그 대신에, 오늘 저녁은 스키야키야!"

자기도 모르게 "스키야키?!" 라고 화음을 맞추는 나, 도철, 혼돈, 궁기, 키키.

"잠깐만, 미온. 오늘 저녁은 어제 먹다 남은 카레라고 하지 않았어?"

"그럴 생각이었는데, 갑자기 변경됐어! 고기도 잔뜩 있으니까. 그것도 국산 차돌박이로~."

국산 차돌박이라는 말을 들은 순간, 【마신】들이 일제히 백로 사도 앞에 엎드려서 고개를 조아렸다.

"도와드리겠습다, 보스!"

"밥 짓는 건 이 몸에게 맡겨라!"

"나, 상 닦아놓을게."

……마침내 주종관계가 역전되고 말았다.

사흉을 이끄는 리더는 혼돈이 아니라 미온인 것 같네.

생각지도 못한 스키야키라는 호화판 저녁을 먹게 된 우리는 아주 행복한 시간을 보냈다.

평소 같으면 고기를 차지하려고 유혈 사태까지 벌어졌겠지만, 오늘은 그럴 필요가 없을 정도로 소고기가 잔뜩 있었다. 듣자 하니 이거, 엄마가【마신】들한테 바치는 물건이라는 것 같다.

'뭐냐고, 아침이나 하고 말이야…… 이럴 줄 알았으면 시즈마를 엘미라네 집에 보내지도 않았을 텐데 말이야. 시즈마가 같이 있으면 더 맛있었을 거야.'

그렇게 아쉬워하는 내 앞에서, 백로 소녀가 냄비에 고기를 더 투입했다.

"자, 고기 추가할게요~."

"오! 아직도 있습니까, 보스!"

"설마 네가 이렇게까지 우수한 부하였을 줄이야!"

"미온, 앞으로는 널 내 측근으로 삼을게!"

"여러분, 고기 님이 납셨쭙미다! 예를 갖추는 검미다!"

차돌박이를 향해 '예이~'라고 말하면서 고개를 숙이는【세 마신】. 유쾌한 왕들이다.

……사실 미온이 유난히 기분이 좋은 건 고기 님 때문이 아니다. 그 증거로, 미온은 아까부터 계속 다른 사람들을

챙기기만 하고 자기는 거의 먹지도 않았다.
이 소고기는 어디까지나 【마신】들한테 진상한 것. 어머니가 백로 소녀한테 준비한 선물은 따로 있었다.
"랄라라~♪ 아, 그렇구나. 헤에, 이런 기능도 있네."
잠깐이라도 짬이 날 때마다, 미온은 계속 '그것'을 만지고 있었다.
그 라이트 핑크색의 사각형 물체는—— 스마트폰이었다.
세상에나, 어머니가 최신형 스마트폰을 선물해준 것이다. 미온하고는 언제든지 연락을 취할 수 있게 해두고 싶다면서.
전부터 휴대전화를 갖고 싶어 했던 백로 사도는 엄청나게 기뻐했다. 그래서 지금까지 본 적이 없을 정도로 헤벌쭉한 얼굴로, 가끔 '으헤헤' 같은 이상한 소리로 웃기까지 하고 있다.
"부럽쭘미다. 키키도 갖고 싶은 검미다."
그런 미온을 보고서 키키가 입술을 삐죽 내밀었다. 아까부터 고기만 먹고 배추나 두부는 하나도 안 먹고 있는데, 오늘은 미온이 다른 것도 먹으라고 야단치지도 않았다.
"삐치지 말고, 필요할 때는 빌려줄 테니까…… 어라?"
갑자기 미온이 화면을 스크롤 하던 손을 멈췄다.
"저기 키키, 이 뉴스 들었어? 인기 특촬 프로그램 『스펙터클 맨』에서 주역을 맡은 쿠로야나기 슌이, 건강 문제로 하차할지도 모른대."

"하야테 대원 말임미까?"

그 이름을 듣자마자, 키키가 탁자 위로 목을 쑥 내밀었다.

——『스펙터클 맨』이란, 매주 토요일 저녁에 방영되는 히어로 프로그램이다. 키키는 거기에 나오는 괴수들의 팬이고, 소프트 비닐 인형 수집가이기도 했다.

미온이 말한 쿠로야나기 슌이란 그 스펙터클 맨으로 변신하는 하야테 대원 역할을 맡은 잘생긴 배우. 최근에는 지명도가 높아져서 광고나 예능 프로그램에서도 자주 볼 수 있게 됐다.

'쿠로야나기(黑柳)…… 이름에 『검을 흑(黑)』자가 들어가는데, 설마.'

잠깐 그런 걱정을 하기도 했지만, 아무래도 그건 아니겠지.

그 사람은 도쿄에 살 테고, 아기토와 접점도 없을 것 같으니까. 우리 오메이쵸에서 촬영했다는 얘기도 들어본 적이 없고.

"건강 문제라니, 히어로 자격도 없는 놈임미다. 만약 그것 때문에 프로그램이 끝나버리면, 항의 편지를 보낼 검미다."

키키가 화를 내고 있는데, 또 현관문 열리는 소리가 났다.

들어온 사람은 주리. 교무회의가 생각보다 오래 걸렸는지, 꽤 늦게 집에 왔다.

"다녀왔습니다. 아, 스키야키!"

식탁 위에 있는 냄비를 보자마자 겉옷도 안 벗고 자리에 앉는 킹코브라 보건 교사. 재빨리 앞접시에 달걀을 풀고, 국산 차돌박이를 향해서 젓가락을 내밀었다.

"미온, 오늘은 어제 먹다 남은 카레라고 하지 않았어? 게다가 이거, 꽤 비싼 고긴데?"

"사츠키가 사줬어. 아직 많이 남았으니까 천천히 먹어. 맞다, 주리. 보건실에 맡긴 고토쿠지는 어떻게 됐어?"

그 질문에 대한 대답은 나를 보면서 말했다. 고기 넘을 입에 문 채로.

"고토쿠지 타케코는 바로 눈을 떴고, 집으로 돌아갔어요. 얘기를 들어보니 이번 달에 들어서부터 기억이 없는 것 같은 게, 비교적 최근에 『악마 빙의자』가 된 것 같아요."

"그렇구나. 건강 상태는 괜찮았고?"

"예, 『꿈속에서 메이저리그 통산 300승 투수와 대전했다』라고 말했어요."

당사자인 300승 투수는 여전히 스마트폰에 푹 빠져 있다. 그 최신형, 내 거랑 바꿔주면 안 될까…….

주리가 젓가락질하면서 추가 보고를 했다.

"아, 그리고 또 하나. 조금 전에 『악마 빙의자』를 한 사람 쓰러트리고 왔어요."

……너무나 아무렇지도 않게 말해서, 하마터면 그냥 넘어갈 뻔했다.

"아, 『악마 빙의자』를 쓰러트렸다고?! 조금 전이라는 게 대체 언젠데!"

"그러니까, 한 3분 전이었죠."

생각보다 조금 전이었다. 그럼, 우리 집 바로 앞에서 쓰러트렸다는 거잖아!

"현관문을 열려고 하는데 마당 쪽에서 인기척이 느껴졌거든요. 보러 가봤더니── 거기서 히라노 씨가 우리 집 빨래를 뒤지고 있었어요."

히라노 씨란 우리 집 뒤에 있는 허름한 건물에 사는 독신 회사원이다.

나이는 20대 후반이고, 그럭저럭 유명한 대학을 나왔다는 것 같다. 동네 쓰레기 줍기 활동에도 적극적으로 참여하는, 선량해 보이는 형이다.

"히라노 씨가 『악마 빙의자』였어……?!"

"예. 총재 랭크의 하겐티라고 했어요. 제 팬티를 갖고 싶다…… 그게 갈망이었던 것 같아요."

지금까지 중에서 가장 유감스러운 갈망이었다. 그딴 것 때문에 악마한테 혼을 팔아넘기지 말라고!

"아무래도 히라노 씨가 예전부터 저한테 마음이 있었던 것 같더라고요. 가능하면 갓 벗은 팬티가 갖고 싶은지 위기가 기회라는 것처럼 덤벼왔어요."

그리고 바로 쓰러졌다는 것 같고. 아무것도 모른 채 스키야키나 먹고 있길 잘했네.

“나무랄 수는 없는 일이에요. 이 환장 주리의 팬티니까요. 작붕이나 가이고부터 해서, 갖고 싶어 하는 자들이 엄청나게 많거든요. 뿔을 부러트린 뒤에는 집 앞에 데려다주고 왔어요.”

내일부터 대체 무슨 낯으로 히라노 씨를 봐야 하는 걸까. 뭐, 본인은 아무것도 기억하지 못하겠지만.

“참고로 말인데요, 히라노 씨가 처음에는 키키 팬티를 가져가려고 했어요. 『이거 참, 정말 창피하네』라고, 쑥스럽게 웃으면서 말하고는 돌려줬지만.”

“뭐가 창피하다는 건지 전혀 모르거든…….”

야, 아기토. 넌 대체 무슨 기준으로 『악마 빙의자』를 선발한 거냐?

하쿠보기주쿠 학생 말고 다른 사람들은 후반에 모은 멤버들일 텐데…… 상당히 대충 고른 것 아냐? 다 귀찮아졌던 거냐?

어쨌거나, 이걸로 72 악마 중에 남은 건 16명.

제대로 된 『악마 빙의자』가 남아 있기를 간절히 바랄 뿐이다.

2

이튿날. 이날도 학교에서는 별다른 이변도 없었고, 방과 후 순찰 타임이 찾아왔다.

오늘의 팀은 류가와 유키미야. 그리고 나와 엘미라. 비번은 아오가사키 선배……로 하려고 했는데, 팀 편성이 약간 변경됐다.

"저는 오늘 시즈마와 같이 순찰하겠어요. 모자가 사이좋게 시내를 산책하게 해주세요."

그런 뱀파이어 소녀의 희망에 따라, 내 파트너가 키키로 변경됐다.

이 바가지 머리 꼬마도 오늘 밤에는 엘미라네 집에 가서 잘 예정이다. 순찰이 끝날 무렵에 흡혈귀 모자와 합류하고, 그대로 키키를 엘미라한테 맡기는 순서로.

"이치로 남작, 먼저 번화가에 있는 호비숍을 경계하는 검미다. 키키는 거기가 수상하다고 생각함미다."

"괴수 소프트 비닐을 보고 싶어서 그러는 거잖아. 번화가는 어제 갔으니까, 오늘은 주택가를 돌아보자."

에조 늑대 사도의 손을 잡고서 성실하게 순찰하기를 약한 시간.

스펙터클 맨이 쓰러트린 괴수의 이름을 번갈아서 말하며, 학교에 오갈 때도 다니는 인도를 걸어가고 있는데, 우연히도 앞쪽에서 류가 & 유키미야 페어가 나타났다.

"안녕, 이치로. 그쪽은 별일 없어?"

"수고가 많으시네요, 코바야시 씨. 키키도 순찰 도와줘서 정말 고맙습니다."

아직 양쪽 모두 『악마 빙의자』와 조우하지 않았다는 것을 확인한 뒤에, 기왕 이렇게 됐으니까 잠깐 쉬기로 해서, 다 같이 가까운 공원에 가기로 했다.

시간은 벌써 오후 여섯 시. 해가 많이 기울었으니까, 공원에는 사람도 거의 없겠지. 최근에는 꽤 추워지기도 했고.

"아, 유키미야 선배님. 하나 물어볼 게 이쯤미다."

공원으로 가는 중에. 갑자기 에조 늑대 꼬마가 『축명의 무녀』에게 그렇게 말했다.

참고로 키키는 유키미야를 '선배님'이라고 부른다. 유키미야 그룹이 『스펙터클 맨』의 스폰서라는 걸 알게 된 뒤로, 키키에게 유키미야는 경의를 표해 마땅한 존재가 됐다.

당연한 얘기지만, 키키의 질문은 어제 올라온 뉴스에 관한 것이었다.

하야테 대원 역할을 맡은 쿠로야나기 슌이 프로그램에서 하차할지도 모른다……. 유키미야 그룹의 따님이라면 그 진위를 알고 있지 않을까? 라고 생각한 모양이다.

역시나 유키미야는 사정을 알고 있었다.

"쿠로야나기 씨 일은 저도 들었어요. 대외적인 이유는 건강 문제라고 했지만, 사실은 『스펙터클 맨』의 촬영을 거부하고 있다나요……."

"촬영 거부? 어째서임미까!"

키키가 낯빛이 확 달라져서 유키미야에게 물고 늘어졌다. 키키가 메고 있는 가방에서는, 언제나 그랬던 것처럼 지저 괴수 벨베론의 소프트 비닐 인형의 머리가 빼꼼 튀어나와 있었다.

두 사람의 이야기를 들으면서, 류가가 음~ 하는 소리와 함께 팔짱을 꼈다.

"쿠로야나기 슌이라면, 요즘 잘 나가는 배우니까. 어린이 대상 프로그램이 싫어진 걸까."

그런 류가의 견해를 듣고 더더욱 화를 내는 바가지 머리 꼬마. 기분 탓인지 벨베론까지 화가 난 것처럼 보였다.

"그렇다면 정말 못된 놈임미다! 인기가 생긴 건 하야테 대원 역할을 맡은 덕분인데, 어디서 건방지게 구는 검미까!"

사실 특촬 히어로 프로그램은, 젊은 배우의 등용문이 된 지 오래다.

일 년이라는 긴 시간 동안 하나의 역할을 연기하는 것이, 젊은 배우에게 좋은 공부가 되기 때문이다. 어머니 시청자분들께 얼굴과 이름을 알릴 수도 있고, 액션과 사후 더빙 능력도 키울 수 있으니…… 사실상 히어로 역할을 발판으로 크게 성공한 배우는 이루 말할 수 없을 지경이다.

'키키가 말한 대로 쿠로야나기 슌이 인기를 끈 건 『스펙터클 맨』의 주인공을 맡았기 때문이야. 그러고 보니까 어제 했던 예능 프로그램에서도 변신 포즈를 해달라고 했었지…….'

나로서도 지금 와서 하야테 대원의 연기자가 바뀌면 곤란하다. 신경 쓰여서 이야기에 집중할 수 없게 되니까. 아니, 그렇게까지 열심히 보고 있는 건 아니지만…….

그런 변명을 하는 사이에, 어느샌가 공원 입구가 눈에 보이는 곳까지 와 있었다.

다른 사람들한테는 먼저 가 있으라고 하고, 나는 마실 것을 조달하기 위해서 자판기 쪽으로 갔다. 유키미야가 '도와드릴게요'라고 나섰고, 그 말을 감사히 받아들이기로 했다.

"그러니까, 류가는 커피고, 키키는 콘수프…… 유키미야는 뭐로 할 거야? 유키미야 그룹 아가씨한테 음료수를 사 주는 건 정말 흔치 않은 일이니까."

"후후, 고맙습니다. 그 보답이라고 할 정도는 아니지만, 가방에 샌드위치가 있거든요. 괜찮으시다면 드세요."

"…………."

싱긋 웃는 『축명의 무녀』를 보고, 순간적으로 내 간이 얼어붙었다.

"그, 그거, 가게에서 파는 샌드위치야? 아니면……."

"아뇨, 제가 만들었어요. 오늘 점심때 고토쿠지 양이 같이 학생 식당에 가자고 해서 남았거든요."

세상에 이런 일이. 고토쿠지 양이 미온이 아니라 나한테 보복을 했다. 엄청나게 변칙적인 데다 성가신 꼴로.

……지금 와서 설명할 필요도 없겠지만, 유키미야 시오리는 초고교급 맛없는 음식 만들기 퀸이다. 삶은 달걀과 컵라면조차도 맛없게 만들어버리는, 엄청난 실력의 암흑 요리사다.

'그렇다고 류가랑 키키한테 먹으라고 할 수도 없으니…… 내가 해치우는 수밖에 없나? 젠장, 또 『삼도천에서 할아버지』 코스냐!'

오늘 순찰은 여기서 끝내야겠다는 절망의 경지에 빠진 상태로 공원에 들어섰더니 어째선지 류가와 키키가 벤치에 앉지도 않고 나란히 서 있었다.

무슨 일인가 가까이 걸어갔더니, 바로 이유가 판명됐다. 두 사람이 서 있는 곳에서 몇 미터 떨어진 곳에 다른 두 사람이 있었기 때문이다.

두 사람 모두 성인 남성이고, 한쪽은 40대로 보이는 아저씨, 또 한 사람은 캐주얼한 복장을 한 20대 정도의 청년이었다.

아저씨와 청년은 아까부터 말없이 서로 마주 보고만 있다. 다투고 있는 건지 유난히 긴장된 공기를 풍기면서. ……아니, 중요한 건 그게 아니다.

"어라? 저 젊은 사람── 쿠로야나기 슌 아냐?!"

현재 『스펙터클 맨』에서 하차한다는 이야기가 돌고 있는, 그 잘생긴 배우였다.

"틀림없쫍미다. 하야테 대원임미다."

"우와, 연예인 직접 본 건 처음이다……."

"그런데 어째서 이런 데 있는 걸까요?"

그런 감상을 말하고 있거나 말거나, 아저씨와 쿠로야나기 슌은 여전히 험악한 표정으로 마주 보고 있었다. 불온한 눈싸움 끝에 먼저 입을 연 사람은 아저씨였다.

"슌, 촬영장으로 돌아가라. 넌 주인공의 무게를 이해하지 못한 거냐?"

"사장님, 저는……."

쿠로야나기 슌이 아저씨를 '사장님'이라고 불렀다.

그렇다면 저 아저씨가 쿠로야나기 슌이 소속된 회사 사장님인가. 촬영을 거부하고 우리 동네까지 도망쳐온 쿠로야나기 슌을 데리러 왔다고 보면 되려나.

"지금 네가 얼마나 많은 사람에게 민폐를 끼치고 있는지, 알고는 있나? 다음 달부터는『극장판 스펙터클 맨, 역대 괴수 대집합』도 촬영에 들어가는데!"

그 말을 들은 에조 늑대 꼬마가, '처음 듣는 얘김미다'라면서 깜짝 놀랐다.

그랬더니 유키미야가, '죄송해요, 공식 발표 전이라서'라고 말하며 씁쓸하게 웃었다.

완전히 구경꾼 모드로 들어가 버린 우리 네 명은 기척을 죽인 채로 계속 엿들었다. 가로등 불빛만 켜니 공원은 은근히 어두웠고, 두 사람은 대화에 푹 빠져 있었기 때문에, 다행히도 쉽게 방청할 수 있었다.

"저기 류가, 넌 어떻게 생각해? 이름에 『쿠로(黑)』가 들어가는 쿠로야나기 슌이 우리 동네에 있다…… 이게 그냥 우연일까?"

조용히 류가한테 귀엣말했더니, 주인공한테서는 엉뚱한 대답이 돌아왔다.

"혹시 사인받을 수 있으려나…… 사실은 나, 쿠로야나기 씨 팬이거든. 트위터도 팔로우했고, 인스타그램에서도 꼬박꼬박 『좋아요』를 누르고 있어."

"처음 듣는 얘긴데?!"

의외로 연예인을 밝히는 『용신의 후계자』에게 나도 모르게 한 마디 해버렸더니, 그 목소리를 듣고서 사장님이 우리가 있다는 걸 눈치채고 말았다. 우리가 엿보고 있다는 걸 알게 된 사장님은 바로 쿠로야나기 슌의 팔을 움켜쥐고 그 자리를 떠나려고 했다.

"일단 다른 데로 가자. 역 앞에 호텔을 잡아놨다. 거기 가서 얘기를——"

"제발 그냥 내버려 두세요, 사장님! 하야테 역할은 이제 지긋지긋해요!"

직후, 쿠로야나기 슌은 큰소리를 지르면서 사장님의 손을 뿌리쳤다.

"애들 눈치 보느라 담배도 못 피우고! 예능 프로그램에 나가도 건전한 척만 해야 하고! 걸핏하면 변신 포즈를 해보라고 시켜대고! 이 짓을 대체 언제까지 해야 하는 겁니까! 그놈의 『스펙터클 맨』, 2년 차 방송까지 결정됐잖아요?!"

그 말을 들은 에조 늑대 꼬마가 또 '처음 듣는 얘김미다'라면서 깜짝 놀랐다.

그랬더니 유키미야가 또다시 씁쓸하게 웃으면서, '맞아요. 시청률이랑 완구 매상이 생각보다 좋았거든요'라고 말했다.

"저랑 하야테는 같은 사람이 아니라고요! 이대로 가면 완전히 히어로 이미지가 박혀버린다고요! 전 그런 거 싫어요!"

우리가 있거나 말거나 자기 생각을 있는 대로 터트려버리는 쿠로야나기 슌. 상당히 아쉬운 속내를 듣고 말았는데—— 거기에 이어서, 더 아쉬운 소식이 전해져 왔다.

세상에, 쿠로야나기 슌의 이마에서, 뿌득뿌득 소리를 내며 칠흑의 뿔 하나가 자라났다. 동시에 그의 온몸에서 엄청난 요기가 분출됐고.

역시나 『악마 빙의자』였다. 스펙터클 맨이 악마한테 혼을 팔아버린 것이다.

"슌, 너……!"

갑자기 뿔이 돋아난 쿠로야나기 슌을 보고 사장님이 경악했다.

그런 사장님 앞에서, 쿠로야나기 슌이 소리를 질렀다. 자신의 갈망을, 큰 소리로.

"히어로 역할에 얽매이지 않고 자유롭게 행동하고 싶다! 그 갈망이, 날 악마로 만들었다! 지금의 나는 왕공 랭크의 악마 자간이다!"

그 대사가 끝나기도 전에, 류가와 다른 사람들이 움직이고 있었다.

유키미야가 사장님 쪽으로 달려가서는 '저 사람한테서 떨어지세요!'라고 말하며 피난시켰다. 그리고 류가와 키키는 쿠로야나기 슌의 앞을 가로막았고. 앞으로는 개인적으로 '자가야나기'라고 불러야지.

"쿠로야나기 씨! 화가 나는 건 이해하지만, 당신은 스펙터클 맨이잖아요! 히어로가 사람을 다치게 해서는 안 돼요!"

"얌전히 촬영장으로 돌아가는 검미다! 극장판 제작이 중단되면, 키키는 마음 놓고 죽지도 못할 검미다! 괴수 대집합인데!"

일단 설득을 시도하는 주인공&에조 늑대 사도.

그런 두 사람을, 짜증 난다는 얼굴로 노려보는 자가야나기. 그리고, 빨간색으로 이글이글 불타는 두 눈이 류가의 얼굴을 빤히 쳐다봤다.

"너…… 혹시 히노모리 류가냐? 틀림없어, 솔로몬 님의 휴대전화 바탕화면에 있던, 바로 그 얼굴이다!"

"큭, 어느새 찍은 거지……."

"마침 잘 됐다. 난 널 찾으려고 고향인 이 동네에 온 거니까! 우리 72 악마는 너를 솔로몬 님 앞으로 연행하라는 명령을 받았다!"

"고향? 쿠로야나기 씨는 오메이쵸 출신이었나요?"

"나는 하쿠보기주쿠 졸업생이다! 오랜만에 모교에 들렀을 때, 솔로몬 님으로부터 악마의 힘을 받았다! 히노모리 류가! 널 납치하겠다!"

"그럼 내가 이기면, 당신 사인을 받겠어!"

엄청나게 연예인을 밝히는 주인공이지만, 그래도 덕분에 류가가 『악마 빙의자』를 쓰러트릴 수 있게 됐다.

아무리 상대가 스펙터클 맨이라고 해도, 젊은 배우한테 질 리는 없을 테니까. 어떤 의미에서 보면 히어로 VS 히어로라는, 꿈같은 대결 카드다.

'그렇다면 나는 유키미야랑 같이 사장님을 도와주자. 좋았어, 어떻게든 친구 캐릭터 포지션은 확보할 수 있겠네.'

그렇게 안심하고 달려가려던 순간, 나는 첫걸음을 내딛자마자 발을 멈추고 말았다.

사장님을 감싸면서 자가야나기와 반대 방향으로 돈 『축명의 무녀』가 전투 준비에 들어간 탓이었다. 그쪽에서—— 덩치 큰 사람이 꾸물꾸물 다가오고 있었다.

'새, 새로운 놈인가?'

그 녀석은 유난히 가로 폭이 넓은 거구를 흔들며, 후우후우하고 거친 숨을 쉬면서 다가왔다. 이마에는 역시나 뿔이 나 있었다.

……메타볼릭의 극치에 이르렀다는 느낌의, 둥글둥글한 살덩어리다. 130kg은 넘고도 남을 정도로 살이 쪘다. 한마디로 뚱보다.

'이 자식의 교복, 아기토랑 같은 하쿠보기주쿠 학생인가? 정말이지, 계속해서 아주 템포도 좋게 등장하고 있잖아!'

경계하는 나와 유키미야를 무시하고, 눈앞까지 다가온 그 녀석은 천천히 고개를 옆으로 돌렸다. 그리고 지금 당장이라도 배틀을 시작하려는 자가야나기에게, 이마에 난 땀을 닦으면서 물었다.

"하흐하흐…… 안녕 자간, 뭐 하는 거야?"

소 울음소리 같은 저주파 목소리였다. 교복을 입었으니까 자가야나기보다는 나이가 어릴 텐데…… 악마한테는 연공서열이라는 게 없는 건가.

"이포스냐! 이놈들은 히노모리 류가와 그 동료들이다! 넌 그쪽 두 명을 맡아라!"

"뭐어~? 진짜, 귀찮은데…… 난 운동 싫어한다고."

뚱보 캐릭터로서 아주 모범적인 대사를 토한 뒤에야, 우리 쪽을 봤다.

"저기 너희들, 혹시 먹을 거 있어? 하흐하흐……."

그런 소리를 하면서, 등에 멘 배낭에서 포테이토칩을 꺼내는『악마 빙의자』. 네가 가지고 있으면 묻지를 말라고.

이 체형을 보면 일단 스피드는 빠르지 않겠지. 틀림없이 힘으로만 밀어붙이는 전형적인 파워 타입일 거야. 무기도 없는 것 같고. 가지고 있는 건 포테이토 칩뿐이다.

'물론 내가 싸울 수는 없지. 저 녀석 상대는 유키미야한테 부탁하자. 체급 차이가 크게 나는 배틀이 되겠지만…….'

내가 부탁할 필요도 없이, 유키미야도 처음부터 싸울 생각인 것 같았다.

천천히 앞으로 나서서 적과 정면으로 대치했다. 그리고는 내게 말했다.

"코바야시 씨. 그분의 호위를 부탁할게요."

"아, 응, 알았어."

사장님을 내게 맡기고, 『축명의 무녀』는 온몸에서 하얀 오라를 발생시켰다. 거기에 호응하는 것처럼, 주변에 있는 나무와 덤불들이 버석버석 소리를 내며 흔들렸다.

"톳코, 나올 필요는 없어요. 여긴 제게 맡기세요."

자기 몸에 깃든【마신】에게 그렇게 말하고, 임전 태세에 들어가는 유키미야.

——그렇게 해서, 히노모리 류가와 유키미야 시오리의 악마 사냥이 시작했다.

3

우연히도 인적 없는 공원에서, 두 개의 배틀이 동시 진행으로 치러지는 모양이 됐다.

아마 오늘도 두 명의 『악마 빙의자』가 탈락하게 되겠지. 하지만, 이번에는 그래도 좋다. 쓰러트리는 사람이 류가와 유키미야라면, 그건 『악마 빙의자』를 제대로 사용하는 게 되니까.

'그리고 나도 『일반인 보호』라는, 친구 캐릭터로서 올바른 위치를 차지했어. 겨우 이런 상황이 찾아와줬구나!'

들떠있는 내 앞에서는, 유키미야 VS 뚱땡이 악마의 싸움이 시작되려 하고 있었다.

가냘픈 미소녀와 땀범벅 살덩이…… 몸 크기가 두 배 정도는 되지만, 유키미야라면 어떻게든 하겠지. 정 안 되겠다 싶으면 톳코도 있으니까.

눈앞에 있는 가련한 소녀를 보고, 이포스라고 불린 『악마 빙의자』가 씩 웃었다. 자기 배를 문지르면서.

"오홋, 예쁜 애다. 난 대공 랭크의 이포스…… 쿠로야마 고타라고 해."

"유키미야 시오리라고 합니다."

착실하게 대답하는 『축명의 무녀』. 그랬더니 어째선지, 내 뒤에 있는 사장님이 살짝 놀랐다.

"유, 유키미야? 설마, 유키미야 그룹 관계자인가……?"

그렇구나. '유키미야'라는 이름에 반응한 거였어.

『스펙터클 맨』의 메인 스폰서가 유키미야 그룹 계열사다. 쿠로야나기 슌이 소속된 회사의 사장이라면, 그 정도는 당연히 알고 있겠지.

"하흐하흐…… 시오리구나. 내 갈망은 이 세상의 모든 음식을 먹어보는 거야. 시오리도 먹어버릴까."

"절 먹겠다……. 그 말, 성희롱 발언이라고 생각해도 될까요?"

유키미야의 말에 천박하게 혀를 날름거리는 걸로 대답하는 이포스, 쿠로야마 고타. 앞으로는 '이포야마'라고 불러야지.

"푸히히히. 자, 어디부터 할짝할짝해줄까. 가슴이 좀 작긴 하지만, 그건 그것대로 입맛이——"

어리석게도 이포야마가 금기를 어긴 순간 유키미야가 순식간에 적의 품 안으로 뛰어들더니, 적의 배에 손바닥치기를 날렸다.

그야말로 전광석화라고밖에 표현할 방법이 없는 일격이었다. '가슴이 작다'라는 소리를 했으니…… 뭐, 네 가슴이 더 크기는 한데…….

벌써 배틀이 끝나는 건가 싶었는데, 놀랍게도 이포야마는 아무렇지도 않았다.

여전히 포테이토칩을 우적우적 먹고 하품까지 하고 있다. 그 모습을 보고는 유키미야의 눈이 휘둥그레졌다.

"내, 내 공격이, 소용없어?!"

"푸히히히, 소용없어. 『악마 빙의자』가 되면서, 내 몸은 어떤 충격이라도 다 흡수할 수 있게 됐거든. 덤프트럭도 튕겨낼 수 있어. 하흐하흐."

배를 통통 두드리면서 또다시 씩 웃는 이포야마. 그 이빨에는 포테이토 칩 찌꺼기들이 잔뜩 들러붙어 있었다.

'캐릭터는 물론이고 능력까지 왕도라는 건가. 한없이 전형적인 놈이네.'

뚱땡이 캐릭터라면 지방을 이용한 충격 흡수…… 이건 하트 님* 때부터 전해져 내려온 전형적인 소재다. 지금에 와서는 뚱땡이 캐릭터의 전통이라고 해도 되겠지.

즉, 사신 멤버 중에서 가장 힘이 약한 유키미야한테는 상당히 상성이 좋지 않은 상대라는 뜻이다. 이런 적과 상성이 좋은 건, 아오가사키 선배 같은 참격계 캐릭터고.

"푸히히히. 자아, 잡아야지~."

"크!"

이포야마의 두 팔을 피하면서 굴하지 않고 공격을 시도하는 『축명의 무녀』. 혼신의 주먹과 발차기를 날렸지만, 역시 적에게는 효과가 없었다.

---

*만화 북두의 권에 등장하는 캐릭터

'아무리 그래도 유키미야가 지지는 않겠지만, 이건 예상 외로 고생할지도 모르겠는데.'

그렇다면 류가와 유키미야가 교대하는 건 어떨까?

그렇게 생각하면서 자가야나기 쪽을 슬쩍 봤더니 거기서도 예상치 못한 사태가 벌어지고 있었다.

자가야나기와 싸우는 건 류가가 아니라── 키키였다.

"하야테 대원! 그 건방진 근성을 바로잡아 주게쭘미다! 하는 김에 지금까지 쓰러진 괴수들의 원한도 풀어주게쭘미다!"

그런 대사를 늘어놓으면서 하야테 대원을 마구 때리는 바가지 머리 꼬마. 겨우 찾아온 주인공이 활약할 상황을 빼앗지 말라고!

'류가! 지금이라도 교대해! 슬슬 네가 활약하지 않으면 곤란하다고!'

눈빛으로 호소했지만 알아차리지 못했다.

류가는 완전히 관전 모드로 들어가 있고, '키키! 사인받는 거 잊지 마!' 같은 한심한 지시나 하고 있다. 그딴 걱정이나 하지 말라고.

"크…… 이 꼬마, 보통이 아니잖아!"

"겨우 그 정도임미까, 하야테 대원! 이쪽은 힘을 반도 안 써쭘미다!"

본인이 말한 대로, 키키는 한눈에 봐도 온 힘을 다하는 게 아니었다. 그건 키키가 인간 상태로 싸우고 있는 것만 봐도 분명했다.

아마도 사장님 앞이라서 사도로 변하는 걸 자숙하는 거겠지. 그런 배려를 할 줄 안다면, 배틀을 주인공한테 양보하라고!

"아직 더 때려줘야 함미다! 이건 벨베론 몫! 이건 도라기고 몫! 이건 우자란가 몫! 이건 2대째 벨베론 몫!"

가드만 하는 자가야나기와. 그러거나 말거나 계속 공격하는 키키.

바로 류가가 "키키! 배우니까 얼굴은 때리지 마! 몸통만 때려!"라는 지시를 했다. 그딴 걸 걱정할 때냐고.

"자, 이제 포기하는 검미다! 그리고 촬영하러 가겠다고 약속하는 검미다! 앞으로는 가끔 괴수한테 져주는 검미다!"

"너, 넌 괴수 팬이라는 거냐? 어째서 히어로인 스펙터클 맨을 응원하지 않는 거지? 주인공은 하야토인데!"

"시청자가 전부 스펙터클 맨을 응원한다고 생각한다면 큰 착각임미다! 프로그램의 인기를 지탱하고 있는 건, 개성이 풍부한 괴수들임미다! 너 같은 건 회 밑에 깔리는 천사채임미다!"

"납득할 수 없어! 스펙터클 맨이 지구의 평화를 몇 번이나 지켰는지, 알고는 있는 거야? 오직 혼자서, 아무리 상처를 받아도, 절대로 도망치지 않고——"

“하지만 넌, 바로 지금 도망치고 이쯤미다! 그 사명을 내던지고!”

“뭐…….”

“중간에 집어 던질 거라면, 처음부터 오디션을 보지도 말란 말임미다! 자기 인기가 좋아졌다고, 넌 초심을 잃어버린 검미다!”

키키가 거기까지 생각한 건 아니겠지만, 아주 효과적인 정신적 대미지를 줬다.

자가야나기의 뺨에서 점점 광택이 사라져갔다. 썩어도 일단은 히어로 배우…… 악마가 씌었다고 해도, 어린아이의 직설적인 목소리는 마음에 전해지는 법이다. 아마도.

“이, 이해해 줘! 나랑 하야테는 같은 사람이 아니라고!”

“그럼 다른 사람이 하야테 대원을 해도, 아무렇지도 않은 검미까! 오직 나만이 스펙터클 맨이라는, 긍지와 자부심은 없는 검미까!”

“윽…….”

“회 밑에 깔리는 천사채라는 말을 듣고서, 왜 화도 안 내는 검미까! 그 이유를 자기 자신에게 물어보는 검미다!”

반박도 못 하고 신음만 내는 자가야나기. 꼬맹이한테 설교를 듣고 말았다.

“그야 나도, 하야테 역할을 맡게 됐을 때는 정말 기뻤지. 아이들이 좋아할 히어로가 되겠다고…… 그러기 위해서라면 사생활이 불편해지는 것도 참자고……."

"그때의 마음가짐을 잃어버려선 안 되는 검미다! 하야테 대원 역할에 뽑힌 건, 그 마음이 전해졌기 때문임미다!"

자가야나기의 뺨에 빠직, 하고 금이 갔다. 이렇게까지 말을 잘 알아듣는『악마 빙의자』는 처음인지도 모르겠다.

아쉽게도 자가야나기는『악마 빙의자』로서는 삼류…… 바꿔 말하자면, 역시 히어로로서는 일류가 될 소양이 있는 사람이라는 뜻이려나.

"나는, 어느샌가 거만해져 있었던 건가……? 배역 덕분에 성장했으면서 그 배역에 얽매이고 싶지 않다는 게 뻔뻔한 생각이었다는 거고……?"

"그렇쭘미다! 담배 정도는 참는 검미다! 변신 포즈 정도는 멋지게 보여주는 검미다! 그래야 괴수들도 쓰러진 보람이 있는 검미다!"

"나, 나는……!"

"이건 부노게노스 몫!"

자가야나기가 정신을 차리는 건가 싶은 순간, 키키가 또 한 대 때렸다.

"크학! 잠깐만! 지금 이 상황에서 때리기야?!"

"당연한 검미다! 반성은 병원에 누워서 하는 검미다! 이 은색 반짝이 우주인!"

"다치면 촬영하러 못 가잖아!"

"아, 그건 곤란함미다! 그럼 이걸로 용서해주게쭘미다!"

그렇게 외치면서 키키가 자가야나기의 뿔을 손날로 내리쳤다.

아니, 자세히 보니 그 손에는 소프트 비닐 인형을 쥐고 있었다. 결과적으로, 자가야나기의 뿔을 부숴버린 건——지저괴수 벨베론이었다.

"으, 윽……!"

뿔을 잃어버린 순간, 쿠로야나기 슌의 온몸에서 시커먼 요기가 철철 흘러나왔고, 상공으로 올라가서 사라져버렸다. 이걸로 결판이 났다.

설마 벨베론이 스펙터클 맨을 쓰러트리는 날이 올 줄이야…… 쓰러진 하야테 대원을 보면서, 나는 너무나 복잡한 기분이 들었다.

"하야테 대원. 아직 정신이 있으면 잘 듣는 검미다."

벨베론을 가방에 집어넣으면서 쿠로야나기 슌에게 말을 거는 키키.

하야테 대원은 땅바닥에 누운 채, 공허한 눈으로 하늘을 바라보고 있다. 간신히 기절하진 않은 것 같지만, 그것도 시간 문제겠지.

"하야테 대원을 끝까지 해낸다면, 반드시 배우 인생에 큰 재산이 될 검미다. 만약 인기가 떨어진다고 해도, 특촬 관련 일들은 잘 들어올 검미다."

"…………."

"나이 들어서 식당을 차리면『스펙터클 맨』팬들이 찾아올 겁니다. 그러니까 지금보다 더 인기 있는 배우가 되더라도, 절대로 하야테 대원을 흑역사라고 생각하면 안 됨미다. 팬은 그런 발언들을 은근히 잘 기억하는 법임미다."

이 얼마나 어린애답지 않은 조언인가.

조용히 그 훈시를 듣고 있던 쿠로야나기 슌이 마침내 훗, 하고 가볍게 웃었다.

"그렇군……. 키키라고 했나. 앞으로도 응원, 부탁해……."

"건방지게 굴지 말란 검미다, 은색 반짝이 우주인."

키키가 고개를 팩 돌린 것과 동시에 쿠로야나기 슌이 정신을 잃었다. 류가가 당황해서 "잠깐만! 기절하기 전에 사인 좀!"이라고 외쳤지만, 이미 늦었다.

그렇게까지 사인을 받고 싶은 건가……. 마음속으로 한마디 한 뒤에, 앗, 하고 생각이 났다.

'이런! 구경만 하는 사이에 자가야나기와의 싸움이 끝나버렸잖아! 의외로 싱겁게!'

이대로 가면 주인공이 구경꾼으로 끝나버리게 된다. 이렇게 되면 역시, 류가한테 이포야마를 쓰러트리게 하는 수밖에 없다.

유키미야한테는 미안하지만, 선수 교대를……!

그렇게 생각하고 눈앞에서 벌어지고 있는 싸움 쪽으로 시선을 돌렸더니 이쪽 배틀에도 약간의 해프닝이 발생했다.

어느샌가 유키미야가, 다시 시작하겠다는 것처럼 이포야마와 거리를 두고 있었다. 그 얼굴을 보고 나는 이변을 알아차렸다.

왠지 온몸에 촌티가 감돌고, 볼에 밥풀이 붙어 있는 것 같은 기분이 들었다. 그건 한마디로── 유키미야 시오리한테 깃들어 있는 【마신】이 튀어나왔다는 뜻이다.

"야! 너 톳코지!"

나도 모르게 따졌더니, 유키미야가 '맞어라'고 대답하면서 고개를 끄덕였다. 그 대답 자체가 슬플 정도로 촌스러웠다.

"들어가! 유키미야가『안 나와도 돼』라고 했잖아!"

내 퇴장 권고를 듣고, 톳코는 싫다는 것처럼 볼을 빵빵하게 부풀렸다.

"그런 소릴 해도 되는겨? 내는 이치로 나리를 궁지에서 구하려고 나왔구먼."

"내, 내 궁지?"

"그려라.『악마 빙의자』를 쓰러트리고, 이치로 나리도 도와주고…… 그런 도랑 치고 가재 잡는 작전이 있는 거라. 오늘의 내는 라미레스 감독의 중간계투 정도로 머리가 잘 돌아가는구먼!"

"하지 마! 야구 얘기는 어제 실컷 했어!"

내가 지적을 하거나 말거나, 톳코는 유키미야의 가방을 뒤적거렸다. 그리고는 곧 작은 도시락 상자를 꺼내 들었다. 저건, 설마…….

"오홋? 혹시 먹을 거야?"

그걸 본 이포야마의 눈이 번쩍거렸다. 어느새 포테이토칩을 다 먹었는지, 손에는 아무것도 없었다.

"그런 거라! 시오리가 직접 만든 샌드위치여! 다 묵어도 된다니께!"

……그렇구나. 샌드위치를 이포야마한테 주려고 한 건가.

저걸 먹고도 무사할 수 있는 건 도철뿐이다. 분명히, 원래 저걸 먹을 예정이었던 내 생명을 구해줬다.

'이번에도 류가는 활약하지 못하겠지만, 어쩔 수 없지. 이렇게 되면 일단은 유키미야가 적을 쓰러트린 게 되니까…… 그냥 넘어가자.'

그렇게 판단한 내 앞에서, 이포야마를 향해 도시락 상자를 던지는 톳코.

그걸 받은 적은 바로 뚜껑을 열고── 세상에, 그 맹독 병기를 한 번에 입안에다 털어 넣었다. 바보야! 무리하지 마! 그렇게 우리 할아버지가 보고 싶냐!

"오홋, 이거 맛있…… 맛, 있? 큭, 크헉, 우에에에에엑!"

직후, 이포야마의 뿔이 쨍! 하고 깨져버렸다. 그리고는 뒤로 벌렁 자빠져버렸고.

쿵, 소리까지 내면서 자빠진 거구. 눈을 까뒤집고서 움찔움찔 경련까지 하고 있다. ……무시무시한 파괴력이다.

"워메~! 성공이라! 워메~!"

작전이 멋지게 성공했다고 폴짝폴짝 뛰면서 기뻐하는 톳코.

하지만 나는, 솔직하게 승리를 기뻐할 수가 없었다.

결국 이번에도 류가가 활약하지 못하고 끝나버렸다…… 게다가 『악마 빙의자』와의 싸움이 점점 코미디처럼 돼가고 있다는 데 대해서 큰 위기감도 들었고.

'가슴 주무르기. 엄청난 변화구. 괴수 소프트 비닐 인형. 그리고 샌드위치…… 최근에 했던 배틀 중에, 멀쩡한 마무리가 하나도 없네? 팬티 도둑도 있었고.'

72 악마 중에 이제 14명밖에 안 남았는데, 이래도 되는 걸까……?

난 불안에 사로잡히면서도 일단 구급차를 두 대 불렀다.

4

그리고 몇 분 뒤에 구급차가 달려왔고, 자가야나기와 이포야마를 실어 갔다.

원래는 사장님도 같이 타고 병원에 가야 했지만, 잠깐 이쪽에 남아 달라고 부탁했다. 아까 있었던 일의 뒤처리를 해야 할 것 같아서.

“쿠로야나기 씨에 대해서는 걱정할 것 없어요. 금방 정신을 차릴 테고, 아까 있었던 일도 기억하지 못할 테고요. 사실 저희가 퇴마사거든요.”

재주껏 설득했더니 사장님은 의외로 간단히 이해해줬다.

업계인들 중에는 ‘악마’나 ‘유령’의 존재를 믿는 사람들이 많다고 들었는데, 사장님도 그런 사람인지도 모른다.

“슌을 도와줘서 정말 고맙네. 인사가 늦었는데, 나는 요시다 센지로라고 한다. 도쿄에서 연예 프로덕션을 경영하고 있지.”

그렇게 말하고는 품에서 명함을 꺼내는 요시다 씨. 역시 연예 사무소 사장님이었다.

예의도 바르게 우리 모두에게 명함을 건네준 요시다 사장님이, 갑자기 날 제외한 세 명을 빤히 쳐다봤다. 그리고는 뭔가가 생각났다는 것처럼 앗, 하는 표정을 지었다.

“혹시 너희들…… 오메이 고등학교 축제에서 밴드 연주를 했던 『화이트 이글렛』 아닌가?”

갑작스러운 질문을 받고서 눈을 껌벅거리는 류가와 유키미야, 키키.

그건 바로, 메인 캐릭터들이 축제를 위해서 결성했던 밴드의 이름이었다. 참고로 멤버는 류가, 사신 히로인즈, 삼공주까지. 인원이 많았다.

"저희를 아세요?"

류가가 일동을 대표해서 대답했더니, 요시다 사장님이 바로 흥분한 목소리로 말했다.

"역시 그랬구나! 사실은 내가 그 무대를 봤거든! 그리고 너희들이라면 틀림없이 뜬다고 확신했어! 전에 우리 회사 사람이 스카우트하러 오지 않았나?"

류가와 유키미야가 "앗" 하더니 서로 얼굴을 마주 봤다.

……그러고 보니까 그런 이야기가 있었지. 연예 사무소에서 류가네 밴드를 스카우트 하려고 했다는 에피소드가. 난 『나락성』에 틀어박혀 있느라 못 봤지만.

"그 밴드는 그냥 일시적인 거라서…… 아, 저는 히노모리 류가라고 합니다."

자기소개한 류가를 따라서, 일단 우리도 인사를 했다. 유키야마 양은 이미 톳코와 교대했다.

유키미야가 유키미야 그룹의 아가씨라는 걸 알고서, 요시다 사장님은 정말 황송하다는 태도를 보였다. "평소에 신세를 지는 걸로 모자라서, 슌한테 씌운 악마까지 퇴치해 주시다니……"라고 말하면서, 머리가 땅에 닿을 정도로 고개를 숙였다.

류가, 유키미야, 키키에 이어서, 마지막으로 내 차례가 왔다. 여기서 어필해두자.

"코바야시 이치로라고 합니다. 『화이트 이글렛』의 매니

저를 맡고 있습니다."

그렇게 인사를 했더니 요시다 사장님이 깜짝 놀란 표정을 지었다.

그리고는 어째선지 내 얼굴을, 류가네보다 더 빤히 쳐다봤지. 왜 이러지? '이 녀석이라면 제2의 쿠로야나기 슌이 될지도 몰라'라는 생각이라도 하는 건가?

살짝, 그런 기대를 하고 있는데. 갑자기 생각지도 못한 질문을 던져왔다.

"오메이쵸에, 코바야시 이치로? 혹시 자네 아버지가——코바야시 햐쿠타로가 아닌가?"

이번에는 내가 깜짝 놀랐다. 말씀하신 대로, 저희 아버지가 코바야시 햐쿠타로 맞습니다만.

"저기, 어떻게 저희 아버지를……."

설마 요시다 사장님, 우리 아버지랑 학교 친구였다든지? 40대 후반 정도로 보이니까, 아버지랑 비슷한 또래 같기는 한데.

하지만, 그 추측은 바로 기각당하고 말았다. 엄청난 대답과 함께.

"역시 그랬구나! 형님은 잘 지내시고?"

형, 님……? 우리 아버지한테 형님이라고 한 거야?

그 말을 듣고, 류가네 쪽도 술렁이고 있었다. 그중에서도 가장 크게 놀란 건 아버지의 정체를 알고 있는 에조 늑대 사도였다.

그도 그럴 것이, 류가와 유키미야는 모르지만, 키키는 우리 아버지가 오니라는 걸 안다.

그런 아버지를 '형님'이라고 부르는 건, 한마디로 요시다 사장님도 오니라는 얘기가 된다. 설마 이 사람이 악마를 퇴치했다는 말을 믿어준 게 업계인이라서 그런 게 아니라…… 자기도 '인간이 아닌 존재'라서 그런 건가?!

"자, 잠깐만요, 요시다 사장님! 아버지한테 동생이 있다는 얘기는 못 들었는데요!"

어머니도 그렇게 말했었다. 지금까지 남아 있는 오니의 핏줄은 코바야시 가문뿐이라고. 무엇보다 아버지랑 형제인데 왜 성이 요시다인데?! 양자로 내보내기라도 한 건가?!

혼란에 빠져 있는 날 보고, 요시다 사장님이 씁쓸하게 웃었다.

"아, 형님한테 아무 말 못 들었구나. 뭐, 우리 집안 핏줄이 그러니까……. 나도 우리 아들한테 아무 말도 안 했지. 뭐, 당연한 얘기지만."

요시다 사장님, 아들이 있는 겁니까. 그렇다면 내 사촌이라는 얘긴가? 그나저나, 그렇다면 그 녀석도 오니라는 얘기네!

깜짝 놀라는 우리 앞에서, 요시다 사장님은 잠시 자기 턱에 손을 대고서 생각에 잠겼다. 그러고는 결심했다는 것처럼 고개를 들었고.

"이대로 그냥 헤어질 수도 없게 돼버렸군. 자네들만 괜찮다면 자세한 이야기를 하고 싶은데…… 어떨까."

물론 거부한다는 선택지가 없다. 이 사람이 내 삼촌이라면, 꼭 이야기를 들어야 하니까.

코바야시 하쿠타로와 요시다 젠지로의 관계에 대해서.

"부탁드릴게요. 그런데 말이죠, 요시다 씨 아버지 성함이, 역시……."

"코바야시 키하치로지."

그렇겠죠.

삼도천 건너편에 계시는, 그 할아버지 말이죠.

그 뒤, 우리는 요시다 씨의 초대를 받아 그분이 묵고 있는 호텔의 객실에 왔다. 역 바로 앞에 있는 '오메이 밀리언 호텔'이라는 고급 호텔이었다.

거실 중앙에 테이블을 사이에 두고 마주 보는 소파가 있고, 침실은 별도. 주방과 발코니까지 있었다. 사장님이 묵을 만한 스위트룸이라고 해야겠지.

"편하게 있게나. 프런트에 연락해서 마실 걸 좀 가져다 달라고 할 테니까."

소파에 앉아 있는 우리한테 그렇게 말하고, 전화기 쪽으로 걸어가는 요시다 씨.

그랬더니 어째선지, 키키가 아장아장 따라가서 뭔가 소곤소곤 귀엣말했다. 몇 초 만에 돌아와서, 바가지 머리 꼬마는 다시 내 옆에 앉았다.

"야, 키키, 무슨 얘길 한 거야? 비싼 걸 부탁한 건 아니겠지?"

작은 목소리로 물어봤더니, 키키가 너무한다는 것처럼 작은 목소리로 대답했다.

"코바야시 가문이 오니 일족이라는 사실을 류가랑 유키미야 선배한테는 말하지 말라고 주의를 줘쭙미다. 원래는 이치로 남작이 해야 했던 일임미다."

……그랬었지. 코바야시 가문이, 나아가서는 내가 오니라는 사실은 이 이야기의 톱 시크릿이다.

사정을 모르는 요시다 씨가 말해버린다면 엄청난 사태가 벌어질 수도 있다. 이건 키키의 파인 플레이라고 해야겠지. 꽤나 착실해졌다.

"사장님도 말할 생각은 없었다는 것 같숨미다. 자기도 정체를 알리고 싶지 않다고 해쭙미다."

그렇다면, 역시 요시다 센지로 씨도 오니라는 얘기다. 어쩌면 우리가 굳이 도와주지 않았어도, 『악마 빙의자』 정도는 자기 힘으로 격퇴했을지도 모른다.

"자…… 그럼 먼저, 내 성이 코바야시가 아닌 부분부터 설명해볼까."

우리 맞은편에 앉은 요시다 씨가, 부드러운 말투로 이야기를 시작했다.

자세히 보니 얼굴이 아버지와 닮은 것도 같다. 전에 어디선가 만난 것 같은 기분이 드는 건 그것 때문이려나.

“대충 얘기하자면, 우리 아버지는 코바야시 키하치로로 같다. 다만 장남인 하쿠타로 형님하고 달리, 둘째인 나는 약간 복잡한 사정이 있지.”

“복잡한 사정이요?”

“형님과 나는 어머니가 달라. 한마디로 나는 『코바야시 타에』 씨의 자식이 아니라는 얘기지.”

코바야시 타에란 내 할머니 되시는 분이다.

즉 코바야시 키하치로의 아내이자 하쿠타로의 어머니. 참고로 할머니는 보통 사람이고, 할아버지보다 먼저 돌아가셨다.

“그럼 요시다 씨 어머니는…….”

“내 어머니는 『요시다 네네』라는 분이야. 이런 말 하긴 그렇지만, 코바야시 키하치로의 측실이었어.”

측실이라면…… 한마디로 첩이라는 건가? 우리 할아버지, 첩을 뒀던 거야? 그런 얼빠진 얼굴로? 그 틀니 가지고 캐스터네츠 놀이를 하던 양반이?

“뭐, 고등학생들한테 할 얘기는 아닌가. 하지만 코바야시 가문에서는 측실을 두는 게 특별한 일이 아니야. 오히려 당연한 일이지."

바로 류가와 유키미야가 몸을 앞으로 내밀고, 분개한 목소리로 외쳤다.

"그, 그런 건 안 돼요!"

"맞아요! 바람피우는 건 안 된다고요!"

……분명히 말해두는데, 이건 어디까지나 '우리 집안' 이야기다. 전국의 코바야시 가문에서는 그런 걸 장려하지 않습니다.

오니가 일부다처제인 이유는 나도 이미 알고 있다. 어머니가 '바람피우면 죽인다'라고 해서, 아버지한테는 다른 사람이 없다는 것 같지만. ……없겠지?

"측실의 자식으로 태어난 나는, 그대로 요시다를 성으로 사용하면서 살게 됐지. 햐쿠타로 형님이 나의 존재를 알게 된 건, 아버지가 돌아가시기 직전이었다는 것 같더라고."

무슨 그런 타이밍에 커밍아웃을 한 겁니까, 할아버지. 거의 도망가는 거잖아요.

"아버지가 돌아가신 뒤에, 바로 형님이 날 찾아오셨어. 나와 햐쿠타로 형님은 그때 처음 만났지. 계기가 아버지의 부고라는 건 참 얄궂은 이야기지만."

어쨌거나, 이걸로 이분이 코바야시가 아니라 요시다라는 성을 사용하는 이유를 알게 됐다.

우리 아버지도 자기한테 동생이 있다는 이야기를 듣고

서 아닌 밤중에 홍두깨 같은 기분이었겠지. 그리고 요시다 씨와 그 어머니께 씁쓸한 생각도 들었겠고.

정실부인 자식이 아니라는 이유만으로 아버지도 없이 살아야 했다니…… 정말 불쌍하고 부조리한 일이다.

"그 뒤로 형님이 계속 날 신경 써주셨지…… 하지만 어머니도 나도, 딱히 감정의 응어리는 없었어. 어머니도 전부 알고서 날 낳았다고 하셨고."

그래서 코바야시 키하치로의 유산도 물려받지 않았다고 하셨다. 왠지 죄송한 기분이 드네. 왜 나까지 이런 기분이 들어야 하는 건데.

……그때 룸서비스가 도착해서, 이야기는 잠깐 중단.

가져온 음료는 향이 아주 좋은 밀크티. 그리고 키키 혼자만 직접 짠 오렌지 주스였다. 제 것만 아주 확실하게 챙겼네.

호텔 직원분이 나가자, 요시다 씨가 이야기를 계속하셨다.

"그런데 이치로 군. 형님은 여전히 골동품 일을 하고 계시는가? 벌써 몇 년이나 햐쿠타로 형님을 못 만났거든."

"예. 지금도 외국에 계셔요. 어딘지는 모르겠지만."

"하하하. 그런 적당한 구석이 왠지 형님하고 닮았네. 형수님이 아마, 사츠키 씨라고 하셨지?"

그 말을 들은 류가가 '이치로네 어머니, 사츠키 씨라고 하시는구나'라고 중얼거렸다.

정확히 말하자면 열장 사츠키지만. 사자형 사도인 데다, 지금은 아기토네 맨션에 있지만.

"나도 자네 또래 아들이 있지만, 내가 이혼을 해서 말이야. 아들 친권을 그쪽에서 가져가서, 나는 함부로 만날 수도 없어…… 아, 이건 군이 말할 필요가 없는 얘긴가."

쓸쓸하다는 것처럼 슬며시 웃는 요시다 씨. 그렇다면 아드님은 고등학생인가.

이야기를 들어보니 아버지와 요시다 씨는 한 살 차이라고 했다. 결혼한 시기도 자식이 태어난 시기도 거의 우리 집이랑 비슷하다는 것 같고.

'나한테 사촌이 있었다니…… 언젠가 만나보고 싶네. 아니, 둘 다 오니라면 안 만나는 게 좋으려나? 아버지와 요시다 씨가 서로 연락을 안 하는 것도, 그런 이유 때문인지도 모르고.'

그런 생각을 하는 내 앞에서, 요시다 씨가 이야기를 마무리 지으려 했다.

"이래저래 우여곡절은 있었지만…… 지금은 이렇게, 변변찮은 연예 프로덕션 사장 일을 하고 있다. 몇 번이나 망할 뻔했었지만."

"…………."

"그래도 최근에는 경영 상황이 좋아. 그중에서도 역시 슌이 열심히 해준 게 제일 크지만. 너희들도 우리 업계에 관심이 있다면 언제든지 연락 부탁해."

다시 한번 권유했더니, 유키미야가 씁쓸하게 웃었다.

"그건 어렵겠지만…… 실은 이번에, 저희 계열사가 광고를 제작할 예정입니다. 이것도 인연이니까, 귀사에 연기자를 부탁드릴까 합니다."

"저, 정말로? 잘 부탁드리겠습니다! 우리 회사에는 쿠로야나기 슌 외에도 유망한 인자들이 많이 있으니까요!"

갑자기 비즈니스 이야기로 넘어가려고 한 그 순간.

팔짱을 낀 채로 뭔가를 생각하던 류가가 갑자기 요시다 사장님한테 물었다.

"저기, 이런 걸 여쭤봐도 되는지 모르겠지만…… 요시다 씨 아드님은 오메이 고등학교 학생인가요?"

주인공의 말을 듣고, 나도 그제야 생각이 났다. 유키미야도 앗, 하고는 손으로 입을 가렸고. 키키 혼자만 이야기에 질렸는지 벨베론 인형을 만지작대고 있었다.

그래. 도쿄에 있는 연예 사무소 사장님이 왜 현립 고등학교 축제 따위에 왔을까…… 그걸 의문점으로 생각해야 했었다.

그리고 예상대로, 요시다 씨는 고개를 끄덕였다. 약간 떨떠름하게.

"그래, 맞아. 어쩔 수 없는 이야기는 하지만, 아들도 날 만나주려고 하지 않아서 말이야…… 그래서 멀리서나마 조용히 보고 가려고 했었지."

이봐, 사촌. 왜 만나드리지 않는 건데. 좋은 아버지잖아. 하쿠타로랑 트레이드해버리고 싶을 정도거든.

"아쉽게도 못 찾아냈어. 하쿠보기주쿠에 있던 때는 몇 반인지도 알았지만, 오메이 고등학교로 전학한 뒤로는 몇 반이 됐는지를 몰랐거든."

——그 말을 듣고, 우리는 순식간에 경직돼버렸다.

잠깐만요 요시다 씨, 그쪽 아드님이…… 하쿠보기주쿠에서 전학 왔다고?

'내가 알고 있는 한, 그런 사람은 한 명밖에 없는데. 무엇보다 올해 들어서 우리 학교로 전학 온 학생 자체가 그 녀석 하나뿐이고.'

우리한테 묘하게 긴장된 분위기가 감도는 걸 알아차리고 요시다 씨가 고개를 갸웃거렸다.

"왜 그러지? 혹시 너희들, 내 아들이 누군지 짚이는 데가 있는 건가?"

그 질문을 듣고 류가가 쭈뼛쭈뼛 물었다.

"저기, 혹시 아드님 이름이…… 텐료인 아기토인가요?"

"역시 알고 있었구나. 그래, 지금은 엄마 성인 텐료인을 쓰고 있는 건가. 이거 참, 물어보길 잘했네."

깜짝 놀란 내 머릿속에 언젠가 바엘이 했던 독백이 떠올랐다.

——아기토가 조금씩 변하기 시작한 건, 초등학교 4학년 때쯤이었어.

——그 무렵, 아기토네 부모님이 이혼하고…… 어머니 성인 '텐료인'을 쓰게 됐지.

이럴 수가.

설마 아기토가 내 사촌이었다니! 친구 캐릭터와 마지막 보스가 친척이었다니!

"혹시 우리 아들을 알고 있으면 부디 사이좋게 지내줬으면 좋겠다."

저기요, 사이좋게 지내는 건 무리거든요! 완전히 원수 취급받고 있거든요! 더 말하자면 간판 배우 쿠로야나기 슌을 『악마 빙의자』로 만든 것도 그 녀석이거든요!

"예전에 베이스 기타를 했다고 들었거든. 그래서 축제 공연에 나오지 않을까 싶었는데…… 그랬다가 너희 『화이트 이글렛』을 보게 됐지."

죄송합니다! 그 녀석이 끼어들려고 했지만 제가 저지했어요! 이런 사정을 알았어도 역시 저지했겠지만!

"미안하지만 오늘 있었던 일, 아들한테는 비밀로 해주면 안 될까. 그 녀석한테는 정말로 아무 말도 안 했거든. 그러는 게 좋다고 생각하고 있으니까."

요시다 씨가 마지막에 한 말은 아무리 생각해도 나한테 한 말이었다.

'한마디로 아기토는 자기가 오니라는 걸 모른다는 얘긴가…….'

그제야 이해가 됐다. 그 녀석이 어째서 우수한 【마신】의 그릇이 될 수 있었는지. 그 녀석이 어째서, 유난히 전투력이 높은 건지.

그것은 코바야시 이치로와 마찬가지로, 텐료인 아기토도── 오니이기 때문이다.

그나저나 너, 원래는 요시다 아기토였냐.

대체 누가 보고 싶어 하는 거냐고, 요시다 VS 코바야시 따위를.

5

"──조금 전에, 자간과 이포스가 쓰러졌다."

황금 옥좌에 앉아 있는 소년이 그런 말을 중얼거렸다.

갑작스러운 왕의 한마디에 바엘은 한쪽 무릎을 꿇은 채로 고개만 들었다. 지금은 솔로몬, 텐료인 아기토를 알현 중…… 최근 며칠 동안의 사정을 보고하라는 이유로 불려 왔기 때문이다.

"자간과 이포스? 그건 인간계로 쳐들어갔던 사람들인가?"

"그래. 이제 남은 『악마 빙의자』는 열네 명. 이계와 인간계에 선전포고한 뒤로 아직 일주일도 안 지냈는데 말이야……."

"어쩔 수 없지. 아무래도, 상대가 상대니까."

바엘이 조용히 대답하기는 했지만, 마음속에서는 기뻐하고 있었다.

……코바야시 군한테 도와달라고 부탁한 게 역시나 정답이었어. 설마 이렇게까지 빠른 페이스로 『악마 빙의자』들을 해방해주다니.

이 전과에는 히노모리 류가 군도 크게 공헌해줬을 게 틀림없다. 두 번에 걸친 푸르카스와의 일대일 대결만 봐도, 히노모리 류가의 힘은 차원이 달랐으니까.

'거기에 비해서 나는 너무 못났어. 원래는 코바야시 군한테 조금이라도 유익한 정보를 보내줬어야 했는데…….'

기껏 아기토를 찾아왔으니까, 인간계로 보낸 『악마 빙의자』들의 정보를 들을 수는 없을까?

그렇게 생각한 바엘은 은근슬쩍 물어보기로 했다.

"아기토. 크레바스의 수비를 맡은 입장에서 확인해두고 싶어. 인간계에 쳐들어간 『악마 빙의자』가 몇 명이나 남았지? 그리고 그 멤버는?"

그랬더니 아기토 옆에 서 있던 긴 검은색 머리카락의 소녀가 바엘에게 차갑게 질책했다.

"쓸데없는 소리는 자제하세요, 바엘. 무엇보다 당신은, 그들이 크레바스를 통과할 때 어째서 그 자리에 없었나요? 직무 태만이 아닙니까?"

"화장실에 갔었어. 그 짧은 시간에 그들이 지나갔고."

"그리고 아까부터 솔로몬 님을 대하는 그 건방진 태도…… 아무리 72 악마의 필두라고 해도 분수에 맞게 행동하는 게 어떨까요."

"난 아기토와 소꿉친구다. 너보다 훨씬 오래 알고 지냈지. 이건 내 특권이야."

비꼬는 것처럼 말했더니 소녀의 얼굴이 분노의 기색으로 물들었다.

매끄러운 롱 헤어가 술렁술렁 꿈틀거리고, 사방의 벽에 있는 촛대의 불꽃까지 흔들거리기 시작했다.

이 소녀는 왕공 랭크의 파이몬.

하쿠보기주쿠 2학년이고 아기토와 바엘과 같은 반. 인간이었던 시절부터 아기토를 좋아했고, 지금은 그의 시중을 맡은 측근. 직설적이고 호전적인 성격이다.

"나보다 솔로몬 님과 친하다…… 그런 뜻이야?"

"그래. 미안하지만 아기토의 오른팔은 네가 아니라 나야."

"죽여줄까? 쿠로카와 코지."

"네가 할 수 있을까? 쿠로타니 사치에."

살기와 요기를 마구 뿌려대면서 다가오는 파이몬을, 바엘이 일어나서 대응했다

아기토 말에 의하면, 『악마 빙의자』는 『악마 빙의자』의 뿔을 부러트릴 수 없다고 했다. 그래서 코바야시 군 일행

한테 부탁한 건데…… 여기서 확인해두는 것도 나쁘지 않겠지.

그래서 일부러 도발해 봤다. 상대가 먼저 공격해온다면, 이건 형법 36조의 정당방위에 해당한다. 아기토한테도 변명거리가 되겠지.

"——너희들, 그만둬라. 이런 먼지투성이 방에서 날뛰지 말고."

하지만 바엘의 계획은 바로 수포가 되고 말았다.

무릎 위에 올려놓은 수첩을 탁, 하고 닫으면서 왕이 제지했기 때문에.

바로 파이몬이 발을 멈췄다. 그녀가 아기토의 명령에 거역할 리가 없다는 것은 바엘도 잘 알고 있다.

"전에도 말했을 텐데. 너희들의 뿔은 동료들끼리 부러트릴 수 없다. 그리고 더 나아가서, 나조차도 불가능한 일이다. 솔로몬의 힘이 깃들어 있는 한은."

"아기토도 부러트릴 수 없다고……?"

"그래. 불을 불로 끄는 건 불가능하다는 얘기다."

솔로몬이 행사하는 힘은 게임으로 표현하자면 '어둠 속성 마법'에 해당하는 것.

분명히 어둠 마법으로 언데드나 악마를 쓰러트릴 수는 없다. 그의 능력은 어디까지나 악마의 소환, 사역. 그것을 가능하게 하는 것이 왼손 손등에 새겨진 문장이다.

'어디까지나 악마…… 내가, 그런 걸 생각하지 못했다니.'

조용히 반성하고 있는 바엘 앞에서, 파이몬이 얌전한 말투로 아기토에게 말했다.

"걱정하실 것 없습니다. 조금 혼을 내줘서 자기 주제를 알게 해주려는 것뿐입니다."

"같은 말을 두 번 말하게 하지 마라. 난 그만두라고 했다, 파이몬."

"예, 예에……."

"같은 편끼리 싸워서 『악마 빙의자』가 줄어든다면——나도 고생할 이유가 없지."

아기토가 마지막에 중얼거린 말을 듣고, 바엘은 큰 위화감에 사로잡혔다.

"아기토. 지금 그게 무슨 말이지? 마치 『악마 빙의자』가 줄어드는 걸 반기는 것처럼 들렸는데?"

"네가 신경 쓸 일은 아니다. 바엘은 계속해서 크레바스 수비를 맡아라. 푸르카스의 고삐를 꼭 잡고 있어야 한다. 그건 그냥 내버려 두면 무슨 짓을 저지를지 모르니까."

쌀쌀맞은 말로 질문을 일축해버리고, 아기토는 옥좌에서 일어났다.

그대로 방에서 나가는 아기토를 파이몬이 서둘러서 쫓아갔다. 그러면서도 살벌한 눈빛으로 바엘을 노려보는 건 잊지 않았다. 정말 귀여운 구석이라고는 찾아볼 수 없는 소녀다.

'눈빛은 물론이고 성격까지 저 모양이니…… 정말 감당하기 힘들다니까.'

차밍한 미온과는 그야말로 하늘과 땅 차이다.

역시 여자는 애교가 있는 게 제일이다. 미온 양은 인사를 하면 아주 생글생글 웃으면서 대답해줬다. 한 손에는 스마트폰을 들고서.

'바엘이라고 했나? 여러모로 힘들겠지만 힘내'—— 활짝 핀 꽃처럼 웃어 보이는 사이드 테일 머리의 미소녀를 보고 자기도 모르게 가슴이 방망이질 쳤었다.

'또 맨션에 와주지 않을까. 사츠키 씨, 바츠와나 씨랑 『악마 빙의자』 역할을 교대해주면 안 될까…… 그러면 정말 최고일 텐데.'

그런 생각을 하면서.

결국은 아무런 정보도 얻지 못한 채, 바엘은 인간계로 돌아왔다.

6

시간이 오후 7시쯤 됐을 무렵.

요시다 씨와 헤어진 우리는 호텔에서 도보로 2분 정도 걸리는 역 앞에 와 있었다. 7시에 여기서 엘미라 & 시즈마와 합류해서 키키를 맡기기로 약속했기 때문이다.

"텐료인 아기토가 코바야시 이치로의 사촌이라고요?"

"설마 코바야시 집안에 분가가 있었을 줄이야……."

요시다 씨와 있었던 일을 전부 보고했더니 흡혈과 모자는 황당하다는 표정을 지었다. 코바야시 집안이 오니 일족이라는 사실을 알고 있는 시즈마는 유난히 충격을 받았고.

차가운 바람이 불어오는 광장에서, 우리는 잠시 멍하니 서 있었다.

……물론 나도 아직 동요한 마음이 진정된 건 아니다. 하지만 내가 오니라는 사실을 알게 됐던 때와 비교하면 그렇게까지 절망적인 심경은 아니다.

'이젠 어쩔 수 없어…… 뭐 완전히 받아들인 건 아니지만, 아무리 한숨을 쉬어봤자 아기토가 친척이라는 사실을 없는 일로 만들 수는 없으니까.'

그렇다면 받아들이고 앞으로 나아가는 수밖에 없다.

아기토는 자신이 오니라는 것도, 내가 사촌이라는 것도, 아무것도 모른다. 그렇다면 이건 그렇게까지 중요한 설정이 아니다. 내버려 둬도 이야기에 지장은 없겠지.

문득 정신을 차려보니 다른 사람들이 날 주목하고 있었다. 걱정하는 눈빛으로.

"이치로, 괜찮은 거야? 역시 충격받았겠지……."

"이럴 때, 무슨 말을 해드려야 좋을지…… 그런 것도 모르는 저 자신이 너무 한심해요."

"코바야시 이치로의 복잡한 심경, 이해해요."

"시쥬마, 빅뉴스임미다. 그건 바로, 내년 봄에 『극장판 스펙터클 맨, 역대 괴수 대집합』이 개봉 된담미다."

"누님. 지금은 아버님 걱정부터 하는 게 어떨까요."

제각기 발언하고 있는 사람들에게, 나는 최대한 밝은 목소리로 대답했다.

"너무 심각하게 생각하지 마. 지금 와서 친척이라는 걸 알게 됐다고 해서, 나와 아기토의 관계가 달라지는 건 아니니까."

"…………."

"그 녀석은 날 적으로 여기고 있고, 나도 그 녀석이 적이라고 생각해. 가끔 친척들이 모이면 전혀 모르는 사람이 있기도 하잖아? 나한테 아기토는 그런 사람만도 못한 존재야."

그러니까 류가는 사양하지 말고 아기토를 쓰러트려 줬으면 싶다.

솔직히 말하자면, 난 아기토한테 아주 조금 화가 나 있다. 요시다 씨의 말에 의하면, 이혼한 전 부인── 즉 아기토의 어머니는 보통 인간이라고 했다.

한마디로 아기토는 부모님 중에 한 분은 인간이다. 그에 비해 나는 어머니가 사도다.

그 녀석은 조금이나마 인간 요소가 들어 있지만, 난 완전히 인간이 아니다. 그게 너무나 부럽고 샘이 났다.

'게다가 어머님네 친정, 엄청난 부자라는 것 같고…… 아버지도 트레이드하고 싶지만, 어머니도 트레이드하고 싶거든. 응? 그렇게 되면 트레이드한 다음에 태어나는 건 결국 나잖아?'

사고의 패러독스에 빠져 있는데.

내 얼굴을 빤히 쳐다보던 류가가, 큰 결심을 했다는 것처럼 말했다.

"이치로. 이번 『솔로몬과 72마리 악마들』과의 싸움…… 이치로는 빠져주면 안 될까?"

"뭐?"

생각지도 못한 전력 외 통보에 나는 입을 반쯤 벌리고 멍한 표정을 지었다.

"이치로와 텐료인이 혈연관계라는 걸 알게 된 이상, 나는 두 사람이 싸우지 않았으면 싶어. 앞으로는 『악마 빙의자』에 대해서도, 어지간한 긴급사태가 아닌 한 배틀은 피해줬으면 싶고."

류가의 주장에 유키미야과 엘미라도 고개를 끄덕였다.

"맞아요. 『악마 빙의자』도 많이 쓰러트렸으니까, 이제 코바야시 씨가 나설 필요는 없을지도 몰라요. 저희와 『나락의 사도』만으로도 충분히 대응할 수 있을 것 같아요."

"다음 주부터 기말고사니까, 코바야시 이치로는 공부에

집중하세요. 보충수업을 들을 위험이 있는 건 당신 하나뿐이니까."

……그래도 돼? 나, 일상 파트 전문으로 돌아가도 되는 거야?

이건 생각지도 못했던 행운이다. 설마 아기토와 친척이라는 사실이 이런 형태로 요행을 불러오게 될 줄이야!

"정말, 날 정리해고 시켜주는 거야……?"

떨리는 목소리로 물었더니, 류가가 상쾌한 미소를 지으면서 고개를 끄덕였다.

"그래. 정리해고됐다고 좋아하는 사람은 처음 보지만."

주인공한테 직접 허가를 받고, 나는 마음속에서 승리 포즈를 했다. 오늘 저녁이야말로 축하의 스키야키를 먹어야 하는 건데.

물론 나한테는 스토리 플래너라는 일이 남아 있다. 그쪽도 중요한 역할이지만, 앞으로는 그 스태프 업무에 전념할 수 있다는 뜻이다.

앞으로는 직접 무대에 나설 필요가 없다면, 나한테 추가된 설정 따위는 없는 일이나 마찬가지.

오니가 됐건, 아기토의 사촌이 됐건, 궁기를 깃들였건, 어머니가 사자 사도건, 그런 것들은 전부 설정자료집에나 나오는 토막 지식에 불과한 일이 된다!

"좋았어…… 제2기에 와서, 겨우 친구 캐릭터로 회귀할 수 있게 됐다…….”

“이치로 남작, 콩그래튤레이션임미다.”

에조 늑대 꼬마가 내민 손을, 힘차게 맞잡았다.

“고마워! 고마워! 나, 평범한 남자애로 돌아갈게! 앞으로는 유쾌한 까불이로서 혼자 알아서 야단법석을 떨게!”

“지금까지랑 뭐가 다르다는 건가요?”

엘미라의 그런 말조차 지금의 나한테는 축사처럼 들렸다.

그만큼 들떠 있었다.

그대로 역 앞에서 해산하기로 해서 엘미라한테 키키를 맡긴 뒤에, 나는 깡충깡충 뛰면서 집까지 돌아왔다. 메인 스토리에서 빠지게 됐다는 기쁨 때문에 계속 하이 텐션이었다.

“다녀왔습니다~! 안녕 미온! 오늘도 차밍하네!”

“어서 와~♪ 뭐야, 갑자기 웬일이래.”

현관에서 맞이해준 미온도 엄청나게 기분이 좋았다. 스마트폰을 손에 넣은 것 때문에 아직도 기뻐하고 있는 것 같다.

“자, 케이크 사 왔어! 폴짝폴짝 뛰면서 온 탓에 엉망이 돼버렸지만!”

“우후후, 정말 덜렁이라니까. 기념 삼아 스마트폰으로 사진 찍어둬야지!”

미온을 공주님 안기로 들고 거실에 들어갔더니, 저녁 준비가 다 돼 있었다. 오늘 저녁은 크림 스튜인가.

"오, 맛있어 보이는데! 미온 남편 될 사람은 정말 행복하겠다!"

"뭐야, 그게 대체 누군데? 스마트폰으로 검색해봐야지."

서로 볼을 콕콕 찔러대고 있는 우리를 탁자 앞에 앉아서 차가운 눈으로 쳐다보고 있는 주리와 도철. 궁기도 발밑에 나타나서 똑같은 눈으로 우리를 바라보고 있었다.

"이 바보 부부를 어떻게 할까요."

"그냥 놔두면 되지 않겠어?"

"그보다 말이야, 빨리 밥 먹자. 배고파 죽겠어."

오늘 저녁 식사는 이 다섯 명뿐이다. 나, 미온, 주리, 궁기, 도철까지 다섯 명.

혼돈은 어젯밤에 이계로 부임했다.

키키와 시즈마는 내일까지 엘미라네 집에서 신세 질 예정이고.

어머니와 바츠와나 영감님은 여전히 아기토네 맨션. 어머니는 내일부터 이틀에 한 번은 집에 온다는 것 같다.

"자, 다들 먹으면서 들어줘."

식사가 시작되자, 바로 오늘 있었던 일을 이야기했다. 공원에서 있었던 일부터 순서대로.

그 사실을 듣고서 예상대로 깜짝 놀라는 반응을 보여주

는 백로 사도, 킹코브라 사도, 나와 똑같이 생긴【마신】.

하얀 여우만 아무런 반응도 없이 크림 스튜를 할짝할짝 먹고 있었다. 아무래도 내 안에서 요시다 씨와 나눴던 이야기를 들었던 것 같다.

"텐료인 아기토가 이치로 군의 친척이었구나……."

"그런 이유로 이치로 님은 이번 일에서 면제됐고……."

"게다가 내년 봄에 극장판을 개봉한다니……."

그런 코멘트를 늘어놓는 세 명에게, 스튜를 먹으면서 고개를 끄덕여 보였다.

"뭐, 결과적으로는 좋은 방향으로 흘러갔다고 생각해. 당분간은 류가네가 『악마 빙의자』들을 쓰러트리는 전개가 계속 이어지겠지."

너무 빨리 돌아가는 것 같으니까, 가능하다면 페이스를 좀 늦춰줬으면 싶은데 말이야. 그리고 『악마 빙의자』들이 류가를 우선해서 싸워줬으면 좋겠고.

한바탕 정보를 공유했을 때, 미온과 주리가 다시 한번 확인했다.

"우리는 지금까지처럼 시간이 나면 『악마 빙의자』를 수색하면 되는 거지?"

"발견하면 쓰러트려도 되나요?"

"아니. 앞으로는 기본적으로 류가네한테 연락만 해줘. 전투를 피할 수 없는 상황이라면 어쩔 수 없겠지만, 그래도 코미디 상황이 벌어지는 일만은 피하고."

"배틀이 코미디가 될 리가 없잖아."

"하지만 이 이야기에서는 그런 일이 벌어지더라니까. 솔직히 야구 대결을 했던 사람이 할 말이냐고."

그렇게 지적했더니 백로 소녀가 '에헷' 소리를 내면서 자기 머리를 톡, 하고 때렸다. 너, 그런 리액션을 하는 타입이 아니잖아…….

아직도 스마트폰 때문에 신이 나 있는 것 같다.

저녁 식사를 마친 뒤.

목욕하고 내 방으로 들어온 나는, 바엘한테 전화를 걸기로 했다. 욕조에 몸을 담근 채로 생각한 결과, 역시 바엘한테도 오늘 있었던 일을 말해야겠다고 결정했다.

동지인 바엘과는 최대한 정보를 주고받고 싶다. 결국 궁기에 대해서도 말하지 않은 것 같으니까, 입이 무겁고 믿을 수 있는 악마다.

『——맞아, 아기토는 초등학교 4학년 때까지 요시다 아기토였어.』

내 커밍아웃을 듣고, 바엘도 경악했다.

하지만 금세 진정이 돼서, 자기가 알고 있는 추가 정보들을 가르쳐줬다.

『부모님이 이혼하면서 아기토를 어머니가 데려갔어. 어

머니는 아마노가와 부동산이라는 큰 회사의 외동딸이거든. 아기토가 맨션의 건물주인 것도 그런 이유 때문이야.』

"아버지가 연예 사무소를 하고 있다는 걸, 아기토도 알고 있어?"

『당연히 알고 있지. 아기토네 부모님이 이혼한 것도, 그것 때문에 싸운 탓이니까.』

듣자 하니 요시다 센지로 씨는 원래 그런 업계에서 일했다는 것 같다. 결혼하면서 잠시나마 그쪽 길을 포기했었지만, 결국 꿈을 완전히 버리지 못했다는 것 같다.

아마노가와 부동산이라면 나도 들어본 적이 있는 큰 회사다. 가만히 있었다면 데릴사위로서 다음 사장 자리가 약속돼 있었다는 것 같다.

『그 시절에 부모님이 매일같이 싸웠다는 것 같은데, 아직 어렸던 아기토는 매우 힘들었을 거야. 언젠가 전부 정리가 되면, 그 녀석한테 다시 한번 아버지 이야기를 해줬으면 싶어.』

"넌 정말 모범적인 친구 캐릭터구나……."

감탄하는 내 말을 들었는지 아닌지, 바엘이 '아, 그렇지'라는 말로 화제를 바꿔버렸다.

『사실은 오늘, 아기토한테 상황 보고를 하러 갔었는데……한 가지 마음에 걸리는 일이 있었어. 어쩌면 아기토는 72 악마가 쓰러지는 걸 바라고 있는 게 아닐까? 하고.』

"그, 그게 무슨 소리야?"

『확실한 증거가 있는 건 아니야. 하지만 생각해보면, 부하들이 이렇게 잔뜩 쓰러졌는데도 전혀 손을 쓰지 않는다는 게…… 조금 이상하다고 생각해.』

듣고 보니 분명히 그렇다.

이제 『악마 빙의자』는 겨우 14명밖에 안 남았다. 이런 상황에서도 계속 지켜보기만 하는 이유는 대체 뭘까? 그 녀석한테는 뭔가…… 다른 목적이 있는 걸까?

"뭐, 그건 일단 미뤄두자고. 어차피 모든 『악마 빙의자』를 해방하는 게 필수 미션이고, 너하고 한 약속이니까. 그러고 보니까 바엘, 쿠로가메는 어떻게 지내고 있어?"

『히노모리 군 일행이 오질 않아서 따분해하고 있어. 오늘은 사츠키 씨와 바츠와나 씨가 대련을 해줘서, 어떻게든 스트레스를 풀어줬고.』

푸르가메 양과 대련이라니, 어머니와 영감님도 정말 대단하네. 거북이를 돌봐주는 것만으로도 맨션에 파견한 보람이 있다.

『하지만 둘이 같이 덤볐는데도 밀렸어. 지금의 푸르카스는 완전히 전투 중독이야.』

알코올 중독도 아니고 배틀 중독인가……. 정 안 되면 도철을 파견해야 할 수도 있겠다. 그 녀석이라면 푸르가메 양을 만족하게 해주겠지.

그런 생각을 하고 있는데, 갑자기 통화 상대의 목소리가 바뀌었다.

『아, 여보세요 이치로? 바엘 군한테 잠깐 바꿔 달라고 했어.』

어머니였다. 옆에서 바엘과 나눈 이야기를 듣고 있었던 것 같다.

"엄마야? 저기, 엄마는 알고 있었어? 아버지한테 동생이 있다는 얘기."

『그것 때문에 바꿔 달라고 한 거야. 솔로몬이라고 하는 그 애가, 센지로 씨네 아들이라면서? 나도 꿈에도 생각 못 했다니까.』

역시 어머니는 요시다 씨를 알고 있었다.

하지만 알고 있는 건 그것뿐이고, 요시다 씨가 이혼했다는 사실이나 아들이 있다는 얘기는 처음 들었다는 것 같다. 하쿠타로 씨도 거의 말하지 않았으니까——라면서.

『말 안 해서 미안해. 센지로 씨는 아무 상관 없을 줄 알았거든……. 지금은 인간으로서 살고 있는데, 폐를 끼치면 안 될 것 같아서.』

"그 얘기는 이제 됐어, 신세도 졌으니까. 그런데, 바츠와나 영감님한테서 무슨 정보는 없고? 정찰하러 갔다고 들었는데."

검은 파리 사도인 음장 바츠와나는, 말 그대로 파리로

모습을 바꿀 수 있다. 그 능력을 살려서, 크레바스를 통해서 적의 본거지인 버려진 성채에 잠입할 계획이었다.

『세 번 정도 갔다 왔는데, 특별한 수확은 없었던 것 같아. 버려진 성채에 있는 건 솔로몬과 측근으로 보이는 여자애뿐이라는 것 같고.』

측근. 그건 아마 왕공 랭크의 파이몬인가 하는 『악마 빙의자』겠지.

전에 바엘한테 들은 적이 있다. 본명은 쿠로타니 사치에. 아기토한테 완전히 반해 있는 스토커 기질이 있는 소녀라던가. 참고로 하쿠보기주쿠 이사장의 손녀라고 했다.

앞으로는 '파이타니 양'이라고 불러야지. 갑자기 파이가 먹고 싶다.

『아직 성채 안에서 레이다를 발견하지 못했다는 것 같아.』

"그렇구나……."

『그리고 측근 여자애가 사흘에 한 번은 목욕한다나 봐. 지하에 있는 샘에서.』

"알 게 뭐야!"

『팬티는 의외로 빨간색이라나.』

"그게 왜 의외인지도 모르겠거든! 파이타니 양 정보는 이제 됐으니까!"

『잘 때는 알몸으로 잔다나 봐. 꼭지에 앉을 기회를 잡기가 쉽지 않다더라고. 하지만 반드시 임무를 달성할 테니까,

날 믿고 기다려다오……라던데.』

"그런 임무는 내린 적 없어! 스토커를 스토킹하는 짓은 그만두라고!"

소리를 질러대는 내 옆에서는, 도철과 궁기가 카드 게임을 하면서 놀고 있었다.

속 편하게 듀얼을 즐기고 있는 【마신】 놈들이 얄밉다고 생각하면서.

나는 파리 할배를 정찰 임무에서 빼버리기로 했다.

제4장 레이다 탈환 맞선

1

코바야시 이치로와 텐료인 아기토가 사실은 사촌 관계였다――.

그 충격적인 사실 덕분에, 다행히도 나는 『솔로몬과 72마리 악마』와 관련된 모든 안건에서 빠져도 된다는 허가를 받았다. 그것도 주인공 히노모리 류가 본인의 의향으로.

'이건 나한테 주어진 마지막 기회라고 할 수 있어. 여기서 친구 캐릭터로 돌아가지 못한다면, 난 여기까지가 한계라는 뜻이야.'

돌이켜보면 운세가 돌아올 조짐이 있었다.

어제도 배틀에는 참가하지 않고 요시다 씨를 감싸는 포지션을 차지할 수 있었다. 거기다가 자가야나기와 이포야마를 진지하게 쓰러트리기까지 했다면 더할 나위 없는 전개였을 텐데.

'그런 형태라면, 조금쯤은 메인파트에 관여해도…… 아냐, 잠깐! 까불지 마, 코바야시 이치로! 그 방심 때문에 큰일이 난다는 걸 아직도 이해하지 못한 거야?!'

지금의 나한테는 출연진들한테 관여할 틈이 없다. 스토리 플래너로서 해야 할 일이 산더미처럼 쌓여 있으니까.

가장 중요한 과제는 크게 세 개.

하나. 레이다를 발견하는 것.

하나. 쿠로가메를 탈환하는 것.

하나. 류가가 활약하게 하는 것.

그 과제를 클리어한 뒤에 최종적으로 마지막 보스인 아기토를 쓰러트리면——『72마리 악마 편』이 확실하게 성립하겠지.

'더 조심할 점이라면, 이야기 진행을 최대한 늦춰야 한다는 정도겠지. 아무래도 세컨드 시즌이 시작된 지 아직 일주일도 안 됐으니까…….'

그런 생각을 하는 사이에 방과 후가 됐다.

오늘은 금요일. 다음 주부터는 기말고사가 있다. 순찰에서 면제된 덕분에 자유로운 몸이 되기는 했는데…… 오늘은 예정이 하나 잡혀 있다.

"——여, 이치로 군. 어제는 고마웠어."

하교해서 바로 역 앞으로 갔더니, 이미 요시다 센지로 씨가 기다리고 있었다.

요시다 씨는 오늘 도쿄로 돌아간다는 것 같다. 그래서 마지막으로 인사를 해두기로 했다. 그리고 덤이기는 하지만 두 가지 정도 용건도 있고.

"안녕하세요, 요시다 씨. 쿠로야나기 씨는 좀 어떤가요?"

"어젯밤에 정신을 차렸어. 검사 결과에도 아무 이상 없고. 벌써 퇴원해서 먼저 도쿄로 돌아갔다. 『스펙터클 맨』 촬영도 많이 긍정적으로 생각하게 됐고."

기뻐하면서 그렇게 말하고, 요시다 씨가 나한테 사인지를 두 장 건네줬다.

그것은 쿠로야나기 슌의 사인이었다. 용건 중 하나는 이걸 받는 것이다.

자세히 보니 한 장에는 '히노모리 류가 군에게', 나머지 한 장에는 '키키에게'라고 적혀 있었다. 키키 것까지 적어주다니, 정말 미안하네. 그 녀석은 하야테 대원을 싫어하는데.

"어려운 부탁을 드려서 죄송합니다. 키키가 누군지 기억도 못 할 텐데."

"아니, 후반에 들었던 설교는 기억하고 있었어. 키키는 스펙터클 맨의 은인이야."

그렇구나. 정신을 잃기 직전의 그 짧은 대화만은 기억에 남아 있었다. 그때 쿠로야나기 슌은 이미 뿔이 부러져서 『악마 빙의자』가 아니게 돼 있었으니까.

그렇게 받아들이고, 나머지 용건을 처리하기로 했다.

"요시다 씨. 사실은 어제 깜박하고 말씀드리지 못한 게 있었어요."

"그게 뭐지?"

"사실 아기토 군은…… 이젠 오메이 고등학교에 안 다녀요. 다시 하쿠보기주쿠로 돌아갔어요."

그 말을 들은 요시다 씨가 눈이 휘둥그레지면서 "뭐?"라고 말했다. 역시 몰랐구나.

"그, 그랬어? 그 녀석도 정말 이해할 수 없다니까…… 대체 무슨 생각이야."

동감입니다. 그 녀석만큼 생각을 읽을 수 없는 사람도 없어요.

……그 뒤로 5분 정도 시시한 이야기를 한 뒤에, 요시다 씨가 개찰구로 들어갔다. "나중에 다시 한번, 어제 있었던 일에 대해 답례를 할게"라는 말을 남겼다. 의리 있는 사장님이네.

'자. 그럼 돌아가서 열심히 시험공부라도 할까.'

솔직히 이번에는 어머니가 와 있다. 시험 결과를 리얼타임으로 들키게 된다는 뜻이다. 낙제점을 받기라도 하면 인법 : 사자 변화를 써서 날 때릴 게 틀림없어.

이번에는 어쩔 수 없이 열심히 해야 하나……라고 포기하려던 순간, 갑자기 좋은 생각이 났다.

'아냐…… 역시 난, 오히려 낙제점을 받아야 하는 게 아닐까? 아무리 어머니한테 얻어맞게 된다고 하더라고.'

그렇게 되면 겨울방학 때 보충수업을 받게 되고, 크리스마스에 예정을 잡을 수 없게 된다. 아오가사키 선배네 집에 가서 고추를 쓰담쓰담 받을 일도 없어진다.

좋았어, 집에 가서 공부는 때려치우고 게임이나 하자…….

"아, 이치로. 뭐 하는 거야, 이런 데서."

"바로 집에 돌아가세요. 그러다 낙제점 받으면 어쩔 건가요?"

어제와 거의 똑같은 장소에서 류가, 엘미라와 마주쳤다. 오늘은 이 두 사람이 팀을 짠 것 같다.

"안녕 류가, 엘미라. 지금 요시다 씨를 배웅하고 오는 길이야. 일단은 내 삼촌이니까."

그렇게 말하고, 쿠로야나기 슌의 사인을 류가에게 바쳤다.

"아, 받아줬구나! 고마워 이치로!"

바로 눈을 반짝거리면서 류가가 흐뭇한 얼굴로 사인지를 가방에 집어넣었다. '내 사인도 해줄까?'라고 물었더니, '아냐 괜찮아'라고 말했다. 뭐가 괜찮다는 건데.

"류가는 여전히 잘생긴 남자 연예인을 좋아하는군요. ……남자 주제에."

"아냐. 이건 쿄카 주려고 받은 거야."

"아주 당당하게 『히노모리 류가 군에게』라고 적혀 있던데요."

"그, 그렇지. 기껏 이치로랑 만났으니까, 잠깐 쉬자. 공원도 바로 요 앞이니까."

추궁하는 말을 억지로 뿌리치고 타박타박 걸어가는 주

인공.

엘미라도 어쩔 수 없이 그 뒤를 따라갔다. '류가와 쿠로야나기 슌…… 누가 수려나' 같은 소리를 중얼거리면서.

'또 그 공원인가. 어제 그랬다고 오늘도 적과 조우하는 일은 없겠지만…….'

약간의 걱정을 가슴에 품은 채 셋이서 공원에 들어섰더니 어제와 달리, 공원 안에 열 명 정도의 아이들이 모여 있었다. 이제 막 오후 다섯 시가 지났고, 해도 저물지 않아서 그런 걸까.

아무래도 아이들은 카드 게임을 하는 것 같았다.

그러고 보니까 어젯밤에 도철이랑 궁기도 했었지. '필살 콤보 조건이 갖춰지질 않네'라느니 '텟짱은 너무 한방 역전만 노린다니까'라느니……라는 소리를 떠올리고 있는데.

'아, 『듀얼왕』 하고 있다!'

머릿속에서 톤이 높은 목소리가 울렸다. 말할 필요도 없이 궁기였다.

……『듀얼왕』이란, 어린아이들에게 큰 인기를 누리고 있는 카드 게임이다.

공격력, 방어력, 특수 능력이 설정된 카드를 구사해서 친구와 대전하는 게임이다. 플레이에 사용할 카드 20장을 미리 준비해둬야 하는데, 그걸 「덱」이라고 한다.

'깨어 있었냐, 궁기. 텟짱은 아직 자고 있어?'

내선 통화로 말을 걸었더니, 어째선지 궁기가 '뭐?'라고 대답했다.

'코바야시 소년, 몰랐어? 텟짱은 아침부터 밖에 나갔는데.'

'또?! 이번에는 대체 어딜 간 거야!'

'어디긴, 바로 저기 있잖아.'

궁기의 말을 듣고, 나는 깜짝 놀랐다.

전방에 있는 아이들은 긴 직사각형 벤치를 빙 둘러싸고 있었다. 그 중심에서 마주 보고 앉아 있는 사람은…… 고등학생으로 보이는 학생 두 명.

그 두 사람을 자세히 주시한 뒤에, 가벼운 현기증이 찾아왔다.

'아아, 이럴 수가…….'

——한 사람은, 오메이 고등학교 교복을 입은, 나와 똑같이 생긴 특징 없는 소년.

——한 사람은, 하쿠보기주쿠 교복을 입은, 이마에 뿔이 하나 자라나 있는 소년.

그건 두말할 필요도 없이 도철과 『악마 빙의자』였다. 또 이 공원에 적이 나타난 걸로 모자라서, 둘이 『듀얼왕』을 시작하려 하고 있다. 완전히 코미디 흐름이다.

"저기 이치로, 저거 혹시……."

"혹시고 자시고 【마신】 도철이군요."

류가와 엘미라가 내 양옆에서 중얼거렸다. 당연히 두 사람도 곤혹스러워하고 있었다.

어쨌거나 이 상황을 그냥 넘어갈 수는 없다. 나는 바로 가방에서 모자와 선글라스와 마스크를 꺼냈고, 바로 정체를 감췄다.

내가 두 사람 있으면 곤란하니까. 불의의 사태에 대비해서 항상 변장 용품을 가지고 다니고 있다.

"너희들, 멈춰! 일단 그 무기(덱)를 치워!"

바로 그렇게 말하며 두 사람을 향해서 걸어갔다. 어쩌지? 어디부터 딴죽을 걸어야 하는 거지?!

"아, 나리. 그리고 류가땅!"

우리를 알아본 도철이 아무렇지도 않게 한 손을 들어 보이면서 인사했다.

한편, 『악마 빙의자』도 대체 뭐냐는 눈빛으로 날 쳐다봤다. 유난히 두꺼운 검은 테 안경을 쓴, 한눈에 봐도 공부를 잘할 것 같은 빼빼 마른 남학생이었다.

전투는 고사하고 운동 자체를 못 할 것처럼 생겼다. 피부색은 하얗고 비쩍 마른 체형은, 그 뚱땡이 이포야마와 대조적이라고도 할 수 있다. 그 녀석이랑 콤비로 나타났으면 재미있었을 텐데.

"이치로, 아이들을 피난시켜줘. 『악마 빙의자』하고는 관여하지 않아도 되니까."

날 말리고, 내 앞으로 나서서 적을 막아주려고 하는 류가.

하지만 상대는 벤치에서 일어나지도 않고 주인공을 의연하게 관찰했다. 마치 품평이라도 하는 것처럼 빤히 쳐다보면서.

"……류가라면, '그' 히노모리 류가인가?"

"『그』가 뭔지는 모르겠지만, 어쨌거나 내가 히노모리 류가야."

『악마 빙의자』의 무례한 질문에, 류가가 그렇게 대답했다. 두 사람 사이에 엄청나게 긴장된 분위기가 감도는 게 느껴졌다.

이대로 류가와 배틀을 하는 방향으로 굴러가 준다면, 나로서는 최고의 전개다. 상대가 약간 약해 보이는 게 마음에 걸리기는 하지만.

"그렇군. 솔로몬 님은 널 발견하면 데려오라고 지시하셨다. 여기서 만난 건 행운이지만…… 조금 난처하군."

"난처해? 대체 뭐가."

눈살을 찌푸린 류가에게, 『악마 빙의자』가 냉소적인 미소를 지어 보였다. 그리고는 손에 들고 있는 카드 덱을 마치 마패라도 되는 양 앞으로 내밀었다.

"보다시피, 지금부터 듀얼을 하려는 참이거든. 너는 그 다음에 상대해주겠다."

"잠깐만! 류가를 기다리게 해놓고 게임을 하겠다는 거야?"

나도 모르게 『악마 빙의자』에게 말을 걸고 말았다. 그래선 안 된다는 걸 알고는 있지만, 지금 그 대사는 그냥 넘어갈 수가 없었다. 잠깐 얘기하는 정도라면 괜찮겠지.

"이 상황에서 듀얼을 우선하지 말라고! 똑바로 일하란 말이야!"

"그렇지 않으면 『악마 빙의자』가 된 의미가 없다. 일단 자기소개는 해두겠다. 나는 왕공 랭크의 벨리알── 본명은 쿠로사와 미키히사라고 한다."

벨리알 쿠로사와. 바엘이 가르쳐준, 정체를 아는 『악마 빙의자』 중의 한 명이다. 은근히 유명했지, 아마.

"내 갈망은 공부의 억압에서 해방되는 것이다. 알다시피 하쿠보기주쿠는 엄청난 입시 명문 학교다…… 특히 3학년이 되면, 공부 때문에 숨이 막힐 지경이지."

72 악마들은 어째서 이렇게 자기 본명과 갈망을 술술 말해주는 걸까. 뭐, 적 캐릭터로서는 모범적이지만.

그때 엘미라가 앞으로 나서서 류가 옆에 서더니, 질렸다는 표정으로 『악마 빙의자』를 내려다봤다.

"벨리알, 쿠로사와 미키히사…… 귀찮으니까 『벨리사와 씨』라고 부르겠어요."

별명을 짓는 방법이 나랑 똑같았다. 인간이 아닌 존재들은 센스가 비슷한 건지도 모르겠네.

"놀고 싶다면 제가 상대해드리겠어요. 거기 있는 유사품 코바야시 따위보다 훨씬 즐겁게 해드리지요."

"호오, 네가? 일단 물어보겠는데, 『듀얼왕』은 해본 경험이 있나?"

"왜 하필 카드 게임인가요?!"

"난 이 『듀얼왕』에 관해서는 상당한 실력자다. 전국대회 8강까지 올라간 적도 있지. 오늘 여기에 온 것도, 그저 듀얼을 하기 위해서다."

완전히 질려버린 뱀파이어 소녀 따위는 신경도 쓰지 않고, 벨리사와가 뜨거운 목소리로 말했다.

"여기서 약자 놈들이 『듀얼왕』을 한다는 이야기를 듣고, 해치워주러 왔다. 오메이쵸 최강의 듀얼리스트로서!"

애들 상대로 정말 어른스럽지 못하게…… 이딴 놈이 벨리알이라니, 인선을 잘못하는 것도 정도가 있지.

그런 벨리사와에게, 도철이 '네 상대는 나다!'라고 소리쳤다. 벤치에 걸터앉아 질 수 없다는 것처럼 카드 덱을 마패처럼 내밀었다.

"안심하십쇼, 나리! 류가땅이 보는 앞에서 이놈을 해치워 보이겠습니다!"

그러니까, 벨리사와처럼 아이들이랑 대전하러 왔던 도철이 승부를 받아들였다는, 그런 얘기다.

……어젯밤에 들은 얘긴데, 도철은 꽤 오래전부터 아이들과 『듀얼왕』 친구였다는 것 같다. 카드를 살 용돈이 없어서 아이들이 안 쓰는 카드를 얻어서 덱을 짰다나. 【마신】이 체

면도 없나.

'그러니까 한마디로, 내가 애들하고 『듀얼왕』 친구라는 얘긴가…….'

울고 싶어진 내 옆에서 엘미라가 조용히 류가에게 물었다.

"어떻게 할까요? 류가."

관자놀이를 손가락으로 긁으면서 잠시 생각에 잠기는 주인공. 마침내 류가는 살짝 한숨을 쉬고 상당히 아쉬운 결정을 내렸다.

"좋았어, 일단 텟짱한테 맡기자. 아직은 아이들에게 해를 끼칠 걱정은 없어 보이니까."

그렇게 말하고, 류가는 만약에 대비해서 아이들을 도철 쪽으로 이동시켰다. 벨리사와한테서 멀리 떨어지게.

류가여. 넌 오늘도 『악마 빙의자』를 쓰러트리지 않을 생각인가? 완전히 관전 모드인데 말이야.

너도 키키한테 설교 좀 들을래?

2

그렇게 해서, 상당히 유감스럽게도 도철과 벨리사와의 『듀얼왕』 대결이 벌어지게 됐다.

솔직히 이기기 힘들 것 같다. 도철은 모든 게임에서 실력이 엉망인데, 상대인 벨리사와는 상당히 급이 높은 듀얼리스트니까.

게다가 하쿠보기주쿠 학생이면 틀림없이 두뇌가 명석할 거다. 초등학교 5학년 수학 문제도 제대로 못 푸는 도철하고는 머리가 근본적으로 다르겠지.

'아니야. 승부는 모르는 법이야, 코바야시 소년.'

선공인 도철이 첫 카드를 음미하는 모습을 지켜보고 있었더니, 갑자기 머릿속에서 궁기의 목소리가 들려왔다. 그러고 보니까 하얀 여우도 『듀얼왕』 경험자였지.

'텟짱은 상식을 무시하는, 의외성이 있는 전법을 쓰거든. 벨리사와 군 같이 듀얼에 익숙한 사람한테는 오히려 귀찮은 상대일지도 몰라.'

'그럼, 저 녀석이 이길 수도 있다는 거야?'

'복권 1등에 당첨될 정도 확률이지만.'

'괜히 좋아했네! 5등도 맞아본 적이 없는데!'

내가 【마신】한테 딴죽을 걸고 있다는 걸 알지도 못하고, 주위에 있는 아이들은 게임이 언제 시작될지만 애타게 기다리고 있다.

벨리사와의 뿔도 딱히 신경 쓰지 않는 것 같았다. "저 뿔, 돈키호테에서 파는 건가?" "접착제로 붙였나?"라고 서로 속삭이는 정도였다.

"좋았어! 그럼 간다! 내 턴이다!"

도철이 큰 소리로 말하고, 덱에서 카드를 한 장 뽑았다.

아이들이 "힘내라 코바야시!" "파이팅 코바야시"라고 성원을 보냈다. '형'이라고 해라.

"졸병 오크를 전열에 배치! 턴 엔드!"

갑자기 아이들이 실망한 한숨을 쉬었다.

무리도 아니지. 졸병 오크니까. 공격력과 방어력 모두 15포인트밖에 안 되거든.

상대하는 벨리알은 생각도 하지 않고, 물 흐르는 것 같은 손놀림으로 카드를 꺼냈다.

"크리스탈 골렘을 전열에 배치. 졸병 오크를 격파."

한눈에 봐도 강해 보이는 카드였다. 바로 졸병 오크를 옆으로 치웠다. 쓰러진 카드는 같은 듀얼에서 더 이상 사용하지 못하게 되는 것 같다.

'그냥 한 턴을 날렸잖아!'

이를 가는 나한테 해설 담당 궁기가 냉정하게 설명했다.

'참고로 졸병 오크는 『듀얼왕』에서 가장 약한 카드야. 저런 걸 덱에 넣는 사람은 텟짱밖에 본 적이 없어.'

'전국을 다 뒤져도 아마 저 녀석뿐일 거야! 졸병 오크를 쓰는 놈은!'

하지만 도철은 기죽지 않았다. 바로 새로운 카드를 꺼내서 세차게 벤치 위에 내려놨다.

"내 턴! 졸병 고블린을 전열에 배치! 턴 엔드!"

또 졸병이었다. 공격력과 방어력이 하나같이 13포인트

밖에 안 된다.

"크리스탈 골렘의 공격. 졸병 고블린을 격파."

이미 나와 있던 크리스탈 골렘한테, 허무하게 당해버리는 졸병 고블린. 그야 당연하지! 저쪽은 공격력이 800포인트나 되니까!

'참고로 졸병 고블린도 매우 약한 카드야.'

'왜 그런 걸 덱에 넣었는데!'

류가와 엘미라도 미묘한 표정을 짓고 있다.

하지만 아이들은 기특하게도, 친구인 【마신】을 격려하며 응원해주고 있었다. 계속 '코바야시'라고 반말로 부르고 있다는 점이 문제지만.

카드 두 장이 연속으로 순식간에 쓰러져버리자, 도철이 혀를 찼다. 난 너 때문에 혀를 차고 싶다.

"크리스탈 골렘인가…… 좋은 카드를 가지고 있는데, 벨리사와."

"그딴 덱으로 잘도 나한테 도전했군. 너한테서 양도받을 카드 따위는 한 장도 없을 것 같은데……."

해설 담당 궁기의 말에 의하면, 『듀얼왕』에는 '승자는 패자가 그 게임에서 사용했던 카드를 한 장 가져갈 수 있다'라는 규칙이 있다고 한다.

한마디로 강력한 카드를 사용하면 승률은 올라가지만, 지면 그 카드를 잃을 가능성도 있다는 뜻이 된다. 벨리사와는 아마도 아이들이 가진 레어 카드를 뜯어낼 생각이었겠지.

"승부는 지금부터다! 간다, 내 턴! 졸병 슬라임을 전열에——"

"왜 그렇게 졸병만 나오는 건데!"

결국, 참지 못하고 한 마디 해버렸다. 당연한 얘기지만, 졸병 슬라임은 크리스탈 골렘이 한 방에 쓰러트려 버렸다.

"우리한테 뭘 보라는 거냐고! 하다하다 슬라임이라니!"

"어쩔 수 없잖아요! 애들한테 얻은 카드로 덱을 짰으니까! 제 용돈 가지고는 가게에서 파는 카드 팩을 살 여유도 없다고요!"

"아무리 그래도, 좀 더 제대로 된 카드는 없냐고!"

"졸병을 비웃는 놈은 졸병 때문에 우는 법입니다!"

"바로 지금 네가 울게 될 상황이잖아!"

그랬더니 아이들이 하나같이 미안한 듯 고개를 숙였다. "우리가 코바야시한테 좀 더 좋은 카드를 줬다면……" 누군가가 그렇게 중얼거렸다.

너희는 잘못한 게 없어. 그런 것 때문에 마음 아파하지 마. 그리고 '형'이라고 불러줘.

……그 뒤에도 도철은 고집스레 졸병 드워프, 졸병 코볼트, 졸병 미믹 같은 카드를 꺼내서 헛되이 격파당했다. 더 이상 봐주지도 못할 지경이다.

'틀렸다. 완전히 시간 낭비야. 이럴 줄 알았으면 그냥 류가한테 싸워달라고 할걸…….'

아이들 중에서도 몇 명이 그 자리를 떠나려고 했다.

그것도 어쩔 수 없지, 라고 생각하는데── 갑자기 궁기가 날카로운 목소리로 말했다.

'코바야시 소년, 아이들을 붙잡아. 저 아이들이 한 사람이라도 더 많이, 이 자리에 있어야만 해!'

'응? 대, 대체 왜? 볼 가치도 없잖아, 이딴 듀얼.'

'난 텟짱이 뭘 노리는지 알고 있어. 그 효과를 최대한 살리려면, 구경하는 사람들이 많을수록 좋아.'

관중 숫자가, 듀얼이랑 무슨 관계가 있다는 거야…….

그렇게 생각하면서도, 나는 일단 가버리려는 아이들을 붙잡기 시작했다. "조금만 더 보고 가자" "어쩌면 한 방에 역전할 수도 있잖아?"라는 말로.

어떻게든 붙잡는 데 성공했지만, 내 노력은 헛수고로 끝나버렸다.

벨리사와가 이때를 기다렸다는 것처럼, 어떤 카드를 꺼냈기 때문에.

"이 한심한 듀얼을 슬슬 끝내도록 하겠다……. 전열에 빙신룡을 배치."

그 카드를 보고 아이들이 술렁거렸다.

그 카드는 공격력과 방어력이 5,000포인트나 되는 드래

곤이었다. 카드 표면도 반짝반짝 빛나는 게, 지금까지 봐왔던 카드들과는 뭔가 달라 보였다.

'으아, 빙신룡이잖아! 처음 본다…….'

해설 담당 궁기까지 놀라고 있다. 듣자 하니 카드 숍에서도 1만 엔이 넘는 프리미엄이 붙어서 거래되는 초레어 카드라고 한다.

'참고로 빙신룡은 이 『듀얼왕』에서 최강의 카드 두 장 중에 하나야. 또 하나는 염마룡이라고 하는데, 그건 더 비싸게 거래돼.'

'괘, 괜찮은 거야! 이 상황에서 텟짱이 역전할 수 있겠어?!'

초조해하는 내 앞에서는, 도철의 졸병 스켈톤이 필드에 나온 직후에 바로 쓰러졌다. 대체 몇 장이나 있는 거야, 졸병 시리즈.

"자, 이걸로 끝이다."

다시 벨리사와의 턴이 되자, 카드 한 장을 더 내려놨다.

빙신룡과 마찬가지로 반짝반짝 빛나는 레어 카드…… 바로 조금 전에 얘기가 나왔던 염마룡이었다.

"비, 빙신룡에 염마룡이라고?!"

의도치 않게 동시에 말해버린 나와 도철.

그 리액션을 보고 만족스럽고 거만한 얼굴로 안경을 슥, 밀어 올리는 벨리사와.

"크크크…… 이 두 장이 필드에 나왔으면, 더 이상 손쓸 방법은 없다. 두 장 모두 호비 숍에서 2만 엔이나 주고 산, 이 벨리알이 자랑하는 무적이자 비장의 카드지."

벨리알의 말대로 완전히 외통수다.

필드에는 최강의 드래곤 두 마리가 있는 데다, 크리스탈 골렘까지 아직 건재했다. 한편, 도철 쪽에는 보나 마나 졸병 어쩌고밖에 없을 테고.

결국 도철도 얼굴이 일그러졌다. 어느샌가 무릎까지 꿇었고.

"젠장, 재력으로 밀어붙이다니……."

"마음대로 떠들어라. 아아, 이 압도적인 힘으로 약자를 짓밟는 쾌감…… 바로 이것이 『듀얼왕』의 진수다."

승리를 확신한 벨리사와가 또다시 안경을 슥, 했다. 짜증 나게도 이마의 뿔이 유난히 반짝반짝 빛나고 있다.

그런 『악마 빙의자』를 보고 류가가 씁쓸하게 중얼거렸다.

"그딴 드래곤들보다 【황룡】이 더 세거든. 공격력도 방어력도 7억 포인트 정도는 되거든."

주인공이 어린애처럼 우기거나 말거나, 도철은 우직하게 졸병 하피, 졸병 인어, 졸병 만드라고라를 투입. 하나같이 투입과 동시에 옆으로 밀려났다.

보충 지식인데, 필드에 카드가 없을 때는 플레이어 자신이 공격을 받는다.

그 공격을 두 번 받거나 덱에 가지고 있는 카드 20장을 전부 소모하면 패배한다. 도철은 이미 열 장을 소비했지만, 벨리사와는 아직까지 카드를 한 장도 잃지 않았다.

"코바야시라고 했나. 슬슬 그만 깔끔하게 항복하는 게 어떤가? 이대로 듀얼을 속행해도 아무 의미도 없다고 생각한다면."

지당하신 권고를 한 벨리사와를 보며, 어째선지 도철이 씩 웃었다.

"……야 벨리사와. 넌 정말로, 내가 졸병만 가진【마신】이라고 생각하는 거냐?"

"아닌가? 그나저나 지금,【마신】이라고 했나?"

벨리사와의 질문을 무시하고, 도철은 질리지도 않고 카드를 패대기치듯이 내밀었다.

"내 턴! 위기모면 페어리를 후열에 배치!"

그것은 도철이 처음으로 내놓은, 졸병이 아닌 카드였다. 뭐야, 다른 것도 있잖아! 아무리 봐도 세 보이진 않지만!

"특수 능력 칸에 뭔가 잔뜩 적혀 있는데…… 야, 텟짱! 그 녀석은 대체 무슨 능력을 가지고 있는 거야?!"

"이 녀석은『기묘한 춤』이라는 특수 능력으로, 적을 난처하게 만드는 요정임다!"

"난처하게 만드는 게 다야?!"

"그게 다가 아닙니다. 방어력이 3포인트밖에 안 되는 대신에, 적의 공격을 딱 한 턴 동안 무효로 할 수 있죠!"

오, 대단한데! 위기모면 페어리!

"한마디로 다음 턴에서 확실하게 쓰러집니다!"

소용없잖아! 위기모면 페어리!

벨리사와는 예상대로 '그게 어쨌다는 거냐'라는 표정이었다. 흥, 하고 코웃음을 치고서, 바보 취급하는 것 같은 눈으로 【마신】을 흘끗 봤다.

"뭘 내놓나 했더니…… 이걸로 한 턴을 버틴다고 해도, 그다음에는 어쩔 거지? 꼴사나운 발버둥은 그만둬라."

여유만만한 벨리사와 앞에서, 도철이 또 다른 카드를 꺼냈다.

"벨리사와는 공격할 수 없으니까, 다시 내 턴! 위기모면 픽시를 후열에 배치!"

또 비슷한 게 나왔다.

참고로 후열에 배치하면 그 카드 자신도 공격을 못 하게 된다. 그래서 후열에 배치하는 건 전투보조 등의 특수 능력을 지닌 카드다.

"텟짱! 그 녀석 능력은 뭐야!"

"이 녀석의 『집요한 춤』은 적을 질려버리게 만듭니다!"

"괜히 물어봤네!"

"나머지 능력은 위기모면 페어리와 똑같습다. 또 한 턴을 버틸 수 있습니다!"

"그 연명 조치에 대체 무슨 의미가 있는 거야!"

나도 모르게 소리를 지른 내 머릿속에, 궁기의 목소리가 울렸다.

'아냐, 이걸로 된 거야 코바야시 소년. 텟짱은 처음부터 이걸 노리고 있었어.'

'노, 노렸다고……?'

하얀 여우의 설명을, 나도 모르게 복창했다.

한마디로 이게 단순한 연명 조치가 아니라는 얘긴가? 그런데 대체 뭘 하겠다는 거지? 저런 카드 두 장뿐인데? 위기모면 페어리랑 위기모면 픽시잖아?

'이건 텟짱이 어젯밤에 나랑 듀얼을 할 때도 발동했던 콤보야. 조건을 갖추기가 힘든 데다, 효과도 상대한테 달려 있다는 게 문제지만.'

'상대한테 달렸다니…… 괜찮은 걸까.'

'아마 괜찮을 거야. 벨리사와는 자존심이 상당히 강한 인간일 테니까.'

이해할 수 없는 궁기의 설명을 듣고, 내가 더더욱 당황하고 있는데 도철이 갑자기 어흠, 하고 헛기침을 하고는 엄숙하게 말했다.

"졸병 시리즈가 열 마리 이상 당한 상태에서 이 두 장이 필드에 모여 있으면…… 어떤 필살 콤보가 발동된다!"

다음 순간, 벨리사와가 헉, 하고 놀랐다. 그 얼굴에서 점점 핏기가 사라져갔다. 원래 안색이 안 좋았지만, 지금은 거의 흙색이 돼버렸다.

"서, 설마…… 설마 그 콤보는!"

"그래! 마이너한 콤보라서 잊어버렸나? 분명히 힌트는 줬다! 졸병을 비웃는 놈은 졸병 때문에 울 거라고!"

벨리사와와 마찬가지로, 아이들도 입이 떡 벌어져 있었다. 류가는 의미를 모르겠다는 것처럼 멍한 표정이고, 엘미라는 휴대전화나 만지고 있었다.

"야, 텟짱! 그게 무슨 콤보인데!"

내 질문에, 도철이 입꼬리를 끌어 올렸다. 못된 얼굴이다.

"이 콤보에 당한 플레이어는, 『좋아하는 사람 이름』을 말해야만 합니다! 가족이나 유명한 사람이나 가공인물은 안 됩니다! 실존하는, 서로 좋아하는 사이가 되고 싶은 사람의 이름이어야만 합니다!"

"…………."

뭐야, 그게.

"솔직하게 자백하지 않으면 그 자리에서 패배가 결정됩니다. 『없다』라고 대답해도 집니다! 그런 위기모면 & 위기모면인 놈은, 듀얼리스트 실격입니다!"

엄청나게 무서운 콤보였잖아! 겨우 카드 게임에서, 왜 좋아하는 사람 이름을 자백해야 하는 건데! 현실에 개입하는 건 그만두라고!

구경하던 아이들이 흥미진진한 얼굴로 벨리사와를 노려

보고 있다.

그렇구나. 궁기가 아이들을 잡아두라고 한 건── 한 사람이라도 많은 관객에게 벨리사와의 고백을 들려주기 위한 거였어!

"사실은 전에, 저도 이 콤보를 맞은 적이 있습다. 그래서 있는 힘껏 『류가땅!』이라고 했습죠."

그렇게 술회한 도철에게, 류가가 일단 "난 남자야"라고 한마디 했다.

'나도 어제 이 콤보를 맞았어. 있는 힘껏 『미야모토 양!』이라고 말해줬지.'

머릿속에서 궁기도 그렇게 술회했다. 한마디로 상대가 '좋아하는 사람'의 이름을 거리낌 없이 말할 수 있는 사람이라면, 이 콤보는 아무런 영향도 없다.

과연 벨리사와는 어떠려나…… 하고 봤더니, 굳이 걱정할 필요도 없었다.

밸리사와는 얼굴 전체에서 땀을 폭포수처럼 흘리고 있었다. 귀까지 새빨개졌고, 체온이 상승한 탓에 안경 렌즈까지 흐릿해져 있었다.

여기서 벨리사와가 아무렇지도 않게 말한다면, 승부는 우리의 패배다.

하지만 【마신】들은 간파하고 있었다. 벨리사와가 자존심이 강하고 고지식한 안경 캐릭터라는 걸. 어차피 사귀는 여자 친구도 없을 거라고. 참 실례되는 얘기네.

"우, 웃기지 마라…… 이딴 콤보, 아무리 생각해도 이상하잖아……!"

이를 뿌득뿌득 가는 벨리사와를, 도철이 몸을 앞으로 쑥 내밀어서 몰아붙였다.

"자! 말 해봐, 벨리사와! 좋아하는 사람 이름을! 넌 누구랑 사귀고 싶은 건데!"

"아, 으……."

"분명히 말하는데, 거짓말은 안 통한다! 실제로 존재하는지 아닌지 조사하러 갈 거니까! 허위사실이 발각된 경우에는 카드 두 장을 더 잃는다는 정도는 알고 있겠지!"

그렇게 되면 벨리사와는 총 세 장의 카드를 빼앗긴다. 틀림없이 도철은 빙신룡과 염신룡과 크리스탈 골렘을 지정할 테고.

도저히 참을 수 없는 기분이 든 나는, 벨리사와한테 포기하라고 말했다.

"그냥 말해버려, 벨리사와. 카드를 잃는 것보다는 낫잖아? 그 빙신룡이랑 염신룡, 각각 2만 엔이나 줬다면서?"

"크, 크으윽……!"

30초 정도는 괴로워하고, 마침내 신음하는 것처럼 목소리를 짜내는 벨리사와.

"오, 오메이 고등학교에서, 보건 교사를 맡은……."

생각지도 못한 인물이 튀어나와서 나, 도철, 류가, 엘미라는 동시에 갈라진 목소리로 "뭐?"라고 말했다. 그거, 헤비즈카 선생님 얘긴가? 한마디로 주리 얘기야?

우리의 놀란 리액션을 보고, 결국 벨리사와가 폭발해버렸다. 수치심이 한계를 넘어버린 것 같다.

"아, 아냐! 지금 그건 아냐! 이딴 승부는 무효다! 왜 좋아하는 사람 이름을 말해야 하냐고오오오!"

판을 엎어버리기로 작정한 벨리사와가 엄청난 요기를 발산시킨 순간.

"그럼 이걸로 봐줄게."

도철이 그런 말과 함께, 벨리사와의 뿔을 분쇄해버렸다. 딱밤으로.

똑, 하고 뿔이 부러지자 벨리사와가 절규했다. 하지만 그 절규는 오래가지 못했고, 결국 그대로 앞으로 고꾸라져 버렸다.

——이렇게 해서 듀얼은 종료. 도철의 역전 승리였다.

설마 그런 쓰레기 같은 덱으로 전국 8강한테 한 방 먹이다니……. 그나저나, 또 류가가 구경만 하다 끝나버렸네…….

떨떠름한 표정을 짓는 내 앞에서, 도철이 하늘을 향해서 주먹을 힘차게 뻗었다.

"좋았어어어어! 이겼다아아아!"

그 고함에, 아이들도 환호성을 질렀다.

제각기 “이겼다, 코바야시!” “이런 콤보 처음 봤어!” “앞으로 이거 금지하자!”라면서 법석을 떨었고, 【마신】과 하이터치를 했다. 흐뭇하면서도 탄식을 금할 수 없는 광경이다.

“어떠냐, 애들아! 약한 카드만 가지고 있어도, 전략을 짜기에 따라서는 빙신룡과 염마룡한테도 이길 수 있다고! 그게 듀얼이야!”

“코~바야시! 코~바야시!”

“참고로 난, 류가땅을 좋아해!”

“코~바야시! 코~바야시!”

“남자지만 상관없어!”

“코~바야시! 코~바야시!”

일단 남자라는 설정을 밀어붙이고 있으므로, 아무 말도 못 하고 씁쓸하게 웃기만 하는 류가.

그 옆에서, 엘미라가 팔짱을 끼고서 중얼거리고 있었다.

“류가와 도철…… 누가 수려나요.”

……분명히 말해두는데 그거, 사실은 노멀 커플링이거든.

3

그리고 조금 지나서 벨리알, 쿠로사와가 눈을 떴다.

당연한 얘기지만 도철과 듀얼을 했다는 사실을 기억하지 못했다. 하지만 아이들한테서 자기가 졌다는 이야기를 듣고는 엄청나게 충격을 받았다.

“설마 내가 패배했다니…… 그렇다면 룰에 따라서 카드를 양도해야만 한다.”

그 제안을 거절하는 도철에게, 쿠로사와 씨는 ‘하다못해 이거라도’라면서 크리스탈 골렘을 넘겨줬다.

크리스탈 골렘도 꽤 레어한 카드인데, 아무래도 원래의 쿠로사와 씨는 올바른 자존심을 가진 듀얼리스트였던 것 같다. 고지식한 안경이라고 해서 미안해요.

쿠로사와 씨가 가버린 뒤에, 도철은 그 크리스탈 골렘을 히로토 군한테 줬다.

히로토 군은 유치원에 다니는 아이로, 아이들 중에서는 가장 나이가 어렸다. 항상 듀얼에 져서 울기만 할 정도로.

“얘들아, 히로토한테 이겨도 크리스탈 골렘은 빼앗으면 안 된다? 얘가 좀 더 클 때까지는 안 돼.”

도철이 말하자 “알았어, 코바야시!”라면서 고개를 끄덕이는 아이들. “고마워, 코바야시!”라면서 엄청나게 기뻐하는 히로토 군. 너희들, 끝까지 반말할 생각이냐.

“그럼 나리. 시간이 많이 늦었으니까, 저는 애들을 집까지 바래다주겠습니다.”

“어쩔 수 없지……. 끝나면 바로 집으로 돌아와.”

도철한테 그렇게 말하고, 나는 류가 & 엘미라와 함께 공원을 뒤로했다.

일단 변장 용품을 가방에 집어넣고 휴대전화로 시간을 확인했다. 이제 겨우 오후 다섯 시 반이 됐다. 내일은 토요일이라서 학교에 안 간다고 생각하니까 마음이 그럭저럭 편하다.

"우리는 더 돌아보고 집에 갈게. 이치로는 빨리 집에 가."

나한테 그렇게 말한 류가에게 엘미라가 미안하다는 것처럼 말했다.

"저도 가능한 한 빨리 끝내고 싶지만…… 앞으로 한 시간 정도 있으면, 시즈마와 키키가 우리 집에서 떠나요."

그럼 6시까지만 하자고 말하는 두 사람을 따라서 나도 중간까지 같이 갔다. 두 사람이 걸어가는 방향이 우리 집과 같은 방향이었기 때문이다.

'어차피 시험공부도 안 할 거니까, 이대로 같이 순찰이나 하는 것도 괜찮으려나…….'

갑자기 그런 생각이 머릿속에 떠올랐다.

그렇게 되면 메인 파트에 관여하게 될 위험성이 커진다. 하지만, 만약 또 『악마 빙의자』가 나타나고 또 류가가 싸우지 않게 된다면…… 그게 너무나 걱정됐다.

'류가를 활약하게 하는 것도 큰 과제 중에 하나야. 남은 『악마 빙의자』는 13명…… 최소한 절반은 주인공이 쓰러트렸으면 좋겠는데.'

그리고 적이 나타났을 때, 주위에 있는 사람들을 신속하게 피난시키는 것도 친구 캐릭터가 할 일이다. 노출을 자제하겠다고 원래 역할까지 방치하는 건 좀 아닌 것 같다는 생각도 든다.

'사실 순찰은 일상 파트의 연장…… 그건 이미 배운 일이야.'

이건 이계에 틀어박혀 있을 때, 여러 에피소드를 놓친 데 대한 반성이다.

잠깐 자리를 비운 사이에 메인 캐릭터들의 관계성이 바뀌었는데…… 또 그런 답답한 기분을 맛보는 건 싫다.

"저기 류가, 내 정리해고 말인데——"

큰마음 먹고 류가에게 말을 건 그 순간.

앞에서 걸어가던 류가와 엘미라가 천천히 발을 멈췄다.

이유는 물어볼 필요도 없었다. 우리가 걸어가는 인도의, 몇 미터 앞에—— 여성 한 명이 길을 가로막고 있었다.

'설마…… 또 나온 건가?'

여성은 아무리 봐도 우리를 기다리고 있었다. 어두워서 확실하게 알아볼 수는 없지만, 키가 크고 날씬한 체형인데다 머리카락이 보브 컷이라는 정도는 알아볼 수 있었다.

무엇보다 지금, 알아차리고 말았다. 그 여성의 이마에, 유니콘처럼 뿔이 하나 달려 있다는 걸. 의심할 여지고 없이 『악마 빙의자』다. 설마 건담이라고 우기진 않겠지.

"혹시 우리…… 순찰할 필요가 없는 게 아닐까? 이렇게 적이 찾아와주니까 말이야."

어쩔 수 없다는 것처럼 어깨를 으쓱거리는 류가를 보고, 엘미라도 어깨를 으쓱거렸다.

"그러게요. 6시가 되기 전에 한 마리를 더 사냥할 수 있는 건 정말 럭키~지만."

그렇게 말하면서, 뱀파이어 소녀가 앞으로 나섰다. 바로, 감히 자기가 배틀을 차지하겠다는 속셈인 엘미라의 어깨를 붙잡아서 멈춰 세웠다.

……큰일 날 뻔했네. 또 주인공이 구경만 하다 끝날 뻔했다.

미안하지만 엘미라는 나랑 같이 중계 & 해설을 맡아줘야겠다. 지금은 무슨 일이 있어도 류가가 활약하게 해야 하니까!

"뭔가요? 코바야시 이치로."

왜 제지했는지 의아해하는 엘미라에게, 나는 고개를 도리도리 저어 보였다.

너도 '톳코 소동' 때 스태프를 맡았던 경험이 있으니까, 내가 무슨 말을 하고 싶은지 알겠지? 이 자리는 주인공한테 맡기라고!

"이거 놓으세요. 지금부터 제가 저 『악마 빙의자』를 화려하게 쓰러트려——"

나는 고개를 열심히 저었다.

"뭐가 안 된다는 거죠? 걱정하지 않아도, 저라면 5분——"
나는 고개를 마구마구 저었다.
"목이 떨어지겠어요!"
"류가한테 양보해줘."
"처음부터 그렇게 말하세요!"
내 목을 조이는 엘미라를 류가가 '진정해'라면서 말리고 있는데.
"……오랜만이네, 엘미라. 잘 지내는 것 같아서 다행이야."
전방의 『악마 빙의자』가 그런 말을 했다. 그건 어떻게 생각해봐도, 그녀가 뱀파이어 소녀와 아는 사람이라는 뜻이다.
엘미라가 눈살을 찌푸리고, 『악마 빙의자』를 빤히 쳐다봤다. 그리고 가늘어졌던 눈이, 조금 지나자 깜짝 놀라서 휘둥그레졌다.
"도, 도로시 씨인가요?!"
엘미라의 목소리에 대답하는 것처럼 『악마 빙의자』가 가까이 다가왔다. 마침 켜져 있던 가로등 밑에 도착했을 때, 겨우 그 모습을 확인할 수 있었다.
——도로시라는 이름을 듣고서 예상했던 것처럼, 외국인 여성이었다.
나이는 20대 후반 정도려나. 화장을 거의 안 해서 그런지 볼에 주근깨가 보인다. 머리카락은 빛바랜 금색으로, 주리의 블론드처럼 선명한 색은 아니었다.

“엘, 저 사람이랑 아는 사이야?”

류가가 묻자, 엘미라는 약간 곤혹스러워하면서 “그래요” 라고 대답하며 고개를 끄덕였다.

“도로시 크로포드…… 제가 동유럽에 있던 시절의 친구 예요. 나이 차이는 조금 나지만, 집이 가까웠거든요.”

그런 설명을 한 뒤에, 뱀파이어 소녀가 『악마 빙의자』에게 말을 걸었다.

“도로시 씨, 당신이 어째서 이 나라에…… 게다가 어째서 『악마 빙의자』가…….”

“그냥 관광 여행이야. 이 나라는 나한테 애니메이션, 만화, 그리고 BL 동인지를 가르쳐준 제2의 고향이니까. 예전에 1년 동안 유학했던 적도 있고.”

엘미라의 친구이자 같은 부류라는 얘긴가. 이렇게까지 우리말을 유창하게 한다는 건, 상당한 수준의 오타쿠라는 얘기겠지.

“우연히 이 도시에 왔다가 솔로몬 님과 만났고, 악마의 힘을 받았어. 지금의 나는 72 악마 중에 한 사람—— 대공 랭크 시트리야.”

아기토 자식, 관광객한테까지 손을 댄 건가…… 엘미라와 인연이 있는 상대라면, 류가한테 싸우게 할 수도 없잖아.

‘그나저나 대공 랭크라면 보통 이름에 『쿠로』가 들어가지 않던가? 예외도 있다는 얘긴가?’

내 의문에 대답한 것은, 궁기의 내선 통화였다.

'무슨 소리야 코바야시 소년. 저 사람 성이 크로포드잖아. 분명히 쿠로가 들어가 있어.'

설마, 크로를 쿠로라고 쳤다는 얘기야? 그딴 게 OK라니, 악마도 의외로 대충대충이네…….

그때 갑자기 도로시 씨가 강대한 요기를 내뿜었다. 나는 깜짝 놀라서 그쪽을 봤다.

"엘미라, 당신…… 날 배신했군."

등줄기가 오싹해질 정도로 무시한 얼굴이었다. 절박한 그 목소리에는 엄청난 원한이 담겨 있다. 요기도 지금까지 봤던 녀석들보다 더 짙은 것 같은 기분이 든다.

'엄청나게 화가 났네…… 그 감정의 정체는 대충 알 것 같지만.'

도로시 씨가 가진 적개심의 근원은 아마도 질투, 시샘이다.

나는 최근에 저런 표정을 두 번이나 본 적이 있다. 비네부치 양이 아오가사키 선배한테 보였던 분노와 고토쿠지 양이 미온한테 보였던 분노와 완전히 똑같았다.

"제, 제가 배신했다고요? 그게 무슨 소린가요?"

엘미라가 묻자, 도로시 씨가 눈을 부릅떴다. 그리고는 고함을 질렀다.

"잡아떼지 마! 지금도 그렇게, 남자를 둘이나 데리고 있는 주제에! 우리는 배신하지 말자고, 그렇게 약속했으면서!"

……그건 한마디로, 여자들 사이에서 흔히 있는 '혼자만 먼저 남자친구 만들지 않기'라는 협정 얘기인가. 그게 정말로 있었구나.

"아, 아니에요! 이건 딱히 데이트 같은 게 아니라, 『악마 빙의자』를 발견하기 위한 순찰이에요! 한마디로 당신들을 찾기 위한 거예요!"

"뻔뻔하기는…… 솔로몬 님한테 들었어! 당신이 이 나라에 온 뒤로, 한 아이의 어머니가 됐다는 얘기를!"

그건 말할 필요도 없이 시즈마 얘기겠지.

궁기가 적이었던 시절에, 몇 번이나 시즈마의 혼을 노렸었다. 그런 궁기의 그릇이었던 아기토도, 당연히 시즈마에 대해서 자세히 파악하고 있다.

'그 자식이, 쓸데없는 소리를 해서…….'

'거짓말이 아니라는 게 더 문제야.'

그렇게 속삭이는 나와 궁기 앞에서, 도로시 씨는 점점 더 화를 냈다.

"고등학생 주제에 애가 있는 데다, 그렇게 남자들과 학원 라이프를 인조이하고 있다니…… 그 죄, 백번 죽어 마땅해!"

"들어보세요, 도로시 씨! 분명히 제가 시즈마의 엄마이긴 하지만, 거기에는 깊은 사정이——"

"닥쳐! 연상인 나를 앞질러서 행복하려고 하다니, 절대로 용서 못 해!"

"아, 아닌……."

"이쪽은 만 스물아홉이라서, 완전히 벼랑 끝인데! 예를 들자면 코너에 몰린 복서나 마찬가지인데! 애디셔널 타임이 일 년밖에 안 남았는데!"

큰일이다. 이 도로시라는 사람, 여러 가지 의미로 귀찮아.

더는 대화할 수 없다는 걸 깨달았는지, 엘미라가 입을 다물었다. 대신에 온몸에 열기가 담긴 아우라를 감돌게 하고, 어둠으로 타락해버린 친구와 대치했다.

"……코바야시 이치로. 이번에는 정말로 말려봤자 소용없습니다."

굳이 말할 필요도 없이, 나도 이미 포기했다.

도로시 씨를 『악마 빙의자』로 만들어버린 원인이 엘미라라면, 본인한테 맡겨두는 수밖에 없다. 나도 같은 이유로 나베리우스를 쓰러트렸으니까.

"도로시 씨. 지금 바로 악마한테서 해방해 주겠어요."

자기 주위에 도깨비불이 나타나게 한 뱀파이어 소녀를 보고, 도로시 씨가 늦은 소리로 웃었다.

"서두르지 마, 엘미라. 지금 여기서 너랑 싸울 생각은 없어. 너는 먼저…… 속죄를 해야만 하니까."

"속죄라고요?"

"그래. 난 오늘, 너한테 그걸 실행하라고 명령하러 왔어."

엘미라는 물론이고 나와 류가도 얼굴을 찌푸렸다. 이렇

게까지 판을 벌여놓고서, 배틀을 안 하겠다고?

미안하지만 그럴 수는 없지. 무엇보다 당사자인 엘미라가 도로시 씨를 이대로 보내줄 리가 없으니까. 조금 거친 방법을 써서라도, 무조건 뿔을 부러트릴 생각일 테니까.

"속죄라면, 당신을 인간으로 되돌려놓은 뒤에 하도록 하겠어요. 솔직히, 속죄할 죄 따위가 있지도 않지만."

"아니. 반드시 내 명령에 따라야 해. 넌 절대로 그걸 거절하지 못할 테니까. 어째서인지, 알아?"

"어째서인가요? 도로시 씨."

"이쪽에── 인질이 있으니까."

그 순간, 엘미라의 안색이 확 달라졌다. 나도 내 안색이 달라지는 게 느껴졌고.

'인질이라고? 그게, 설마……!'

바로 머릿속에 떠오른 것은 한 여성 사도의 모습. 아직 행방을 알 수 없고, 아마도 적한테 잡혀 있을 가능성이 큰, 시즈마의 친어머니.

그리고 역시나, 정답이었다.

"나는 『나락의 사도』 중에 한 사람, 레이다라는 여자를 데리고 있어."

"뭐……!"

"이계에서 포로로 잡았지. 꽤 고생하기는 했지만, 다른 72 악마한테도 도움을 받아서 잡았지…… 인간계에 데리고 왔어."

역시 레이다는 적의 수중에 있었나. 게다가 납치한 사람이 도로시 씨라면, 우리한테도 상당히 심각한 사태라고 할 수 있다.

이렇게 되면 우리는, 도로시 씨의 명령을 거스를 수 없다.

경솔하게 도로시 씨를 쓰러트리고 악마한테서 해방해버리면, 도로시 씨는 『악마 빙의자』였던 때의 기억을 잃어버린다. 즉, 레이다를 감금한 장소를 알 수 없게 돼버린다.

우리의 반응을 보고, 도로시 씨가 유쾌하다는 것처럼 비웃었다.

"이제 이해했나 보네, 엘미라. 다시 말할게. 넌 내 요구를 받아들이는 수밖에 없어. 레이다가 어디 있는지 알고 싶다면."

"…………."

엘미라 주위에 떠 있던 도깨비불들이 하나둘 사라져갔다. 그리고 온몸에 감돌던 아우라도 사라져버리고, 완전한 무방비 사태가 돼버렸다.

그것은 뱀파이어 소녀가 적을 쓰러트리는 걸 단념했다는 증거였다.

"……알겠어요, 도로시 씨. 당신의 요구를 받아들이지요."

"후후후, 잘 생각했어 엘미라."

적에게 주도권을 빼앗긴 이 상황 때문에, 나는 살짝 입술을 깨물었다.

겨우 진지한 『악마 빙의자』가 나타나 준 건 좋지만, 설마 이렇게까지 궁지에 몰리는 전개가 될 줄이야…… 이젠 어떻게 류가를 활약시킬지 걱정할 상황이 아니게 돼버렸다.

"그럼 요구를 말할게. 나한테── 남자를 소개해줘."

"……뭐?"

"최소한 열 명, 멋있는 남성을 데리고 와. 분명히 말하는데, 나, 얼굴 밝혀."

……확 때려주고 싶어졌다.

젠장! 역시 너도 그런 놈이었냐! 진지한 『악마 빙의자』라고 칭찬한 지 얼마나 됐다고! 요구가 겨우 맞선이라니! 뭐 어쩌자는 거야!

이건 틀림없이, 코미디 테이스트로 흘러가는 분위기다. 틀림없다. 카쿄인의 영혼을 걸어도 좋다.

"저기, 도로시 씨. 무슨 말인지 잘……."

"나한테도 행복을 나눠달라고! 내 갈망은 멋진 남성과 결혼을 전제로 교제하는 거야! 이런 나라도 좋다고 말해주는 사람은, 찾기 힘들다고!"

그 직후 놀라운 일이 일어났다.

도로시 씨가 자기 머리에 두 손을 대고 위로 들어 올렸더니── 세상에 이런 일이. 머리가 뿅, 하고 떨어져 버렸다.

"!"

너무 황당한 일을 보고 눈이 휘둥그레져서 경직된 나와 류가.

하지만 엘미라 혼자만 아무 반응도 없이, 뒤에 있는 우리한테 씁쓸하게 말했다.

"도로시 씨는 듀라한이에요. 저희 뱀파이어와 마찬가지로 인간계에서 사는『인간이 아닌 자』죠."

듀라한── 그것은 아일랜드 지방에 전해지는 인간이 아닌 존재다.

예전에 엘미라한테 들은 적이 있다. 생김새는 인간과 똑같지만, 가장 큰 특징은 머리를 뗄 수 있다는 것…… 인터넷에서 본 일러스트에서도, 하나같이 머리를 옆구리에 낀 목 없는 기사 모습이었다.

이 세상에는 그런『인간이 아닌 자』가 다수 존재한다. 뱀파이어라든지 듀라한이라든지. 사도라든지 악마라든지. 그리고 오니라든지.

'한마디로 도로시 씨는 악마와 듀라한의 더블 펀치라는 건가…….'

정말 한도 끝도 없이 귀찮은 사람이네, 라고 생각하면서 입을 꾹 다물고 있거나 말거나, 혼자서 멋대로 이야기를 진행하는 자칭 벼랑 끝 노처녀 듀라한. 품에 안고 있는 머리가 말을 하는 게, 너무나 기분 나쁘다.

"날짜는…… 그래, 모레 오후 7시, 솔로몬 님의 맨션이면 어떨까? 거기는 꼭대기 층에 있는 솔로몬 님이 사용하는 곳 말고는 마음대로 써도 된다니까."

그나저나 모레라고? 대체 얼마나 급한 거야, 이 사람!

하지만 엘미라는 거절할 수도 없어서, 살짝 고개를 끄덕였다.

"알겠어요. 끝내주는 미남을 준비할 테니까, 기대하세요."

"잊지 마. 열 명이야."

머리를 원래 위치로 되돌려놓으면서, 도로시 씨가 다시 한번 확인했다. 그리고는 빙글, 발을 돌리더니 그대로 걸어가 버렸다.

그 뒷모습을 지켜보면서, 엘미라는 아무 말 없이 가만히 서 있었다. 입을 꾹 다물고, 주먹을 꽉 쥔 채로.

"엘, 정말 괜찮은 거야? 이런 요구를 받아들이다니……."

류가 걱정된다는 것처럼 물었다. 어울리지 않게 불안한 표정으로.

그 열 명에 자기가 들어갈지도 모른다고 걱정하는 건지도 모른다. 류가가 그런 식으로 활약하는 건, 나도 바라지 않는데 말이야.

마침내 도로시 씨의 모습이 보이지 않게 되자, 엘미라가 우리 쪽으로 몸을 돌렸다.

"어, 어, 어쩌죠, 코바야시 이치로! 전, 열 명이나 되는 남성분을 준비할 수가 없어요!"

“그러면서 잘도 큰소리를 쳤네…….”

“어쩔 수 없잖아요! 레이다가 인질로 잡혀 있으니까! 당신의 지혜를 빌려주세요! 시즈마를 위해서라도!”

하긴, 레이다와 시즈마를 다시 만나게 해주는 건 우리들의 비원이자 책무다.

이 일, 나도 관여하는 수밖에 없다. 반드시 레이다를 되찾겠어. 설령 그것 때문에 시즈마와 헤어진다고 해도……!

‘어, 어쩌지 궁기! 네 지혜를 빌려줘!’

일단 나도 상담역인 하얀 여우한테 울면서 매달리기로 했다.

4

시즈마의 친어머니 레이다가 도로시 크로포드한테 잡혀 있다는 사실이 판명됐다.

엘미라 매카트니의 친구이자 목이 떨어지는 듀라한이고, 결혼을 서두르고 있는 『악마 빙의자』…… 그런 도로시 씨가 요구한 것은 ‘남자를 열 명 정도 소개해줘’라는 엄청나게 말도 안 되는 것이었다.

지금까지도 귀찮은 『악마 빙의자』들이 있기는 했지만, 도로시 씨는 그중에서도 제일 귀찮다고 해야겠지. 하지만 레이다의 안부가 걸린 이상, 우리한테 거부할 권리는 없다.

'아무래도 이건, 나 혼자서 감당할 문제가 아니야.'

그런데 이 상황에서 제작 반에 들어온 신참 【마신】이 도움이 됐다.

궁기는 내 애원을 받아들여서 흔쾌히 협력하겠다고 해줬다. '이 일은『지혜의 궁기』가 맡겠다'라고 하면서.

"궁기, 좋은 작전이라도 있어?"

"좋은 작전인지 아닌지, 자신은 없지만…… 시간 여유도 없으니까, 좀 무모한 수단을 써야겠어. 그건 알아둬."

하얀 여우의 제안을 받아들여서, 나는 바로 엘미라와 류가에게 연락했다.

맞선은 나한테 맡겨두라고 전했더니, 엘미라는 '역시 제 남편이에요!'라고 기뻐했다. 류가는 '이치로는 절대로 거기에 나가면 안 돼'라고 다짐을 받았다.

그날 저녁 식사 자리에서, 코바야시 집안의 사람들에게도 이번 일에 대해 보고했다.

오늘 밤에는 키키 & 시즈마가 돌아왔다. 아기토네 맨션에 있던 어머니도 왔고.

그리고 미온, 주리, 도철, 궁기까지, 나를 포함하면 총 8명이다.

"어머니 소식이 판명됐다고요……."

가장 경악하고 동요한 사람은 당연히 시즈마였다.

겨우 자기 어머니를 찾아낸 것까지는 좋지만, 어머니는

아직 적의 수중에…… 정말 답답한 심정이겠지.

그 심정을 아주 잘 알지만, 나는 마음을 독하게 먹고서 지시를 내렸다.

"시즈마. 네 기분은 알지만, 당일에 넌 집에서 대기해. 삼 공주랑 어머니도."

바로 이의를 제기하는『나락의 삼 공주』.

"잠깐만, 이치로 군. 그 상황에서 가만히 있으라는 거야?"

"이치로 님. 하다못해 시즈마만이라도 데려가 주시면 안 되는 걸까요."

"작전에 문제가 이쭘미다!"

그런 세 사람의 의견에, 이번에는 작전 입안자인 궁기가 딱 잘라서 말했다.

"이 작전에 여성과 애들은 필요 없어. 그리고 도로시 크로포드도 레이다를 현장에 데리고 올 정도로 바보는 아닐 테니까."

"…………."

"너희들은 레이다가 어디 있는지 판명되면 바로 그리로 가. 그러기 위해서 대기하라는 거야."

그렇다. 맞선 자체는 중요한 일이 아니다.

중요한 건 레이다를 구출하는 것…… 그 역할이야말로 시즈마에게 맡겨야 하는 임무다.

"……알겠습니다. 명령이시라면, 저는 거기에 따르겠습

니다."

"괘, 괜차는검미까 시쥬마? 집에서 대기해도 되게쭘미까?"

"예. 아버님과 어머님을 믿으니까요. 어린 저는 맞선 멤버에 들어가지도 못하고, 현장에 가도 할 수 있는 일이 아무것도 없으니……."

정말 기특한 아이다. 게다가 똑똑하기까지 하고.

그렇기에 더더욱 쓸쓸한 기분이 들었다. 레이다를 무사히 구출해내면, 시즈마와 헤어지게 될 테니까…… 드디어 이때가 오고 말았다.

다른 사람들도 그 사실을 이해했는지, 이렇게 많은 사람이 식탁을 둘러싸고 앉아 있는데, 어느새 숙연한 분위기가 감돌고 있었다.

가라앉은 분위기를 어떻게든 해보려는 것처럼 미온이 짝, 하고 손뼉을 쳤다.

"자, 다들 칙칙해지지 말고. 처음부터 알고 있었잖아? 레이다랑 같이 사는 게 시즈마한테도 제일 좋은 일이라는 건."

백로 소녀의 말에 제일 먼저 반응한 건, 의외로 에조 늑대 꼬마였다.

"그러쭘미다. 어젯밤에 엘미라하고도 얘기 해쭘미다. 레이다를 찾으면, 그때는 시쥬마와 웃으며 헤어지겠다고. 떨어져 있어도, 마음은 이어져 이쭈니까."

……그건 예전에, 시즈마가 이계를 통제하기 위해서 떠

날 때 했던 말이었다.

정말이지, 키키는 정말 많이 성장한 것 같다. 그 가장 큰 요인이 '시즈마의 누나'라는 것도 알고 있다. 상당히 무리하고 있다는 건, 한눈에 봐도 알 수 있지만…….

그런 키키를 보고, 어머니가 고개를 끄덕거리며 말했다.

"장하네, 키키. 그래, 같이 있어야만 가족인 건 아니야. 그렇게 생각한다면, 나랑 이치로는 생판 남이 됐을 테니까."

당신은 너무 집에 안 들어오는 게 문제지만 말이죠…….

나는 다시 한번 궁기한테 물어보기로 했다. 아직 알려지지 않은, '도로시 씨 맞선 대작전'에 대한 자세한 내용을.

"그래서 궁기. 열 명을 어떻게 준비할 건데?"

"그것 자체는 문제가 아니야. 특별히 기발한 방법도 아니고. 진짜 문제는── 그 사람들이 『멋진 남성』이라는 조건에 해당하는지, 라고 해야겠지."

약간 불안한 서론을 말한 뒤에, 하얀 여우가 작전에 대해서 말하기 시작했다.

……그 내용을 듣고, 나는 더더욱 불안해졌다.

그리고 드디어, 맞선 당일이 왔다.

다행히도 토요일인 어제는 별일 없이 평온하게 넘어갈 수 있었다. 학교에 갈 필요가 없다 보니 아침부터 다 같이 외출해서 종일 시즈마와 같이 놀았다.

밤에는 엘미라도 우리 집으로 초대했다. 열장 사츠키가 있으면 일이 귀찮아지니까, 어머니는 아기토네 맨션에 가 계시라고 했고. 바엘한테 작전에 대해서 전달하는 역할도 겸해서.

“시즈마. 도로시 씨를 너무 원망하지 말아요. 지금 그 사람은 악마 시트리 탓에 갈망이 폭주하고 있을 뿐이니까요.”

“물론 잘 알고 있습니다, 어머님.”

“시쥬마. 하다못해 내년 봄에 개봉하는 『극장판 스펙터클맨, 역대 괴수 대집합』은 같이 보러 가고 싶쫍니다. 그리고, 이 벨베론 소프트 비닐 인형…… 작별 선물로 주게쭘미다.”

“정말 고맙습니다, 누님. 소중히 간직하겠습니다.”

……그런 가족들의 대화를 떠올리면서 레이다를 탈환하겠다는 결심을 새롭게 다지며, 오후 6시 반, 류가 & 엘미라와 함께, 나는 아기토의 맨션으로 쳐들어갔다.

“어서 와. 기다리고 있었다.”

로비에서 우리를 맞이해준 사람은 바엘이었다. 낮에도 바엘이 메시지를 보내줬다. ‘사정은 사츠키 씨한테 들었어. 일이 정말 힘들게 됐네……’라면서 동정해줬다.

“시트리한테 보고는 들었다. 이번만은 우리 수호자들이 관여하지 않기로 했다. 크레바스하고 아무 상관도 없는 일이니까.”

쌀쌀맞은 적 간부 연기를 하면서, 천천히 팔을 들어서 손가락으로 로비 한쪽을 가리키는 바엘. 그쪽에 엘리베이터가 있었다.

"시트리는 3층에 있다. 이 맨션은 각 층에 한 집밖에 없으니까, 굳이 안내해줄 필요는 없겠지."

바로 약속 장소로 가기 위해서 발을 옮기려고 한 그때.

어째선지 류가 혼자만 그 자리에서 움직이지 않고, 날카로운 눈으로 바엘을 노려보고 있었다.

"왜 그러지, 히노모리 류가? 빨리 가주면 좋겠다만."

"……리나는 뭘 하고 있지? 우리가 왔는데, 어째서 모습을 보이지 않는 거야?"

역시 여기까지 왔으니 소꿉친구가 어떻게 됐는지 궁금하겠지. 하지만 참아줬으면 싶다. 오늘 목적은 어디까지나 레이다를 구출하는 거니까.

쿠로가메가랑 다르게, 레이다는 감금된 상태. 미안하지만 레이다 쪽이 우선이다.

"푸르카스라면, 지금 숙면 중이다."

바엘의 대답에 류가가 수상하다는 것처럼 인상을 썼다.

"숙면이라고……?"

"오전부터 저녁까지, 내가 붙잡고 공부를 시켰다. 그러니 최소한 몇 시간은 일어나지 않겠지. 그쪽이 날뛰면 나도 곤란해지니까."

"그런데, 대체 왜 공부를?"

"오메이 고등학교는 다음 주 수요일부터 기말고사지?"

"그, 그렇긴 한데……."

"학교를 쉬게 하는 만큼, 이쪽에서 나름대로 챙겨줬다. 시험 기간에는 학교에도 보낼 생각이고."

……이건 예전에 바엘한테 들은 이야기인데, 『악마 빙의자』들은 일주일 전에 이계를 침공할 때 소집됐고, 그전까지는 평소대로 살고 있었다고 한다.

지금은 학교나 일을 쉬고 있지만, 쉬기 위한 구실은 각자가 알아서 철저히 마련했다고 한다. 그래서 실종 사건 소동 같은 일들이 벌어지지 않았다는 것 같고.

"아마도 지금의 푸르카스라면, 상당히 좋은 점수를 받을 것이다."

"리나, 항상 영어가 아슬아슬하게 낙제점을 면했었는데……."

"알고 있다. 그래서 중점적으로 가르쳤다. 특히 시험 범위 부분을."

"저, 정말 고마워."

자기도 모르게 고맙다고 말해버리는 류가.

이봐, 바엘! 그런 소리는 안 해도 돼! 쓸데없이 친구 캐릭터로서 잘 챙기는 모습을 보여주지 말라고!

하마터면 푸근한 공기가 돼버릴 것 같아서, 나는 바로

류가의 팔을 붙잡고 엘리베이터 쪽으로 갔다.

순식간에 3층에 도착했고, 엘리베이터에서 내리자 바로 앞에 문이 하나. 문이 열려 있지만, 일단 초인종을 누른 뒤에 안으로 들어갔다.

……내부는 대충 봐도 학교 교실의 두 배 정도는 되었다.

중앙에 테이블이 있고, 그 테이블을 둘러싸는 모양으로 소파가 놓여 있다. 방 전방과 오른쪽에는 문이 있고, 왼쪽에는 접이식 파티션이 세워져 있다.

"저기…… 여기가, 맞는 건가?"

내가 중얼거리자, 파티션 뒤쪽에서 여성이 한 사람 나타났다.

새빨간 드레스 위에 숄을 걸친, 도로시 크로포드였다. 어제와 전혀 다르게, 오늘은 메이크업까지 확실했다.

"기다리고 있었어, 엘미라. 도망치지 않고 여기까지 온 건 칭찬해줄게. 하지만……."

그렇게 말하면서, 도로시 씨가 차가운 시선으로 나와 류가를 쳐다봤다.

"난 남성 열 명을 데려오라고 했을 텐데. 게다가 거기 두 사람은 당신 보이프렌드잖아. 정말로 나와 교제할 생각이 있을 리가 없어."

분명히 지금 여기 있는 사람은 나 & 류가 & 엘미라 세 명뿐이다.

하지만 괜찮아. 맞선 멤버들은 곧 도착한다. 오후 7시에.

"도로시 씨, 이 두 사람은 멤버가 아니랍니다. 이번 맞선의 스태프로 같이 왔을 뿐이에요."

"그거 안심이네. 나, 연하는 취향이 아니거든."

기분이 풀린 도로시 씨가 소파에 앉았다. 취향은 연상…… 이건 좋은 소식인지도 모르겠다.

"그럼 우리는 저쪽으로 비켜 있겠어요. 같이 있으면 방해가 될 테니까."

도로시 씨한테 그렇게 말하고, 우리는 재빨리 파티션 뒤로 이동했다.

……솔직히, 난 이 작전을 상당히 불안하게 여기고 있다.

도로시 씨한테 『나락의 사도』들을 소개하겠다―― 그게 궁기가 제안한 작전이었다. 인간이 아닌 존재는 인간이 아닌 존재로 상대한다는, 아주 무모하면서도 간단한 작전이었다.

――내 생각에, 사도와 인간이 아닌 존재들은 상성이 좋다. 사츠키는 오니와, 레이다는 뱀파이어와 결혼했으니까. 듀라한한테도 그런 공식이 적용될 거야.

수염을 쫑긋쫑긋 흔들면서, 하얀 여우가 그렇게 설명해줬는데…… 과연 생각대로 될까. 도로시 씨가 연상이라고 무조건 다 좋아하는 것도 아닐 텐데.

'하지만 다른 묘안이 없으니, 이 방법밖에 없어. 믿자!

열 명이나 있으면, 하나 정도는 도로시 씨 마음에 드는 녀석도 있겠지!'

억지로 나 자신을 달래고 있던 그때.

'코바야시 소년, 왔어.'

갑자기 머릿속에 궁기의 목소리가 울렸다. 동시에, 우리 앞에 눈에 익은 문이 스윽 하고 나타났다. 장지문 한 장 정도 크기의 '이계로 통하는 문'이.

말할 필요도 없이 혼돈의 능력이다. 혼돈이 이계 쪽에서 이 문을 열어준 것이다.

그 아저씨, 인간계에서는 그릇에서 3m 정도만 떨어질 수 있다. 그래서 필연적으로 문이 내 바로 근처에 나타날 수밖에 없다.

"……오, 도령. 좀 일찍 왔나?"

조금 지나서 문이 열리고 산적틱한 아저씨가 빼꼼, 얼굴을 내밀었다.

물론 혼돈도 맞선 건에 대해서는 알고 있다. 어제부터 궁기가 몇 번이나 전이해서 이런저런 준비를 했으니까.

"아니, 딱 좋은 타이밍이야. 그런데 혼돈, 맞선 멤버는?"

"이미 준비시켜놨다. 일단 부대장 제루바, 가이고, 야구자부터 시작해볼까. 아니면 8걸 쪽이 좋으려나?"

그렇다. 왕이 도로시 씨와 맞선을 보라고 지령을 내린 것은 부대장 트리오와 『나락의 팔걸』이다.

그 개성이 강하다고 할까, 좀 괴상하기까지 한 그 녀석들.
그렇지? 불안하지?

5

원래 맞선을 시작할 예정이었던 오후 7시가 되기도 전에 혼돈이 연 문에서 첫 번째 사도가 나타났다.
"여, 대장. 미온 누님은 잘 지내고 있나?"
반다나를 눈이 가려질 정도로 내려서 감은, 뾰족 머리의 대학생 같은 형씨다. 입에는 담뱃대를 물고, 귀찮다는 투로 그렇게 물었다.
——부대장 트리오 중에 하나, 매형 사도 제루바.
미온의 직속 부하고, 예전에 시즈마의 이계 통제에도 협력해줬던 펑크한 외모의 젊은이. 얼굴은 그럭저럭 잘 생겼지만, 빈말로라도 인상이 좋다고는 해줄 수 없다.
"미안해, 제루바. 이런 부탁을 해서."
"그러게, 대장. 뭐, 혼돈 님 명령이고 시즈마 도련님을 위한 일이기도 하니까. 어디 그럼, 여자 악마 좀 상대해주고 올게."
그렇게 말하고 파티션 밖으로 터벅터벅 걸어가는 제루바. 그대로 도로시 씨의 맞은편 자리에 가서 털썩 앉더니, 버릇없이 다리를 꼬았다.

……벌써 분위기가 이상하다. 도로시 씨의 얼굴이, 딱 봐도 심기가 불편해 보인다.

"처음부터 펑키한 게 나왔네. 엘미라가 이런 남자하고도 어울렸다니……."

"제루바라고 한다. 너냐? 낼모레 서른인, 노처녀 듀라한이라는 게."

도로시 씨의 관자놀이에 뿌득, 하고 혈관이 튀어나왔다.

'야, 제루바! 좋은 인상을 주려고 노력이라도 해보라고! 이게 맞선이라는 걸 알고는 있는 거냐!'

애간장을 졸이고 있는 나한테, 해설 담당 궁기가 설명해 줬다.

'아니야. 승부는 모르는 법이야, 코바야시 소년. 내가 주워들은 이야기에 의하면, 여성은 나쁜 남자한테 끌리는 경향이 있대.'

'저건 나쁜 남자가 아니라 그냥 나쁜 놈이잖아! 담배에 불까지 붙였어!'

담배 연기를 풀풀 내뿜으면서, 매 사도가 계속해서 폭언을 토해냈다.

"그러고 보니까 너, 머리를 뗄 수 있다면서? 한번 리프팅 좀 해봐라."

그 말이 결정타가 돼서, 도로시 씨가 자리에서 벌떡 일어나서는 소리를 질렀다.

“저리 치워! 이딴 남자, 보나 마나 기둥서방이나 될 거야! 당장 꺼져! 그리고 두 번째를 데리고 와!”

시작한 지 1분 만에 퇴장 선고를 받고 이계로 철수하는 제루바. 그렇게 해서 첫 번째 자객은 허무하게 임무에 실패했다.

그런 제루바와 교대하여 두 번째 자객이 문을 통과해서 나왔다.

“오랜만이오, 코바야시 경. 제루바 놈, 아무래도 실패한 것 같군.”

이어서 나타난 사람은 거창한 갑옷을 입은 중보병 같은 중년 남성. 얼굴에 상처가 여러 개 있는, 역전의 맹자 같은 느낌을 주는 외눈의 대장부다.

——부대장 트리오 중에 한 사람, 기린 사도 가이고다.

주리 직속 부하고, 주리를 ‘여왕’이라고 부르는 충성스러운 부하다. 실제로는 엄청난 M이고, 얼굴에 난 상처도 대부분 SM 플레이 때문에 생겼다는 것 같지만, 사실은 두 눈이 다 보인다는 것 같지만.

“부탁해, 가이고. 도로시 씨 기분을 해치지 않게, 최대한 신사적으로.”

“이런 임무는 처음이기에 어찌해야 좋을지 잘 모르겠지만…… 최선을 다하겠다.”

그런 말을 남기고, 커다란 몸을 흔들면서 파티션 밖으로 나가는 가이고. 도로시 씨 앞까지 가서는 공손하게 고개를 숙였다.

"처음 뵙겠소. 이 몸은 가이고라고 하오."

"어머나, 꽤나 남자다운 사람이네. 나, 댄디한 사람 좋아하는데."

잘한다, 아무래도 첫인상은 좋은 것 같네…… 라고 생각했더니, 도로시 씨가 "그런데"라고 말했다.

"어째서 그런 갑옷을 입은 거지? 맞선 자리에 걸맞은 드레스코드는 아닌 것 같은데."

"이것이 이 몸의 정장이다. 무인이라면 항상 전투에 대비해야 한다."

……어째 또 분위기가 이상해지기 시작했다. 도로시 씨 얼굴이 씁쓸한 차를 마신 할아버지처럼 찌푸린 표정이 됐다.

"나야말로 묻고 싶다. 너는 어이해 드레스 따위를 입고 있나?"

기린 사도의 질의에, "뭐?"라면서 눈을 껌벅거리는 도로시 씨.

"여자의 정장이란, 오로지 하나…… 본디지 의상뿐이다. 네게는 여왕이 되겠다는 기개가 있는가? 채찍조차도 들지 않고, 어떻게 이 몸을 조교하겠다는 것이냐?"

아, 틀렸다. 성적 취향을 너무 대놓고 드러냈잖아.

'아냐, 승부는 아직 몰라 코바야시 소년. 내가 주워들은

이야기에 의하면, 여성은 항상 자극을 원하는 법이래.'
'대체 어디서 주워들은 정보인데!'
내가 딴죽을 거는 사이에, 가이고는 폼에서 양초를 꺼내서는 도로시 씨에게 건넸다.
"일단 이 몸에게 촛농을 떨어트려라. 그리고 엎드릴 테니 엉덩이를 걷어차 봐라."
"당장 꺼져! 누가 이런 변태를 데리고 오라고 했어! 이건 완전히 M이잖아!"
두 번째 기린 사도도 1분 만에 허무하게 퇴장당했다.
가이고가 갑주에서 철컹철컹 소리를 울리면서 문 너머로 돌아가자, 바로 세 번째가 나타났다.
"파파 씨~ 오랜만이에요~."
등장하자마자 나한테 윙크를 날린 건, 도로시 씨한테도 지지 않을 만큼 풀메이크업을 한 남자. 잘생긴 건 맞지만, 유난히 몸을 꾸물거리는 청년.
——부대장 트리오 중의 한 명, 말벌 사도 야구자.
키키 직속 부하고, 사도 중에서도 제일가는 스나이퍼. 하지만 보다시피, 이런 사람이다. 성적 대상을 확인해둬야 하려나.
"야구자. 상대가 여자인데, 괜찮겠어?"
"괜찮아요. 저는 호스티스도 호스트도 될 수 있으니까~."
그 말을 믿고, 일단 보내봤다. 야구자는 생글생글 붙임

성 좋게 웃으면서, 도로시 씨 맞은편이 아니라 옆자리에 앉았다.

"안녕하세요~ 야구자라고 해요~."

"어머나, 화장은 진하지만 꽤 잘 생겼네."

"우후후, 고마워~. 도로시, 맞선 보고 있다면서~?"

"당신이 그 상대잖아?"

……또 분위기가 이상해졌다. 도로시 씨가 와인을 병째로 들고서 마시고 있다.

'아냐, 승부는 아직 모르는 법이야 코바야시 소년. 내가 주워들은 이야기에 의하면, 그러니까, 여성은 여성처럼 구는 남자 탤런트를 좋아한대.'

'억지로 긍정적인 말 하려고 들지 마!'

궁기의 긍정적인 발언도 보람이 없이, 이번에도 승부는 패배로 끝나고 말았다.

"혹시 괜찮은 남자 있으면, 나한테도 소개해줄래~?"

"내가 왜! 꺼져! 취지를 제대로 이해한 놈으로 데리고 와!"

듀라한한테 야단을 맞고 터덜터덜 이계로 돌아가는 말벌 사도. 이걸로 세 번째도 실패…… 도로시 씨의 딴죽 실력만 쓸데없이 늘고 있다.

"코바야시 이치로. 이 작전, 정말 괜찮은 건가요?"

"도로시 씨, 벌써 와인을 세 병이나 비웠거든? 소파에 양반다리 하고 앉았거든?"

이렇게 되니 엘미라와 류가도 걱정이 되는 것 같다. 나도 걱정되거든.

하지만, 그 뒤에도 맞선은 계속됐다. 부대장 트리오에 이어서 이번에는『나락의 팔걸』들 차례다.

——네 번째는 맨드릴 개코원숭이형 사도, 조장 작붕.

예전에 사도들의 군세를 이끌고 시즈마가 지키고 있는『나락성』으로 쳐들어왔던 장군이다. 얼핏 보면 껄렁해 보이는 외모와 달리, 취미는 온천 순례다. 좋아하는 음식은 감이고.

"우캬캬캬캬! 난 작붕이라고 한다! 이봐, 일단 팬티부터 줘봐! 머리에 써보고 감촉 좀 확인해보게!"

"너, 처음부터 나한테 잘 보일 생각도 없었지! 꺼져!"

——다섯 번째는 잉어형 사도, 분장 히가이아.

궁기의 첨병으로서 시즈마를 노렸던, 항상 보는 사람이 숨이 막힐 정도로 뜨거운 장군이다. 팔걸 중에서도 손꼽히는 방어력을 지녔지만, 엘미라의 불꽃에 패배해버린 열혈한이다.

"이리오너라아아! 이 몸은 분장 히가이아다아아아! 상쾌하고 쿨한 미남을 원한다 해서 이렇게 왔도다아아아아!"

"꺼져! 어디가 쿨하다는 거야!"

——여섯 번째는 사마귀형 사도, 간장 바론.

월상관의 후계자인 야마나시 아사오한테 빙의해서 아오

가사키 선배와 결혼하려고 했던 책사. 이 남자라면 기대할 만할지도 모르겠다.

"안녕, 난 바론이라고 해. 당신인가? 내 신부 후보라는 사람이."

"아, 지금 와서 겨우 쓸만한 남자가——"

"미안하지만, 안 되겠어. 내 취향이 아니야."

"네가 퇴짜 놓는 게 어딨어!"

——일곱 번째는 왕거미형 사도, 륙장 루니에.

말할 필요도 없지만, 유키미야네 집사 세바스찬이다. 팔걸 중에서도 최강이라고 불리는 실력자이자, 톳코만을 섬겨온 심복…… 댄디하다는 점에서 본다면 이 사람이 제일이겠지.

"나는 륙장 루니에. 인사 대신, 시오리 아씨의 매력에 대해 말하도록 하겠다."

"그 여자가 누군데!"

"그럼, 도올 님의 매력에 대해."

"꺼져, 꺼지라고! 이놈도 여기가 무슨 자린질 모르네! 맞선이라고 했잖아!"

——여덟 번째는 장수풍뎅이형 사도, 계장 사이힐.

유난히 치타형 사도 시마와 콤비를 맺는 경우가 많은, 근육이 울끈불끈한 스님이다. 하지만 이런저런 사정 때문에, 지금은 유키미야 가문의 정원사로 일하고 있다.

"소승은 계장 사이힐이라 하오. 설마 8번 제비를 뽑은 소승한테까지 차례가 올 줄이야…… 그 퇴짜, 삼갈지어다."

"너야말로 그 웃기지도 않는 짓을 삼가는 게 어때! 그리고 제비뽑기로 순서 정하지 말고!"

"그나저나 시주는 머리로 축국을 할 수 있다고 들었습니다만."

"꺼져!"

사이힐이 염불을 외우면서 퇴장하자, 파리 한 마리가 방 안으로 날아 들어왔다.

잠시 허공에서 선회하다가 점점 팽창하기 시작했고, 그러다가 사람 모양으로 변해갔다. 마침내 탁, 하고 착지한 사람은, 하얀 수염을 기른 할아버지였다.

——그 사람은 당연히 검은 파리형 사도, 음장 바츠와나. 아홉 번째 자객이다.

"허허허. 맞선 장소가 여기인가?"

"영감이잖아! 게다가 파리잖아! 지금 분명히 파리였어! 당장 꺼져 이 망할 것아!"

자기가 앉아 있던 소파를 들어서 노인한테 집어던지는 도로시 씨.

깜짝 놀란 바츠와나는, 노인이라는 걸 믿을 수 없는 엄청난 속도로 도망쳐서 밖으로 나갔다. 이건 우리도 납득할 수 있는 퇴짜였다.

통한의 표정을 지은 나한테, 류가가 당혹스러워하면서 물었다.

"이치로, 지금 그 할아버지가 음장 바츠와나? 바로 얼마 전에 만났다고 하던?"

참고로 바츠와나에 대해서는, 어젯밤에 류가네한테도 얘기해뒀다.

물론 열장 사츠키에 대해서는 여전히 비밀이고, 두 사람이 『악마 빙의자』들과 같이 이 맨션에서 살고 있다는 것도 비밀이지만.

'……코바야시 소년.'

그때, 내 안에 있는 궁기가 말을 걸어왔다.

'뭔데, 궁기.'

'이 작전, 완전히 실패했네.'

동감이다, 이 망할 것아.

6

결과적으로 내 불안이 적중해서, '도로시 씨 맞선 대작전'은 파탄 날 가능성이 농후해졌다.

역시 이 작전에는 근본적으로 문제가 있었다. 참고로 마지막으로 남은 자격은 도철이다. 내 쌍둥이라는 설정의 코바야시 토테츠로인데…… 뭐, 보나 마나 안 되겠지.

'큰일 났다. 도로시 씨가 아니라 우리 쪽이 벼랑 끝에 몰리고 말았어…….'

그냥 열 명을 소개해주는 것만 가지고는 레이다가 어디 있는지 가르쳐주지 않겠지.

이렇게 되면 사도들을 있는 대로 동원하는 수바에 없다. 청새치형 자모스라든지 낙타형 카비니라든지 플라밍고형 타후이라든지, 이래저래 있을 테니까.

도로시 씨가 일시적으로 마음에 들기만 해도 된다. 감금한 장소만 알아낸 뒤에 뿔을 부러트려 버리면 되니까. 그렇게 되면 『악마 빙의자』였던 때의 기억도 사라질 테고.

파티션 뒤에서 내가 필사적으로 대책을 생각하고 있는데 갑자기 그 파티션이 반대편에서 걷어찬 탓에 넘어져 버렸다. 거기에 서 있는 사람은 화가 잔뜩 난 도로시 씨였다.

"지금 장난치는 거냐, 엘미라아아아아! 이상한 것들만 잔뜩 데려오고 말이야!"

"지, 진정하세요, 도로시 씨. 그런데, 레이다가 있는 곳 말인데요."

"너 같으면 가르쳐주겠냐!"

도로시 씨의 서슬 앞에 "그렇겠죠……"라고 말하며 어깨를 축 늘어트리는 엘미라와 류가.

이걸로 끝장인가? 나는 아버지로서의 책무를 다하지 못하는 건가? 이대로 가면 시즈마를, 키키를 볼 낯이 없어……

라는 생각을 하면서 이를 악문 그때.

"——여어. 이봐 도령, 일은 잘 돼가나."

옆에 열려 있던 문에서, 혼돈이 다시 얼굴을 내밀었다.

바로 도로시 씨가 부릅, 하고【마신】을 노려봤다. 하지만 다음 순간…… 어째선지 깜짝 놀란 표정을 지었다.

"뭐야, 말도 안 돼……."

그런 소리를 중얼거리면서, 마치 영혼이 빠져나간 사람처럼 혼돈을 응시했다. 어떻게 된 거지? 설마 이런 산적틱한 아저씨가 마음에 든 거야?

"뭐야, 완전히 댄디해…… 내가 동경하는 다케다 신겐 같아……!"

마음에 드셨다. 조금 전까지 화가 잔뜩 나 있던 게 거짓말처럼, 눈이 반짝반짝 빛나고 있다. 그녀의 심장에서 '쿠웅……' 소리까지 난 것 같은 기분이 들고.

대체 왜? 분명히 이 사람, 얼굴 밝힌다고 했었잖아?

그때 갑자기 내 머릿속에 궁기의 목소리가 울렸다.

'기회야, 코바야시 소년! 마지막 열 번째를 혼돈으로 변경해! 그렇게 해서 이 악취미 듀라한을 농락하게 하고!'

말은 쉽지만, 지당하신 말씀이다.

나는 바로 혼돈한테 눈짓을 하고, 고속으로 열 번 정도 고개를 끄덕였다. 옆에서 엘미라가 "목 떨어지겠어요"라고 말했다.

……혼돈. 네 취향 연령대가 아주 낮다는 건 잘 알고 있다. 하지만 지금은 참아줘! 원래 취향은 저리 치워놓고, 제발 커플로 성립돼줘!

내 뜻을 알아차린 혼돈이 머리를 벅벅 긁었다. 그리고 【마신】은 "하는 수 없지"라고 중얼거리고는 문밖으로 나왔다.

"여어, 『악마 빙의자』 아가씨. 열 번째는 이 몸이다. 괜찮은가?"

"예!"

두 손을 가슴 앞에서 맞잡고, 고속으로 열 번 정도 고개를 끄덕이는 도로시 씨. 목 떨어지겠다.

"호오. 자세히 보니 꽤나 예쁜데. 맞선 따위 안 봐도, 남자 하나 정도는 쉽게 잡을 수 있을 것 같은데 말이야."

"그, 그렇지도 않아요!"

역시나 사흉의 리더(가칭), 빈말도 아주 잘하네. 도로시 씨의 심장이 '둥둥둥'하고 뛴 것 같은 기분이 든다.

"저는, 도로시 크로포드라고 해요! 취미는 요리고요!"

"이 몸은 혼돈이다. 그런데 예쁜 아가씨, 레이다가 어디 있는지 가르쳐줄 수 있겠나?"

"오메이쵸역 근처에 있는 오메이 밀리언 호텔이에요! 1105호가 제 방이고, 레이다도 거기에——"

"고맙다."

그 말을 듣자마자, 혼돈이 집게손가락을 척, 하고 세웠다.

그리고는 도로시 씨의 뿔을, 딱밤으로 부숴버렸다.

"아, 윽……!"

온몸에서 방대한 독기가 분출되고, 도로시 씨가 쓰러졌다. 그런 도로시 씨를 받아서 대충 바닥에 눕혀준 뒤에, 【마신】이 아무렇지도 않다는 것처럼 말했다.

"들었지, 도령. 오메이 밀리언 호텔 1105호다."

혼돈의 깔끔한 수완을 보고 입이 떡 벌어져 있는 류가와 엘미라.

일단 박수를 치고 있는 두 사람 앞에서, 나는 바로 휴대전화를 꺼냈다. 그리고 최근에 등록한 미온의 번호로 전화를 걸었다.

오메이 밀리언 호텔…… 우연히도 요시다 센지로 씨가 묵었던 호텔이다.

『여보세요, 이치로 군? 맞선은 어떻게——』

겨우 2초 만에 전화를 받은 백로 소녀에게, 그 다음 말은 듣지도 않고 내 할 말을 했다.

"미온! 오메이 밀리언 호텔 1105호야! 장소는 키키가 알고 있으니까, 시즈마를 데리고 바로 가줘!"

똑똑한 미온은 내 요청을 듣고서 바로 "알았어"라고 대답했다.

"코바야시 이치로! 저희도 가요! 택시를 부를게요!"

엘미라가 휴대전화를 손에 들고서 그렇게 소리쳤다. 당연히 그럴 생각이다.

쇠뿔도 단김에 빼라는 것처럼, 나는 도로시 씨를 안아 들었다. 이 사람도 호텔에 데려다줘야겠지. 『악마 빙의자』였던 동안의 기억을 잃어버린 사람을 여기 두면 안 되니까.

엘미라를 따라서 바로 방에서 나가려고 한 그때 갑자기 뒤쪽에서 류가가 생각지도 못한 말을 했다.

"미안해, 이치로, 엘. 그쪽은 부탁해도 될까?"

"뭐?"

깜짝 놀라서 뒤를 돌아봤더니, 류가가 유난히 결연한 표정으로 이쪽을 보고 있었다. 온몸에서 황금색 오라를 살짝 피워 올리면서.

"무, 무슨 일인데 류가? 너, 혹시……."

내 억측을 긍정하는 것처럼, 주인공이 살짝 고개를 끄덕였다.

"그래. 난── 리나를 되찾을 거야. 더 이상, 구출을 미룰 수는 없어."

그런 얘긴가. 역시 넌, 그럴 생각으로 여기에 왔구나.

"리나와 결판을 내고 올게. 두 사람은 레이다를 부탁해. 도로시 씨도 잘 부탁하고…… 친구 캐릭터한테 딱 맞는 일이지?"

미소를 지으며, 주먹으로 내 가슴을 톡, 하고 건드리는 류가.

아무래도 주인공의 결의는 흔들리지 않을 것 같다. 거기다 날 배려해주기까지 했으니까, 이젠 거절할 수 없다. 무엇보다 류가랑 입씨름할 시간도 없으니까.

'조금 이르기는 하지만, 이렇게 됐으니 푸르가메 양도 탈환해버릴까.'

어차피 처음부터 그 역할은 히노모리 류가한테만 맡길 생각이었으니까. 주인공이 처음으로 쓰러트리는 『악마 빙의자』가 72 악마 최강의 거북이…… 지금까지의 부진을 만회하고도 남는 활약이 되겠지.

"……알았어, 류가. 그럼 혹시 모르니까, 이 녀석을 두고 갈게."

나는 내 안에 있는 도철을 불러서 밖으로 나오게 했다.

자다 일어나서 눈을 비비고 있는 【마신】한테, 재빨리 상황을 설명해줬다. 속도 편한 녀석이라니까, 이 상황에서 여태 자고 말이야.

"고마워, 이치로. 도철, 넌 바엘과 다른 수호자들을 맡아줬으면 싶어. 그러면 리나하고 싸우는 데만 집중할 수 있으니까."

"음냐음냐…… 어라? 류가땅이 옷을 입고 있네…… 조금 전까지 알몸이었는데."

발칙한 꿈을 꾸고 있던 것 같은 도철의 머리에 손날치기를 날려서 현실로 돌아오게 했다.

이 맨션에 있는 건 바엘과 바츠와나뿐. 즉, 푸르가메 양 말고는 전부 내 손길이 닿은 사람들이다.

하지만 조심해서 나쁠 건 없지. 지금의 쿠로가메 리나는 그만큼 위험한 존재니까.

만에 하나라도 류가가 질 것 같으면, 누군가가 도와줘야만 한다. 도철의 전투력이라면 그 정도는 가능하겠지.

"도령, 난 이계로 돌아가겠다. 저쪽에서 한바탕 날뛰면서 적들의 시선을 끌어보겠다."

문으로 들어가는 혼돈에게 고개를 끄덕이고, 나는 류가한테도 힘차게 고개를 끄덕여 보였다.

"힘내 류가! 꼭 이기고!"

기합을 넣어주기 위해서, 나도 주먹으로 류가의 가슴을 톡, 했다. 이렇게 주먹으로 서로를 격려하는 건, 결전 전이라면 당연한 일이지.

그랬더니 주인공은 가슴을 가리려는 것처럼 몸을 꼬더니, 작은 소리로 속삭였다.

"뭐양, 엉큼해."

……기껏 좋은 장면이었는데 말이야.

엘리베이터를 타고 1층으로 내려왔더니, 엘미라는 이미 로비 밖으로 뛰쳐나가고 있었다.

류가와 도철은 아직 3층에서 스트레칭을 하고 있고. 이 짧은 시간을 이용해서, 바엘한테도 상황을 설명해뒀다.

"그래…… 히노모리 군은 푸르카스와 결판을 낼 생각이구나."

"응. 이걸로 세 번째야. 미안하지만 쿠로가메를 돌려받아도 될까?"

"물론이지. 하지만 걱정되는 건, 오늘 밤에 사츠키 씨가 없다는 점이야. 만약에 불의의 사태가 일어난다면, 나와 바츠와나 씨 둘이서 대응할 수 있을지 모르겠어……."

"괜찮아, 도철을 두고 가니까. 스테이터스를 무력에만 할당한【마신】이지만, 잘 활용해줘."

"정말 괜찮을까……."

불안해하는 바엘에게 이 자리를 부탁하고, 서둘러 맨션 밖으로 나왔더니.

바로 눈앞에 엘미라가 있었고, 때마침 택시도 도착했다.

뱀파이어 소녀의 도움을 받아서 도로시 씨를 차 안에 구겨 넣고, 우리도 차에 탔다. 도로 상황에 따라 다르기는 하지만, 오메이 밀리언 호텔이라면 20분 정도면 도착할 것 같다.

'호텔에는 아마도 삼 공주가 먼저 도착하겠지. 레이다를 만난다고 생각하니까 왠지 긴장되네…….'

아마 말형 사도라고 했었지. 뒤쪽으로 흘러가기 시작한

바깥 경치를 바라보면서 사랑하는 자식의 친어머니의 키 비주얼을 상상하고 있는데.

……갑자기 엘미라가 내 손을 꼭 잡았다. 유난히 진지한 얼굴로.

"이제 저도 시즈마의 엄마가 아니게 되겠군요……."

"나도 아빠가 아니게 되는 건가…… 쓸쓸해지겠네."

둘이서 그런 소리를 주고받았다. 시즈마가 없다고 생각하니, 벌써 가슴에 구멍이 난 것 같다.

"생각해보면 많은 일이 있었군요. 처음에는 저희 둘이서 육아를 했었는데."

"그때 시즈마는 갓난아기였지. 바로 얼마 전에 있었던 일 같아……. 바로 얼마 전에 있었던 일이지만."

하지만. 나와 엘미라는 이미 마음을 정했다.

잘 됐다 시즈마—— 그렇게, 웃는 얼굴로 보내주자. 키키도 그럴 생각일 테니까.

그게 가족이 할 일이니까. 거짓 없는, 우리들의 진심이니까.

그 뒤, 예정대로 대략 20분 만에 오메이 밀리언 호텔에 도착한 우리는, 1105실을 향해 달려갔다.

방 안으로 뛰어 들어갔더니 나란히 서 있던 미온, 주리, 키키가 동시에 뒤를 돌아봤다.

그리고 그 세 사람 너머에—— 시즈마를 꼭 안고 있는 한 여성이 있었다.

'이 사람이 레이다…….'

외관상 나이는 20대 후반 정도. 얇은 블라우스에 롱스커트를 입은 소박한 차림새다. 허리까지 내려오는 찰랑찰랑 아름다운 긴 머리카락이 마치 말갈기처럼 보였다.

어딘가 덧없다는 느낌이 들고, 그래서 요염하게 보이기도 했다. 가느다란 두 팔로 아들을 꼭 안고서 훌쩍이는 모습이 그야말로 남편이 먼저 죽은 미망인 그 자체였다.

"시즈마…… 많이 컸구나……."

"어머니…… 어머니……!"

레이다의 품에 얼굴을 묻고, 시즈마도 울먹이고 있다. 총명하고 씩씩한 엘리트 사도가 아니라, 그냥 세 살짜리 아이였다.

그런 두 모자를 지켜보며 삼 공주가 눈물을 글썽이고 있다. 엘미라도 왼쪽 눈의 눈물점에 살짝 집게손가락을 대서 눈에 맺힌 눈물을 훔치고 있고.

——이렇게 시즈마는 마침내 친어머니와 다시 만났다.

도로시 씨를 업은 채, 나도 치밀어 오르는 뜨거운 눈물을 꾹 참았다. 가장까지 울면 안 되니까. 그리고 업고 있는 듀라한이 은근히 무겁다.

"주리 님, 미온 님, 그리고 키키 님……."

자식을 다시 만난 기쁨을 한바탕 곱씹은 뒤에.

레이다가 삼 공주 쪽을 향해 몸을 돌리고, 바닥에 엎드려서 큰절을 올렸다.

병졸은 레이다에게 장군인『나락의 삼 공주』는 엄청난 상관. 게다가 에조 늑대 꼬마는 직속 보스다.

"저는 무단으로 인간계로 도망쳤고, 게다가 사도로서의 사명까지 방치하고 자신의 행복을 추구하는 큰 죄를 저질렀습니다……. 그 어떤 처벌이라도 받을 각오가 되어 있습니다."

진지하게 말하는 레이다를 보며, 나란히 씁쓸하게 웃는 백로 사도와 킹코브라 사도.

"그런 건 됐어.『나락의 사도』는 이미 인간하고 화해했으니까. 모든【마신】님들이 뜻을 모으셨거든."

"그리고 당신은 일단 동포들한테 숙청당했죠? 처벌이라면 그걸로 끝났어요."

미온과 주리가 그렇게 말했지만, 레이다는 고개를 들지 않았다.

아마도 그녀는 폭장 키키의 말을 기다리고 있겠지. 예전에 자신이 섬겼고, 수많은 고생을 함께 해온 장군이 처분을 내려주기를.

"……레이다. 부활해서 다행임미다."

한참 지나서, 겨우 키키가 입을 열었다. 레이다가 "예"라

고 짧게 대답했다.

"일단 그걸 기쁘게 생각함미다. 레이다는 병졸이면서도 배려심이 있어서, 항상 키키의 시중을 잘 들어줬슴미다. 그래서 없어졌을 때는 슬펐슴미다."

"변명의 여지가 없습니다. 큰 은혜를 입은 키키 님을 배신한 죄, 이 목숨으로 갚게 해주십시오."

"죽는 건 허락하지 않숨미다. 두 번 다시."

부하를 보면서, 바가지 머리 꼬마가 딱 잘라서 말했다.

이렇게 장군다운 키키는 처음 본다. 시즈마가 나이에 걸맞은 자기 모습을 드러낸 것과 대조적으로 키키는 어디까지나 장군으로서 행동하려고 했다. 있는 힘껏.

그리고 키키와 엘미라가, 레이다에게 지금까지 있었던 일에 대해서 간단히 말해줬다.

——시즈마의 가족으로서 살아온 날들을.

——어린 시즈마가 이계로 떠나서 필사적으로 노력했던 일을.

——궁기와의 싸움에서도, 솔로몬과의 싸움에서도, 이 아이가 항상 전선에서 열심히 싸웠다는 사실을.

"자세한 이야기는 나중에, 시쥬마한테 직접 듣는 검미다."

"그래요. 이제부터 당신들은…… 계속 같이 있을 테니까."

어깨를 살짝 흔들면서, 레이다가 오열하고 있었다. 부디 시즈마를 자랑스럽게 생각해줬으면 좋겠다. 잔뜩 칭찬해줬으면 좋겠다.

그리고 모자 둘이서 언제까지고 행복하게…… 우리가 바라는 건 그것뿐이다.

그때, 엘미라가 큰 하품을 하더니, 유난히 밝은 목소리로 말했다.

"레이다, 당신과 한 약속은 분명히 지켰어요. 하아, 이제야 저도 짐을 하나 덜었군요."

허세를 부리고 있는 게 뻔히 보인다. 그 증거로 엘미라는 절대로 시즈마 쪽을 보지 않았다. 시즈마를 보면 눈물샘이 터져버릴 것 같아서 그러는 거겠지.

레이다는 잠시 말이 없었지만, 마침내 엎드린 채 눈물 섞인 목소리로 고맙다는 말을 했다.

"엘미라, 그리고 여러분…… 시즈마를 지켜주셔서, 가족이 되어주셔서, 정말 고맙습니다. 특히 코바야시 이치로 씨께는, 대체 어떻게 감사를 드려야 좋을지 모르겠습니다."

그런 찬사를 듣고, 나도 모르게 당황했다.

"아, 아뇨. 저야말로 멋대로 아빠라고 부르게 해서……."

이럴 때 괜찮은 말도 제대로 못 하는 내가 너무 한심하다.

내가 허둥대고 있는 사이에, 레이다가 시즈마 쪽으로 고개를 돌렸다. 이어서 아들의 양쪽 어깨에 손을 얹고 타이르는 것처럼 말했다.

생각도 못 했던 놀라운 말을.

"잘 들으렴, 시즈마. 너는 이제 어엿한 사도란다. 많은 분의 은혜에 네 힘으로 보답해야 한단다. 그리고 지금, 이계는 솔로몬군에게 침략당하고 있어."

"예. 알고 있습니다, 어머니."

"그렇다면 우리는── 각자의 길을 가자."

"예?"

곤혹스러워서 이상한 목소리를 낸 건 시즈마 혼자만이 아니다. 우리 모두가 똑같은 소리를 냈다.

"인간과 화목을 이룬 지금, 나는 사도로 복귀할 거란다. 고향으로 돌아가서, 동포들과 함께 『나락성』을 지키기 위해서 싸울 생각이야. 허락해주시겠습니까, 키키 님."

"그, 그건 좋슴미다만…… 그렇다면 시즈마랑 같이 가는 검미다. 각자의 길을 가는 건 안 됨미다."

"아닙니다. 이 아이에게는 이 아이의 해야 할 일이 있습니다. 코바야시 시즈마로서."

미망인 사도가 씩씩한 목소리로 한 말에, 우리는 넋이 나가버렸다.

코바야시 시즈마…… 레이다가 지금, 그렇게 말한 거야?

"지금 이 아이는 삼 공주님은 물론이고 【마신】분들께도 총애를 받은 몸입니다. 저 혼자의 생각으로 붙잡아둘 수는 없습니다."

"기, 기다리는 검미다 레이다. 그런 건 됐슴미다."

"그래요. 왜 멋대로 친권을 포기하려는 건가요? 이쪽이 어떤 심정으로 시즈마를 보내주려고 하는지도 모르고."

엄청나게 당황한 임시 누나와 어머니. 그런 두 사람에게 딱 잘라서 말하는 친어머니.

"제게는 시즈마를 여러분과 떨어지게 할 권리가 없습니다. 여러분이 얼마나 시즈마를 사랑해주셨는지…… 이 아이를 보면 너무나 잘 알 수 있습니다. 시즈마는 다행히도 가족의 사랑을 알고서 자랄 수가 있었습니다."

"…………."

"이 아이가 있어야 할 곳은 여러분이 계신 곳이라고 생각합니다. 물론 폐가 안 된다면 말입니다만…… 부디 앞으로도 시즈마를 코바야시 가문의 일원으로 있게 해주시면 안 되겠습니까."

……그러니까 한마디로, 이대로 시즈마를 데리고 있어도 된다는 얘긴가?

내…… 우리 시즈마를, 진짜 가족으로 삼아도 된다는 얘기인가?

가만히 대답을 기다리는 레이에게, 나는 열 번 정도 빠르게 고개를 끄덕였다. 키키와 엘미라도, 미온과 주리도, 마찬가지로 고개를 끄덕였다. 헤비메탈 공연장에 온 관객처럼.

우리의 반응을 보고 레이다가 안도의 미소를 지었다. 그리고 옆에 있는 시즈마의 볼을 살며시 쓰다듬으면서 조용히 말했다.

"시즈마. 여러분의 충실한 병사로서 열심히 일하렴. 그리고 이계와 인간계에 영원한 평화를 가져오도록 하자. 히데오 씨도 틀림없이…… 그러길 바랄 거야."

히데오 씨란, 레이다의 죽은 남편이다. 시즈마가 태어나기 직전에 서거한, 엘미라와 같은『상암의 혈족』이다.

인간이 아닌 존재와 인간이 공존할 수 있다고── 사도인 레이다에게 그렇게 말했던, 시즈마의 친아버지다.

"장군급에 필적하는 너라면 틀림없이 도움이 될 거야. 그러니까 힘내렴. 너무 힘들 때는 언제든지 와서 응석을 부리고."

"……알겠습니다, 어머니."

친어머니의 눈빛과 결의를 받아들이고 마침내 시즈마가 고개를 크게 끄덕였다. 그대로 아까 레이다가 했던 것처럼 우리를 향해서 고개를 깊이 숙였다.

"아버님, 어머님, 누님 여러분…… 앞으로도 부디 저를 곁에 있도록 해주시겠습니까. 이것은 어머니만이 아니라, 제 뜻으로 부탁드리는 것입니다."

"괜찮겠어? 기껏 레이다하고 만났는데……."

"예. 앞으로는 어머니를 뵙고 싶으면 언제든지 뵐 수 있으니까요. 제 가족은 어머니 혼자만이 아닙니다. 저는──

아버님과, 다른 분들과 헤어지고 싶지 않습니다."

결국 나도 참지 못하고 시즈마를 안아주기 취해서 뛰쳐 나갔다.

하지만 똑같은 행동을 한 엘미라 & 키키한테 선수를 빼앗겼다. 은근히 무거운 듀라한을 짊어지고 있는 게 문제였다.

"아아, 시즈마! 저는 앞으로도, 시즈마의 어머니로 있어도 되는 건가요!"

"키키는 앞으로도 시쥬마의 누나로 있어도 되는 검미다!"

시즈마를 끌어안고 펑펑 우는 엄마와 누나. 키키는 이미 조금 전까지 보여주던 장군으로서의 얼굴을 내던져버렸다.

"어머님, 또 자러 가도 될까요?"

"물론이죠!"

"누님, 벨베론 소프트 비닐은 돌려드리겠습니다. 작별 선물은 필요 없게 됐으니까요."

"시즈마에다가 벨베론까지 돌아와쭘미다!"

……설마 이런 해피엔딩이 기다리고 있었을 줄이야.

이번만은 약간 씁쓸한 결말을 각오하고 있었는데. 이건 틀림없이, 하늘이 내려주신 상이다. 쓸쓸함을 견디고 시즈마의 행복을 원했던, 키키와 엘미라에게 주는 상. 그리고 나한테도.

'당연히 시즈마가 정기적으로 이계에 가게 해줘야겠지. 레이다와 같이 지내는 시간도 만들어줘야 하지 않겠어, 아

빠로서.'

어머니한테도 다시 한번 시즈마를 양자로 받아들여달라고 얘기해보자. 그러고 보니까, 어머니는 어디 갔지? 한 번도 못 봤는데.

내 분위기를 보고 눈치챘는지, 미온과 주리가 늦게나마 보고했다.

"아, 이치로 군. 집에서 나왔을 때, 『악마 빙의자』 둘이 습격해왔어. 아마 레라지에, 오로바스라고 했었지."

"급한 상황이다 보니 사츠키한테 상대해달라고 부탁했습니다. 이치로 님이 오시기 직전에 『처리해뒀어』라는 메시지가 왔습니다."

레라지에와 오로바스. 내가 모르는 사이에 두 명이 더 탈락해버렸다는 건가.

어머니, 나잇값도 못 하고 열심히 하기는…….

내 등에 업힌 도로시 씨가 신음을 냈다. 조금 지나서 고개를 들더니, 주위를 이리저리 둘러보면서 당혹스러운 목소리로 말했다.

"어라? 내가, 어떻게……."

이 타이밍에서 정신이 들다니, 참 타이밍 못 맞추는 사람이네. 맞선 보는 중에 와인을 벌컥벌컥 마셔댄 탓에 아까부터 술 냄새가 지독했다.

친구가 깨어난 걸 알아차린 엘미라가 빠른 걸음으로 걸

어왔다.

"일어났군요, 도로시 씨. 몸은 괜찮은가요?"

"아, 엘미라잖아. 오랜만이야."

"이쪽으로 오면 온다고 연락이라도 주실 것이지. 너무하는군요."

"미안해, 깜짝 놀라게 해주려고…… 혹시 나, 취해서 쓰러졌어? 자꾸 많이 마시게 된다니까~."

밝게 웃는 도로시 씨는, 역시나 『악마 빙의자』였던 때의 기억이 사라진 상태이었다.

"그런데 엘미라, 이 사람들은 친구야? 여기, 내 방이지?"

"그래요. 그보다, 먼저 시즈마를 소개해 드릴게요. 마침 레이다도 있으니까 오해받지 않고 설명할 수 있겠군요."

"날 업고 있는 사람은 이 사람은 누구야? 애마 코슈타만큼이나 탑승감이 좋은데."

코슈타 바워. 아마 듀라한이 타는 말 이름이었지. 누구보고 말이라는 거야.

"아, 맞다. 엘미라한테 선물로 사 온 동인지가 있는데. 저기 말이야, 내 트렁크 있는 데까지 데려다줄래?"

이 듀라한, 왜 나한테서 내려오려고 하질 않는 거지. 야, 옆구리 발로 차지 말고.

그런 우리를 보고, 레이다가 쿡쿡 웃고 있다. 계속 감금 상태였던 탓에 걱정했었는데, 별일은 없는 것 같아서 다행이네.

혹시 이 역할, 나랑 바꾸면 안 될까? 말 사도라고 했잖아?

에필로그

도로시 씨는 엘미라에게 맡기고, 우리는 일단 집으로 돌아갔다.

집에 도착했더니 벌써 밤 아홉 시. 집에 있던 어머니가 현관에서 "어서 와"라면서 맞이해줬다.

이 사람한테 '어서 와'라는 말을 듣는 게 대체 얼마 만일까. 벌써 몇 년이나 '다녀왔어'라는 말밖에 못 들은 것 같은데.

"다행이네, 레이다를 무사히 구출해서. 레라지에랑 오로바스라는 『악마 빙의자』는 구급차 불러서 태워 보냈어. 너무 약해서 하품이 나왔다니까."

껄껄 웃는 어머니와 함께, 일단 다 같이 거실로 갔다.

주리, 키키, 시즈마, 레이다, 어머니, 그리고 궁기…… 미온이 모두에게 차를 가져다준 뒤에, 앞으로의 방침을 말해두기로 했다.

"레이다는 당분간 우리 집에서 묵게 할까 싶어. 시즈마도 당분간 임무에서 제외하고. 둘이서 편하게 시간을 보냈으면 싶거든."

굳이 지금 당장 각자의 길을 갈 필요는 없다. 전황이 그렇게 힘든 것도 아니니까, 지금까지 갖지 못했던 엄마와 아들의 시간을 우선해야 한다.

"그리고 삼 공주, 너희도 마음대로 해도 돼. 인간계에 남아 있는『악마 빙의자』가 없을 가능성이 크니까."

크레바스를 통해서 이쪽으로 넘어온『악마 빙의자』가, 아마도 열 명 정도.

바사고, 쿠로무라 토시야. 나베리우스, 와타나베 아츠시. 비네, 쿠로부치 미카. 데카라비아, 고토쿠지 타케코. 하겐티, 히라노 씨(팬티 도둑). 자간, 쿠로야나기 슌. 이포스, 쿠로야마 고타. 벨리알, 쿠로사와 미키히사. 시트리, 도로시 크로포드.

그리고 어머니가 쓰러트린 레라지에 & 오로바스까지 하면 벌써 11명이다.

만약에 남아 있다고 해도 한 명이나 두 명일 테니까. 사신 히로인즈와 내가 순찰을 돌다 보면 머지않아 발견할 수 있을 것 같다.

'그나저나, 이제『악마 빙의자』도 열 명밖에 없는 건가……. 만약 오늘 밤에 류가가 푸르가메 양을 되찾으면 아홉 명. 바엘을 빼면 제대로 된 적은 여덟 명밖에 없다는 얘기네.'

아기토여. 더 물러날 수 없는 데까지 왔다.

네 성격상, 이대로 간단히 물러날 리는 없겠지…….

그때 우리 어머니, 열장 사츠키가 차를 홀짝거리면서 물었다.

"나랑 바츠와나는 계속 바엘 군 옆에 있으면 되는 거야?"

“아니. 사실은 지금 류가가 쿠로가메과 싸우고 있어. 그 결과에 따라서는 대책을 다시 짜야 할 수도 있어.”

“그 푸르카스라는 애, 【현무】 맞지? 몇 번인가 대련해봤는데, 장난 아니게 세더라. 【청룡】도 그러더니, 이번 사신은 정말 대단하네.”

“그래도 진심으로 싸우는 류가라면 이길 수 있을 거야. 슬슬 연락이 올 때가 됐는데…….”

그렇게 말하자마자, 내 주머니 속에 있는 휴대전화기 진동으로 울렸다.

꺼내서 화면을 봤더니 바엘한테서 전화가 왔다. 연락이라면 류가가 이겼다는 보고일 텐데…… 이상하게 가슴이 뛴다.

『코바야시 군! 긴급사태다!』

전화를 받자마자 바엘이 외치는 소리가 내 귀를 찔렀다.

딱 봐도 보통 일이 아니다. 그 귀기 서린 목소리에, 가슴이 더 술렁거린다. 이제는 거의 날뛰는 수준으로.

“무, 무슨 일이야 바엘? 설마 류가가 쿠로가메한테 졌다든지――”

『아니, 히노모리 군과 푸르카스는 결판을 내지 못했다. 승부가 끝나기 전에―― 둘 다 쓰러져버렸어! 크레바스에서 나온 아기토한테!』

……의미는 알겠지만, 영문을 모르겠다.

“아, 아기토가? 류가랑 쿠로가메를?”

『그래. 두 사람 모두, 일격이었다.』

류가가 졌다고? 그 최강의 히노모리 류가가? 게다가 쿠로가메 리나까지 같이?

어째서 그런 사태가 벌어졌지. 무엇보다 류가가 아기토한테 지는 건 말도 안 되는데. 지난 시리즈 최종 결전에서도 두 사람의 일대일 대결은 류가의 완승이었잖아!

『나도 믿을 수 없어. 분명히 히노모리 군은 푸르카스와 싸운 탓에 적잖은 피로와 대미지가 쌓여 있었어. 하지만, 그렇다고 그렇게까지 일방적으로…….』

“텟짱은, 텟짱은 뭘 했던 거야!”

『이런 말 하긴 그렇지만, 그 사람이 제일 먼저 쓰러졌어. 히노모리 군을 응원하는데 정신을 팔다가 뒤에서 기습 공격을 당했거든.』

“그 멍청이!”

『온몸으로 R Y U G A를 한 글자씩 만들던 중에, 딱 U쯤에서 공격당했어. 지금은 내 옆에 쓰러져 있고.』

“【마신】이 그렇게 지는 게 어디 있어!”

……다시 한번 자세한 이야기를 들어보니, 아무래도 이렇게 된 것 같다.

류가와 쿠로가메의 배틀은 우리가 맨션을 떠나자마자 바로 시작됐다.

관전자는 바엘, 도철, 바츠와나 영감님. 바츠와나는 운 좋게 파리 모습으로 변해 있어서, 끝까지 아기토한테 들키지 않았다는 것 같다.

류가와 쿠로가메의 배틀이 가경으로 접어들려고 하던 때, 갑자기 도철이 쓰러졌다. 바엘이 습격자가 아기토라는 사실을 알아차렸을 때는 이미 류가한테 달려들고 있었다.

순식간에 벌어진 일이라고 했다.

살기를 느끼고 뒤를 돌아본 류가의 배에 아기토의 주먹이 박혔다고.

승부에 찬물을 끼얹은 탓에, 푸르가메 양이 불처럼 화를 냈다고 한다. 바로 아기토를 향해서 돌진했지만…… 그쪽도 목에 손날치기를 맞고서 기절했다나.

그리고 아기토는 류가와 쿠로가메를 어깨에 메고, 다시 이계로 돌아갔다고 한다.

——바엘. 크레바스 수비는 이제 됐다. 맨션을 봉쇄한 뒤에 너도 이계로 돌아와라—— 그런 말을 남기고.

『코바야시 군, 그건 내가 알고 있는 아기토가 아니야. 아무리 솔로몬이라고 해도, 그만한 전투력을 가지고 있는 건…… 아무리 생각해도 이상해.』

동감이다. 히노모리 류가, 쿠로가메 리나, 【마신】 도철을 순식간에 쓰러트리는 건 나도 불가능한 일이다. 아기토도 사실은 '오니'라는…… 그 이유만 가지고는 설명할 수가 없고.

『일단 바츠와나 씨가 아기토를 추적하고 있어. 나도 바로 가서 아기토한테 무슨 일이 일어난 건지 알아볼 생각이야.』

“…………”

『크레바스는 마음대로 써도 돼. 히노모리 군도, 어떻게든 구출하기 위해서 노력해볼게. 너 자신의 행동은── 너한테 맡긴다.』

그렇게 말하고, 통화가 끊어졌다.

……주위를 봤더니, 다른 사람들이 진지한 얼굴로 주목하고 있었다.

바로 설명해야 하는데, 입이 움직이지 않는다. 나도 아직 혼란에 빠져서, 사태를 받아들이지 못했으니까.

“코바야시 소년. 통화 내용을 듣고 상황은 대충 파악했어. 히노모리 류가, 쿠로가메 리나, 텟짱이 당했다는 말이네. 아기토한테.”

궁기의 말을 듣고, 삼 공주가 자리에서 일어나며 소리쳤다.

“말도 안 돼요! 류가와 리나는 몰라도, 도철 님이 지다니!”

“맞아요! 그래 봬도【마신】님이라고요!”

“요즘 자꾸 깜박함미다만, 일단은【마신】님이쉼미다!”

이어서 어머니, 시즈마, 레이다도 신음을 냈다.

“가능성만 생각해본다면, 솔로몬 군한테 기습 공격을 당했다든지? 아니면 원래 모습이었다면 꿈쩍도 안 하겠지만,

이치로 버전이라서…….”

“혹시 도철 아저씨는 류가 씨를 응원하는 데 정신이 팔린 상태였던 게 아닐까요? 아니, 아무리 그래도 그건 아니려나…….”

“다, 당연하지 않겠니 시즈마. 【마신】님께 무슨 실례되는 소리를. 도철 님은 내 첫사랑…… 아니, 아무것도 아니란다.”

내가 설명할 필요도 없이, 다들 현재 상황을 아주 제대로 추측하고 있었다.

어쨌거나, 여기서 가만히 있어봤자 소용없다. 류가가 잡혀갔다면—— 나도 가는 수밖에 없겠지. 이계로.

“……이 중에서 택시보다 빨리 날 맨션까지 데려다줄 수 있는 사람 있어?”

나는 일동에게 그렇게 물었다. 혼돈의 문은 오늘 이미 사용해버렸다. 그렇다고 이틀이나 기다리고 있을 수도 없고. 그렇다면 그쪽으로 갈 수단은, 크레바스뿐이다.

당혹스러워하면서 서로 마주 보는 사도들. 조금 지나서 손을 든 사람은, 사이드 테일의 백로 소녀였다.

“물론 나야. 사람을 태우고 날면 속도가 많이 떨어지기는 하지만…… 그래도 제일 빨라.”

“좋아, 부탁할게 미온. 그리고 주리, 미안하지만 연락 좀 부탁할게. 유키미야, 아오가사키 선배, 엘미라한테 『류가가 이계로 납치당했다』라고.”

"알겠습니다. 저와 키키도 바로 크레바스로 가겠습니다. 사츠키, 시즈마, 레이다는 인간계에서 대기하고. 이쪽에도 『악마 빙의자』가 있을지 모르니까."

짧은 회의를 마치고, 나와 미온은 바로 출발했다.

……정말 큰일이 났다. 설마 주인공이 적에게 잡혀가다니.

이건 주인공이 아니라 히로인이잖아.

작가 후기

여러분, 잘 지내셨나요. 다테 야스시입니다.

『친구 캐릭터는 어렵습니까? 9』를 구매해주셔서 정말 감사합니다!

9권이 나오기까지 조금 오래 걸려서, 여러분이 스토리를 잊어버린 건 아닐까…… 정도가 아니라 작품의 존재를 잊어버리는 건 아닐까…… 전전긍긍하고 있습니다.

그것보다, 현실에서는 코로나바이러스 때문에 정말 큰 일이 났습니다.

여러분도 꼭 조심하세요. 친구 캐릭터에 대한 건 잊어버려도, 손 씻기 & 양치는 절대로 잊지 마세요. 여러분이 건강하시기를 진심으로 바랍니다.

자. 드디어 이번 권에서 코바야시 이치로의 정체가 밝혀졌습니다.

그렇습니다, 이치로는…… 보통 사람이 아니었습니다.

여러분의 '그게 어쨌다는 건데'라는 얼굴이 눈앞에 선합니다. '띠지 & 줄거리에 대놓고 써놨잖아'라는 목소리도 들리는 것 같습니다. (주 : 작가도 승낙한 내용입니다)

이번에는 적 캐릭터들이 차례로 습격해오고 그런 적들을

각 캐릭터가 처리하는 연속 단어 같은 감각으로 썼습니다.

특히 고토쿠지의 비주얼이 정말 마음에 듭니다. 베니오 선생님이 그려주신 고토쿠지를 볼 수 있는 건, 이 세상에 이 작품뿐입니다! 신난다!

그럼 마지막으로 감사 인사입니다.

담당 편집자님, 그리고 가가가 문고 편집부 여러분. 힘든 상황 속에서 이렇게 출간해 주셔서 정말 감사합니다.

이번에도 훌륭한 일러스트를 그려주신 베니오 님. 고토쿠지를 이렇게 비주얼화해주시다니, 이루어질 수 없다고 생각했던 꿈이 이뤄졌습니다. 고토쿠지의 섹시한 장면도 작품 안에 넣을 걸 그랬습니다.

그리고 다양한 형태로 출판, 판매에 관여해주시는 많은 분. 이번에는 유난히 폐를 끼쳤다고 생각합니다. 죄송하다는 말씀과 감사 인사를 올립니다.

마지막으로 독자 여러분. 다시 말씀드리지만, 건강하시기를 진심으로 기원합니다. 몸이 안 좋은 분은, 하루빨리 나으시기를 빌겠습니다.

그럼, 다음 권에서 다시 만나기를 바라며.

정말 고맙습니다!

다테 야스시

친구 캐릭터는 어렵습니까? 9

2021년 8월 15일 1판 1쇄 발행

저 자 다테 야스시
일러스트 베니오
옮 긴 이 김정규
발 행 인 유재옥
본 부 장 조병권
편 집 1 팀 박소연 이준환
편 집 2 팀 박치우 정영길 조찬희 조현진
편 집 3 팀 곽혜민 오준영 이해빈
라이츠담당 한주원
디 지 털 박상섭 이성호 최서윤
미 술 김보라 서정원
발 행 처 ㈜소미미디어
인쇄제작처 코리아피엔피
등 록 제2015-000008호
주 소 서울시 마포구 토정로222, 403호 (신수동, 한국출판콘텐츠센터)
판 매 ㈜소미미디어
마 케 팅 최정연 한민지
전 화 (02)567-3388, Fax (02)322-7665

ISBN 979-11-384-0117-3
ISBN 979-11-6190-091-9 (세트)